EL PORTAL DE XOXAFÍ

Juliana Alcalá

Juliana Alcalá

EL PORTAL DE XOXAFÍ

Segunda Edición

ISBN: 978-607-00-8613-7
ARTE EN PORTADA E INTERIORES: ISRAEL LIZAMA

Este libro se terminó de imprimir
el 20 de marzo del 2023
Impreso por: CreateSpace, An Amazon.com Company

A mi madre: La guerrera invencible.

Contenido

PRÓLOGO

Mía estaba segura y no dudó.

Pero, ¿cómo era posible que una niña tan pequeña, con carita angelical, cabellos rubios, enormes ojos azules y "piel tan blanca como sábana recién lavada", tuviera interés en conocer Pachuca, en el estado de Hidalgo?

Mía, formaba parte de una de las familias de refugiados derivados de la Guerra Civil Española, a quienes el gobierno del presidente Lázaro Cárdenas daría asilo en México; una niña inquieta y traviesa de tan solo ocho años cumplidos. Pequeña en materia, pero con un espíritu excepcional que a lo largo de su andar, desde su pueblo natal en España hasta las grutas de Xoxafí, en el estado de Hidalgo, nos enseñará cómo en una vida tan corta se pueden vivir experiencias tan intensas como las atrocidades de la guerra, la pérdida de hermanos mayores y, no menos cruel, el asesinato de su padre; lo que desencadena en su familia la decisión de tener que desprenderse de sus posesiones, dejarlo todo y emprender el camino hacia una nueva vida, en un país tan lejano e inesperado como México.

La pequeña Mía nos enseña en su historia cómo crecer, cómo volver a creer y cómo llegar a renacer de las aparentes cenizas; nos adentra en aspectos que el ser humano ha ido perdiendo por estar inmerso en su propia problemática, olvidando el contacto con la Naturaleza o con un mundo espiritual aparentemente invisible, pero que Mía va descubriendo como un todo que conforma la Creación misma que se manifiesta en el Universo, recordándonos que el camino de regreso a nuestra esencia verdadera, está grabado en cada uno de nosotros a través de la conciencia, y nos hace meditar que tan solo basta "abrir los ojos", como lo hace ella, para reconocerla, para adentrarnos en ese mundo que en muchas ocasiones nos negamos a ver, porque nos resulta irreal o fantástico, aunque sin embargo forma parte de nosotros, está ahí y nos pertenece. Tan solo basta tomarlo con respeto y paciencia, con entrega y humildad, recordando que no somos los únicos, ni tampoco los reyes y soberanos de este mundo.

Al lado de Mía, en su camino de aprendizaje, están los elementales, seres extraordinarios que se manifiestan en la fuerza de la Naturaleza; los silfos alados, de extrema belleza, que son una lección de hermandad y fidelidad. Están sus maestros y tutores, guías surgidos de pasados chamánicos con el conocimiento ancestral del mundo espiritual y su interacción con el mundo material; indígenas guardianes del secreto de las grutas de Xoxafí, y maestros en el manejo de la sanación y el fluido que emana del espíritu, los que enseñarán a Mía cómo desarrollar los dones que el Creador ha puesto en cada uno de sus hijos, introduciéndola y llevándola de la mano en el verdadero despertar de su conexión con lo divino.

También están los seres intraterrenos, y no menos valiosos que estos, los oscuros; seres en confusión y rebeldía con su aparente tendencia al mal, y todos ellos, en el transcurso de la historia, aportarán visiones y experiencias que, aunque pudieran parecer diferentes, confluyen en una sola: el crecimiento del espíritu.

¿Será que nuestra historia como Humanidad es distinta a la que conocemos? ¿Será que fuimos creados tras un desequilibrio planeado y llevado a cabo por una porción de espíritus a los que la soberbia condujo a sentirse dioses? ¿Será verdad esa historia que tanto se ha ocultado y malinterpretado?

El realismo mágico de la obra, nos introduce en hechos insólitos, fantásticos y aparentemente irreales, que al final concurren en un contexto real que nos lleva de la mano al reconocimiento de la conciencia.

Dejarnos llevar de la mano de Mía al despertar de nuestros sentidos materiales y espirituales, así como maravillarnos a través de sus pupilas de las experiencias a lo largo de sus travesías para cumplir una misión, deja en el lector una suave sensación que nos hace reconocer que todo esto ya lo sabíamos, que solo era necesario abrir nuestros "enormes ojos azules", para reencontrarnos con la sabiduría del Creador y reconocerlo por su aroma: EL AMOR.

Rogelio Ortiz

Mía

Esa noche, ignorante aún de la misión que había traído a la Tierra, la elegida dormiría en el sótano de aquella enorme embarcación llamada *Sinaia*, compartiendo un frío camarote con la humedad y las ratas, con su madre y hermanas, y con tantas otras mujeres que, al igual que ellas, dejarían su corazón en las provincias de España con la esperanza de encontrar en América una nueva tierra prometida.

La nombraron Mía, como quiso su madre, sin diminutivos ni apodos como los que tenían Teresa y Rosario, sus hermanas mayores, las que, con el tiempo y por cariño, terminaron siendo Teté y Charito; esa costumbre tan castiza de hacer chiquitos los nombres.

Mía fue la menor de doce hermanos, y su llegada al planeta fue la causa de un gran desconcierto para toda la familia; especialmente su padre, para quien, después de once vástagos y teniendo la menor de ellos diez años cumplidos, la noticia de que en poco tiempo habría una boca más que alimentar, en vez de serle motivo de regocijo, fue causa de enorme preocupación; mas no para Serafina, su madre, quien se alegró de saberse todavía fecunda a sus cuarenta y cinco años.

Por ser el broche de oro de la docena, y sin tener la menor intención de involucrarse emocionalmente en el asunto, Eulogio concedió a su mujer el privilegio de ponerle nombre al inesperado miembro de la familia.

"Si es varón se llamará Rual Manuel, y si es mujer se llamará Mía", dijo Serafina emocionada, recordando el nombre de los protagonistas de la única película que tuvo oportunidad de ver en su vida en aquel cine ambulante que llegaba de vez en cuando a Las Muñecas, su barrio natal, ubicado en la provincia de Sopuerta, que era famosa por sus importantes minas de hierro y por ser conocida como el territorio histórico de las Encartaciones del País Vasco.

Eulogio no dijo nada. Después de once hijos, lo que menos le importaba era saber cómo se llamaría el que esperaba que fuera el último de la prole. Tan solo encogió los hombros y se alejó sin hacer ningún comentario.

Pocos meses después nació Mía; una hermosa niña de escaso cabello trigueño y facciones suaves como las de su madre, enormes ojos azules y piel tan blanca como una sábana recién lavada. Creció cobijada por el huerto de su padre, trepando árboles y comiendo frutas, más libre e independiente que cualquiera de los hermanos que aún vivían en la casa familiar, ya que, siendo mucho mayores que ella, habían perdido el interés para involucrarse en sus juegos infantiles, en los que tampoco participaba con demasiada frecuencia Serafina, su madre, puesto que, luego de las arduas labores diarias, no le quedaban ni tiempo ni ganas.

En junio de 1936, cuando Mía contaba con apenas cinco años, se desató en España la Guerra Civil. Ese escenario despiadado y violento obligó a la niña a cambiar sus juegos en el huerto por la rutina de desenredar complicadas madejas de hilo de lana, que su madre y hermanas usaban para tejer montones de calcetines que, una vez terminados, eran envueltos en pares individuales para repartirlos entre los soldados.

La imaginación infantil de Mía se vio obligada a renunciar a las mil aventuras que inventaba, para enfrentarse a una cruda realidad en la que no se hablaba de otra cosa que no fuera la guerra, las bombas o la pérdida de vidas humanas, bajo el temor constante de que los bombardeos pronto alcanzaran a Sopuerta.

Antonio y Rafael, los dos hermanos mayores que aún continuaban viviendo en la casa familiar, salieron una mañana de enero del 37 para unirse como voluntarios a los "*gudaris*", como se denominaba a los soldados que integraban el ejército creado por el gobierno del Euskadi durante la Guerra Civil; de manera que, después de su partida, los trabajos para sostener a la familia fueron en aumento incluso para la pequeña Mía.

En aquellos días, su padre solía llevarla con él a Bilbao, para recoger las raciones de comida que podía comprar con los cupones que asignaba el gobierno; aunque su intención al llevarla con él no era dar un paseo a su hija menor, sino conseguir que le permitieran entrar adelante de las filas para canjear los cupones cuando lo veían acompañado de aquella pequeña niña que –por razones que ahora les contaré– no dejaba de llorar, lo que le servía también de "salvoconducto" para circular por las calles sin ser detenido constantemente por los soldados que vigilaban la ciudad en ese infernal tiempo de guerra.

El plan de Eulogio casi siempre funcionaba, aunque ese domingo tendría que vivir junto con su hija menor una terrible experiencia. Era el 18 de abril de 1937, cuando al pasar junto a la Plaza San José, alrededor de las once de la mañana, empezaron a sonar las sirenas que advertían a la población la urgencia de correr a los refugios. Eulogio cargó a Mía en sus brazos y, junto con muchas otras personas, corrió a resguardarse en el sótano de un edificio de hormigón, mientras seis bombarderos de la Legión Cóndor de Alemania comenzaban a lanzar sus bombas sobre la ciudad. En tres minutos, todo se convirtió en un polvorín en el que, después del insistente bombardeo, habría quedado el desafortunado saldo de sesenta y siete personas muertas y ciento diez heridas, entre las que había numerosas mujeres y niños.

Eulogio regresó a Sopuerta con los escasos suministros que había conseguido, consternado por no poder calmar el llanto de aquella niña que nunca paraba de berrear, sobre todo después de haber caminado entre escombros, cadáveres y cuerpos mutilados por el bombardeo, pero además porque sabía que al llegar al caserío le tocaría aguantar los reproches de su mujer, quien tendría que desvelarse cuidando el sueño de aquella niña que, una vez más, tendría pesadillas por los terribles recuerdos que asaltarían su mente infantil.

Mía jamás podría olvidar esas imágenes ni aquellas otras que ocasionaban su llanto cada vez que, en su camino hacia Bilbao, tenía que transitar por las cárcavas gigantes que habían abierto a los lados del camino. Aquellas fosas comunes de donde emergían pilas de cadáveres mutilados y putrefactos, que parecían observarla con sus ojos saltones, cuando pasaba por ahí trepada en la vieja carreta de su padre al ir a recoger las raciones.

Por si todo este horror fuera poca cosa para provocar sus pesadillas, una noche de agosto del 37 sucedió algo que conmocionó a Mía tanto como el bombardeo de Bilbao, y el que sufrió unos días más tarde la población de Guernica.

—¡Esconde a tus hijas, Serafina! —gritó Eulogio, mientras corría a sacar del ropero la escopeta que guardaba siempre cargada para espantar a los depredadores que rondaban por el huerto. Serafina, sin preguntar nada, reunió a sus tres hijas en silencio y se escondió con ellas en la bodega subterránea que habían construido bajo el suelo de la cocina, mientras su marido se dirigía al huerto para ahuyentar a los intrusos.

Pero esta vez no se trataba de un intruso habitual como podía ser un animal rapaz que entrara al caserío a robarse los frutos, o un lobo que planeara darse un banquete de gallina; se trataba de un soldado de las fuerzas rebeldes del denominado Ejército de África, quien, trepado en el melocotonero favorito de Eulogio, arrancaba los frutos sin el menor cuidado, para después lanzarlos a un grupo de compañeros que esperaban abajo tratando de atrapar los deliciosos manjares que caían desde lo alto y se estrellaban en el suelo como si fueran granadas de mano. Aquellos militares sublevados, en su algarabía, no se habían percatado de la presencia de aquel hombre que los contemplaba en silencio con profundo desprecio.

—¡Basta ya! —gritó el padre de Mía, apuntando hacia el árbol.

Las risas se interrumpieron por un instante de desconcierto, en el que algunos soldados detuvieron su juego para ver con curiosidad al hombre que les apuntaba con aquella vieja escopeta; pero después de unos segundos, haciendo caso omiso de las advertencias, volvieron a las risas y al juego, sin preocuparse del gran enojo que se iba gestando en el interior de aquel granjero, al contemplar la destrucción de su árbol más querido.

—¡He dicho que basta ya, traidores malnacidos! —se atrevió a gritar de nuevo, envuelto en una rabia ciega que le impedía darse cuenta del alcance que sus palabras podían tener en el ánimo de los uniformados.

—¡Mejor te metes a tu casa antes de que nos hagas enojar de verdad, vasco de mierda! —dijo el soldado que permanecía montado en el melocotonero.

Eulogio, sin hacer caso a la advertencia, levantó la escopeta y le apuntó de nuevo mientras gritaba:

—¡Que te bajes he dicho, hijo de puta!

Lo que sucedió después fue tan rápido como el sonido que se perdió en el viento: varios disparos, los soldados huyendo, Mía y sus hermanas llorando de miedo dentro del escondite, y el cuerpo inerte de su padre yaciendo bajo el árbol, en un charco rojizo que era mezcla de pulpa de frutas y sangre fresca.

Con la muerte de Eulogio se terminaron los pocos días felices del caserío familiar en el que solo quedaron Mía, su madre, y sus hermanas Teté y Charito. El contacto con el resto de los hermanos ya casados era casi nulo en aquellos días siniestros, y, por si fuera poco, no se sabía nada de los dos hermanos solteros que hacía varios meses habían partido a la guerra. Fueron tiempos de soledad obligada en los que todos luchaban por sobrevivir a su propio miedo, tratando de sacar adelante a sus familias.

A partir de entonces, Mía adquirió la costumbre de permanecer trepada en el melocotonero de su padre por horas y horas. Parecía que por una decisión personal se había convertido en vigía de la casa, y que la copa de aquella planta leñosa le servía de puesto de observación desde donde vigilaba sin ser vista los movimientos de todos los que entraban y salían de la granja.

Una tarde, cansada de vigilar, se quedó dormida entre el abrazo del árbol que se había vuelto su mejor amigo y el piar de los pájaros que regresaban a sus nidos para pasar la noche. De pronto, en medio del sueño comenzó a escuchar un sonido extraño que no era soplido de viento ni canto de pájaro; no era aullido de perro ni mugir de vaca.

Sorprendida por aquel sonido nuevo que llegaba a sus oídos, abrió los ojos tratando de identificar el lugar de donde provenía; en esa búsqueda inquieta, su mirada se detuvo debajo del árbol donde, en la penumbra del atardecer, descubrió dos cuerpos extraños que se revolcaban en la tierra.

Por un momento le pareció que peleaban; pero le bastó un instante de contemplación para darse cuenta de que, más que de una pelea, se trataba de un juego en el que uno y otro producían aquellos peculiares sonidos que habían llamado su atención.

Hablaban en un idioma extraño. No era *euskara*, el idioma vasco, ni tampoco español o ningún otro que Mía hubiera escuchado jamás. De pronto, uno de aquellos seres rodó por el suelo y quedó boca arriba. Era como una mujer de cuerpo esbelto y desnudo, con ojos de tigre y piel cobriza cubierta por delgado pelo, que tenía una melena larga y ondulada que hacía marco a su sonrisa jovial y traviesa.

El otro ser rodó al lado del primero y dejó a la vista un cuerpo varonil cubierto por delicadas plumas de color azul añil, ojos profundos como los del águila y un largo penacho de múltiples colores.

Los dos miraron hacia la copa del árbol y descubrieron a Mía que, asustada, trataba de ocultarse entre las ramas. Contrario a lo que cualquiera hubiera imaginado, en lugar de incomodarse por la presencia de la niña, fijaron su mirada en ella y le sonrieron como si la conocieran de toda la vida. Después, en un acto más sorprendente todavía, comenzaron a hablar en un idioma que Mía, sin saber cómo, podía entender a la perfección.

—Mira, Tlalli, ¡ahí está! Es Mía, la elegida que parte a América en poco tiempo.

—¿Es la que descifrará el secreto del portal?

—La misma —dijo el ser con ojos de águila.

—¿Estás seguro, Ejekatl? —preguntó la mujer gato sorprendida—. ¡Pero si es tan pequeña!

—Recuerda que la inteligencia se mide de la cabeza hacia arriba y no al revés.

—En eso tienes razón; pero... ¿y qué hay con lo demás? —insistió el ser con ojos de tigre.

—Lo demás se mide del corazón hacia adentro; por eso no lo puedes ver.

—¡Pues entonces no perdamos más tiempo! ¡Hay que ir a preparar su llegada!

—Sí, hay que llevar la noticia de que ya la encontramos.

—¡Qué bien! —dijo Tlalli, brincando de felicidad—. Patli se va a poner muy contento.

—Y los demás también —respondió Ejekatl, levantándose del suelo—. Adiós, Mía, te veremos pronto. Tú no te preocupes por nada, que no te dejaremos sola —dijo el hombre pájaro, dirigiéndose a la niña.

—¡Oh, no! ¡Nunca, nunca! —afirmó Tlalli, esfumándose frente a los sorprendidos ojos de Mía, mientras se hundía en la tierra como una cereza en salsa de chocolate, en tanto Ejekatl, el hombre pájaro, levantó los brazos y desplegó unas hermosas alas azules con filos dorados, para elevarse a gran velocidad por encima del melocotonero en que la niña se refugiaba.

Mía se tapó el rostro con las manos y se quedó inmóvil por un rato con miedo de mirar nuevamente hacia abajo; después de un momento de apacible quietud, abrió los ojos en medio del silencio y respiró aliviada, mientras a lo lejos comenzó a escuchar la voz de su madre que la llamaba con insistencia. Había llegado la hora de la cena.

—¡Ya voy, ya voy! —gritó mientras bajaba ágilmente de la copa del árbol, tratando de convencerse de que todo aquello que había visto y escuchado no era más que un sueño.

Durante los meses siguientes a la extraña visita y sin contar a nadie lo sucedido, Mía comenzó a vigilar el lugar con más vehemencia que en días anteriores, esperando volver a encontrarse con aquellas criaturas extraordinarias; pero el tiempo pasó sin que Tlalli y Ejekatl volvieran a aparecer por los jardines del huerto.

Tras la inútil espera, convencida de que todo había sido un engaño de Morfeo, regresó a sus juegos de siempre, trepando por horas en el melocotonero amigo.

La guerra continuó su paso asesino, y para el mes de enero del año 38, las privaciones y el racionamiento en aquella tierra vasca ya eran tales, que llevaron a Serafina a tomar una decisión desesperada: con profundo dolor y sin remedio, se vio obligada a vender la granja que había sido su hogar por tantos años; el lugar en donde había visto nacer a sus doce vástagos, partir a dos de ellos a la guerra y morir al compañero de su vida.

Fue así como, después de malbaratar las pocas pertenencias que le quedaban en el mundo y decir adiós a los demás frutos de su vientre, huyó con sus tres hijas hacia un campo de refugiados francés, al que llegaron, al igual que muchos otros españoles, tras una inhumana y casi mortal caminata atravesando los Pirineos, bajo bombardeos y ráfagas de artillería, en medio del hambre, el frío y la adversidad más absolutos.

En el campo de refugiados, Serafina y sus hijas soportaron por largo tiempo hacinamiento y enfermedades, hambre, sed y malos tratos, con la ilusión de poder salir de ahí algún día en busca de una mejor vida en tierras mexicanas.

Con el alma traspasada de dolor y obligada por las circunstancias a dejar a sus otros descendientes en aquella sufrida España, Serafina zarpó por fin con sus tres hijas desde el puerto francés de Sète, una fría madrugada del 25 de mayo de 1939, llevando como único equipaje su raquítica esperanza, los ojos húmedos y el corazón partido.

América

Fueron dieciocho días de larga travesía por los mares del mundo, navegando en aquel enorme buque en el que mil seiscientos refugiados españoles de los más diversos estratos sociales, de distintos credos políticos y religiosos, unían sus ánimos y esperanzas en uno solo, con el anhelo de encontrar una nueva vida en aquellas tierras de América.

Mía, acostumbrada como siempre a su vida de paria independiente y solitaria, se escabullía del lado de su madre cada vez que podía para deambular por todos los pisos de la enorme embarcación en busca de aventuras. Escuchaba la radio y los altoparlantes que anunciaban las normas de comportamiento que debían seguir durante su viaje a tierras mexicanas, se sentaba a escuchar la música que interpretaba la intempestiva orquesta que habían formado algunos de los viajeros, oía las pláticas de los filósofos o políticos que vertían sus ideas sobre la nueva España, o las voces emocionadas de los poetas que recitaban sus conmovedores versos de exilio y añoranza; y solo de vez en cuando, entraba en los cuartos que se habían acondicionado como salones de clases para que los niños no perdieran el hábito de ir a la escuela.

Todo era nuevo y sorprendente para Mía en aquella aventurera travesía; pero lo que más le gustaba era subir a cubierta y pararse en la popa del barco, asomar la carita hacia afuera de la embarcación para sentir la brisa marina que humedecía su rostro y ver la estela de espuma blanca que dejaba el enorme edificio flotante, mientras se deslizaba sobre aquella infinita alfombra de color azul profundo.

Una tarde, cuando regresaba de su acostumbrado paseo por la cubierta del barco, dentro del vasto camarote donde dormía con su familia y tantas otras mujeres, además de los olores humanos, el llanto de los niños y el escándalo de decenas de voces hablando al unísono, Mía encontró al capitán del barco, al médico de a bordo y a varios hombres que, armando un alboroto, cargaban fuera del camarote el cuerpo inerte de una pasajera que hacía unos minutos había muerto de pulmonía.

Al día siguiente, el cadáver de la mujer fue depositado en el mar tras una corta ceremonia de despedida. Los enormes ojos azulados de Mía se asomaron por el estribor del barco para contemplar cómo se hundía el cuerpo poco a poco, abrazado por aquel manto de agua salada, y mientras lo veía desaparecer frente a sus ojos, su mente infantil se preguntaba: "¿Quién cuidará de esta mujer de aquí en adelante? ¿Acaso los caballos de mar o las gaviotas? ¿Terminará en la panza de una enorme ballena o en las redes de un barco pesquero?".

—Ni lo uno ni lo otro —escuchó decir sorprendida a sus espaldas.

Mía volteó asombrada para reconocer a quien tenía el poder de leer sus pensamientos y se encontró con una presencia inesperada; era como una bella mujer con el cuerpo cubierto de escamas plateadas, abundante melena de color violeta y una corona viva de coral naranja y anémonas radiantes que se movían en torno de su cabeza.

La sorprendida niña se quedó mirándola sin acertar a decir palabra y volteó a su alrededor para cerciorarse de que los demás se percataban de la presencia de aquel ser extraordinario, pero nadie la veía; era como si solo fuera visible a los ojos de ella. La mujer pez dio un brinco y se paró con agilidad sobre el barandal del barco en un acto de perfecto equilibrio, después miró a Mía y le dijo con naturalidad:

—En poco tiempo será una caracola, una esponja o una estrella marina, no hay nada de qué preocuparse.

—¡¿Una estrella marina?! —se atrevió a decir la niña desconcertada.

—O una montípora, o tal vez una madrépora; ¡uf! —dijo sonriendo el ser con piel de escamas—. ¡Te sorprenderías si pudieras ver en todo lo que se transforman los humanos que se quedan a vivir en el mar!

—¿Y tú qué eres? —preguntó Mía—. Porque para ser un pez eres bastante raro.

—No soy un pez, soy una elemental y me llaman Atl; estoy aquí para vigilar que llegues sin contratiempos a México.

—Dice el capitán que vamos a llegar el día 11 de junio —comentó Mía cada vez con más confianza.

—No —respondió Atl con seguridad—, llegarán el 13.

—¡Ese día cumplo ocho años! —dijo la niña sorprendida.

—Sí, lo sé —respondió Atl, dando un giro sobre el barandal.

En ese momento, Mía comenzó a escuchar la voz de Charito, su hermana, que venía buscándola por la cubierta del barco.

—Tengo que irme —dijo Mía a su nueva amiga.

—Sí, está bien; pero necesito que recuerdes algo antes de irte —advirtió Atl, haciendo una pirueta en el aire, para después caer de cuclillas frente a los sorprendidos ojos de Mía—. Es necesario que convenzas a tu madre de apuntarse en la lista de los agricultores; que estés segura de que formarán parte del grupo de refugiados que trabajarán en las actividades del campo.

—Eso era lo que hacíamos en España, sembrábamos el campo con mi padre.

—Lo sé —dijo aquella deslumbrante criatura, tomando la barbilla de la niña—; recuerda, Mía, es importante que estén en la lista de las brigadas de agricultores y campesinos que van a establecerse en Pachuca.

—¿Qué es Pachuca? —dijo la niña sin comprender lo que escuchaba.

—Es el lugar donde tendrás tu nueva casa; es importante que sea Pachuca, porque es ahí donde se encuentra el portal.

—¿Cuál portal? —preguntó Mía de nuevo, mientras escuchaba la voz de Charito gritando a sus espaldas.

—Pero, ¡¿dónde te has metido gandula estúpida, que nos tienes buscándote por toda la embarcación?! —gritó Charito, jalándola del abrigo.

—Estaba aquí platicando con mi amiga Atl.

—¡Qué amiga ni qué pamplinas! Tú siempre con tus inventos y tus mentiras. ¡Pero esta vez no te salvas de una paliza! ¡Ahora sí que te va a ir algo por encima, desdichada! —dijo Charito colérica, jalando a su hermana por la cubierta del barco. Mía buscaba de reojo a su extraña amiga, pero ya había desaparecido.

Las torturas y castigos que Charito había profetizado para su hermana menor tuvieron que quedarse en amenazas, porque a su madre le bastaba mirar las pupilas celestes de Mía y comprobar que estaba sana y salva, para olvidarse de imponerle cualquier castigo. Ni aun la misma Serafina comprendía de dónde nacía aquella debilidad que tenía por la menor de sus hijas. Tal vez era precisamente por ser la más pequeña, o la más cariñosa y libre; porque se aferraba a ella por el dolor que sentía al haber dejado a sus otros vástagos en España, o simplemente porque la sentía tan suya como el nombre que ella misma le había escogido. Fuera cual fuere la razón de su actitud, para Teté y Charito el favoritismo de Serafina se había convertido en el detonador de sus celos.

Mía corrió a refugiarse en el regazo de su madre, mientras Charito esperaba ansiosa escuchar la penitencia que recibiría su hermana, pero, contrario a lo que hubiera deseado, escuchó la voz cariñosa de su madre que, contenta por la llegada de la pequeña, acariciando su pelo, le decía:

—¡¿Dónde te has metido, granuja, que me tienes con el alma en un hilo?!

—Estaba en la cubierta del barco platicando con una amiga —contestó Mía, complacida por los mimos de su madre.

—¡Eso es mentira! —gritó Charito enojada—. ¡Estaba perdiendo el tiempo como de costumbre! ¡Deberías darle unos azotes por embustera!

—¡Yo no miento! —exclamó Mía—; es mi amiga y se llama Atl.

—¡Vaya, qué nombre más raro! —dijo Serafina riendo, acostumbrada a escuchar las historias que brotaban de la imaginación de su pequeña hija.

—¡¿Pero es que la vas a dejar que se salga de nuevo con la suya?! —reclamó Charito enojada—. ¡Eso no es justo, madre, a Teté y a mí no nos dejas asomar la nariz fuera del camarote, y en cambio a esta holgazana le permites cualquier cosa!

—¡Es una niña Rosario, déjala que juegue! Vosotras en cambio ya sois mujeres y hay muchos peligros en el barco; demasiados hombres sueltos por todos los pasillos.

—¡Pues no me parece justo! —volvió a decir Charito, mientras se alejaba furiosa hacia el otro lado del camarote.

—¿Ves lo que provocas, sanguijuela? —le dijo Serafina riendo a la pequeña Mía—. Un día de estos voy a tener que darte unos azotes de verdad para que no te alejes sin permiso.

—¿Pero a dónde voy a ir, madre? Si no puedo bajar del barco —comentó Mía sonriendo—. Ya te he dicho que solamente estaba platicando con mi amiga Atl.

—Ah, la que tiene el nombre raro —dijo Serafina—. ¿Y de dónde viene ella? Por el nombre me imagino que no es vasca.

—No —respondió Mía con naturalidad—, ella viene del mar y tiene escamas en el cuerpo.

—Basta, chiquilla, que a veces tu imaginación me asusta. Por eso se enojan tanto contigo tus hermanas.

—¡Pero es verdad! Tiene el cuerpo lleno de escamas y lleva una corona de animales vivos en la cabeza.

—Mía…

—¡De verdad, madre, que no miento!

—¡Basta, embustera, que esta vez me vas a hacer enojar de verdad!

—¡Pero si es cierto! —insistió la pequeña—. Además, me dio un mensaje para ti.

—¡Acabemos de una vez! —dijo Serafina vencida, sentándose en el catre—. ¿Y cuál se supone que es ese mensaje?

—Me dijo que tienes que apuntarte en la lista de los trabajadores del campo; que es muy importante porque tenemos que ir a Pachuca.

—¿Pachuca? —preguntó Serafina con gran asombro por las palabras de su hija—. ¿Y qué es eso de Pachuca?

—Pues nada, yo no lo sé, pero Atl dice que es ahí donde estará nuestra nueva casa porque ahí está el portal, y también me dijo que llegaremos a México el día de mi cumpleaños.

—Pues tu amiga se ha equivocado; porque tu cumpleaños es el día 13 y han anunciado que llegaremos el 11.

—Ya lo sé, pero ella dice que llegaremos el 13.

—Sigo sin entender de dónde inventas tantas historias, chiquilla.

—¡Que no son inventos, madre, que es la pura verdad!

—¡Hala! Pues como sea —dijo Serafina, convencida de que no podría cambiar la actitud de su hija—. No quiero que andes sola merodeando por el barco, podría pasarte cualquier cosa.

—¡Madre! —interrumpió Teté, que venía nerviosa y alterada—. ¡Que ya viene el crío de la

Remedios! ¡Que te des prisa para ayudarla que ya va a nacer!

—¡Vaya! Pensé que tomaría mucho más tiempo —dijo Serafina, levantándose apresuradamente—. Tú, chiquilla, te quedas aquí hasta que yo vuelva.

—¡Pero... pero...! ¡Yo quiero ver nacer al crío de la Remedios!

—No hay pero que valga. Tú eres muy pequeña para ver esas cosas.

—¡Pero es que no es justo! ¿Por qué Teresa sí va contigo? —preguntó la niña enfadada.

—Porque yo ya soy mujer —respondió Teté orgullosa—, y tú no eres más que una mocosa.

—¡No soy mocosa!

—Sí, mocosa y mentecata.

—¡Basta, Teresa! —dijo Serafina—. Tú me esperas aquí, chiquilla.

—¡Mocosa y mentecata! —repitió Teté complacida por el enojo de su hermana, mientras se alejaba riendo al lado de su madre.

Mía se echó furiosa en el catre y después de un rato de refunfuños se quedó dormida.

Una hora más tarde, la potente voz que se escuchaba desde los altoparlantes haciendo vibrar los muros del camarote, hizo que Mía despertara de su plácido sueño de repente. El anunciante informaba que, ese día 1° de junio de 1939, había nacido en el barco una niña que llevaría por nombre Susana Sinaia, en homenaje a esa embarcación que los había acogido para llevarlos a tierras mexicanas. Hacía una reseña de las noticias internacionales y notificaba a los viajeros su entrada al mar de los Sargazos. Después, continuó haciendo un amable recordatorio de las reuniones programadas para los agricultores esos días 1° y 2 de junio, y los horarios a los que debían asistir dependiendo de su lugar de origen; ratificó la invitación al concierto de todos los días y anunció el reparto de golosinas para los niños.

Cuando Mía escuchó estos anuncios, saltó del catre y corrió a buscar a su madre por los pasillos del enorme camarote, guiada por el llanto de una recién nacida que no dejaba de llorar.

—¿Escuchaste, madre? —preguntó Mía cuando descubrió a Serafina envolviendo a la pequeña en una vieja cobija—. Nos toca la reunión de agricultores a las cinco de la tarde.

—Ah, ¿sí? ¿Y tú cómo lo sabes? —preguntó su hermana Teresa, que terminaba de poner unas vendas alrededor del vientre de la recién parida.

—Porque lo acaban de anunciar por los altoparlantes.

—Pues a mí me pareció que dijeron a las seis de la tarde —respondió Teresa.

—No, a las seis son castellanos y manchegos, y a las siete... levantinos y aragoneses.

—¿Y los catalanes? —preguntó Serafina mientras acercaba a la criatura al pecho de su madre.

—Esos se cuecen aparte; a ellos les toca solos mañana por la mañana —respondió Mía, acercándose a la recién nacida—. Su cabeza se siente como la piel de los melocotones que había en el árbol de mi padre. ¡Está muy suavecita! —dijo sonriendo mientras la acariciaba.

—Y la tuya se siente como la chimenea del barco, porque está llena de humo —dijo Teresa, riendo a carcajadas.

—¡Basta ya, Teté! Vamos a dejar descansar a esta pobre que tiene que intentar hacer comer a su cría.

Después de un rato de riña acostumbrada entre sus hijas, y seguido a la hora del almuerzo, Serafina acudió esa tarde acompañada por sus tres retoños a la reunión convocada para los trabajadores del campo, donde se les reiteró el interés que el presidente Lázaro Cárdenas tenía en ayudar a todos los refugiados, sin importar su filiación política o social.

Tras un discurso pleno de exaltación, de recuerdos y añoranzas; de ilusión y entusiasmo por los nuevos proyectos que se asomaban en el horizonte, todos aplaudieron la intervención de los conferencistas, contagiados por un ambiente de retórica exaltada, mientras Serafina dejaba caer sus lágrimas en un viejo pañuelo que sostenía entre sus manos.

Mía, emocionada, dio un brinco de la silla en que se encontraba sentada y, sin más, se acercó a una mesa donde aparecía un letrero en el que se leía: "Agricultores, montañeses y vascos".

—¡Aquí nos toca! —dijo la niña, dirigiéndose al hombre que permanecía sentado detrás de la mesa.

—Pero... ¿de verdad tú quieres trabajar en el campo? —preguntó el hombre divertido al ver a la hermosa niña que aparecía parada frente a él.

—¡Claro! Teté, Charito y mi madre también.

—Ah, ¿sí? ¿Y qué sabes tú de las labores del campo?

—Pues... todo. Mi padre me enseñó todo; cuando vivíamos en Sopuerta, teníamos un huerto muy hermoso y también sembrábamos trigo para hacer pan y cosechábamos uvas para hacer vino.

—¡Bien! ¿Y dónde está tu padre para que podamos inscribirlo en las listas?

—A mi padre lo mataron los soldados rebeldes por defender el árbol que más quería; mis hermanas y yo nos quedamos solas con mi madre, porque mis otros hermanos ya están casados; bueno, menos Antonio y Rafa, que se fueron a la guerra, pero nunca regresaron, y como nos estábamos muriendo de hambre, mi madre dijo que debíamos viajar a América para encontrar trabajo y vivir mejor —dijo Mía, con la inocencia de sus casi ocho años.

El hombre sentado tras la mesa movió la cabeza de un lado a otro, reconociendo conmovido, en la historia de la pequeña niña, una constante de tragedia que se repetía en las experiencias vividas por muchos de aquellos refugiados que deambulaban por los pasillos del barco.

—Bueno —dijo el hombre amablemente—, pues entonces inscribiremos a tu madre y hermanas en las labores del campo; diles que se acerquen, por favor.

—Perdone usted la imprudencia de mi hija, señor —dijo Serafina—, esta resabida siempre quiere estar en todo.

—No se disculpe, que hemos platicado muy a gusto. ¿Así que usted tiene experiencia en el campo?

—Trabajar la tierra y criar a una docena de hijos ha sido la razón de toda mi vida —respondió Serafina, recordando con nostalgia todo lo que había dejado en España.

—Pues esperemos que su nueva vida en México les traiga muchas satisfacciones; por favor, anótese aquí y escriba todos los datos de sus hijas también.

—¿Y entonces ya podremos ir a vivir a Pachuca? —preguntó Mía emocionada.

—¿A Pachuca? —dijo el hombre, riendo por la pregunta de la niña—. ¿Y por qué quieres ir a Pachuca?

—Porque ahí está la casa en la que viviremos y también el portal —respondió sin titubeos.

—¡Ah! —dijo el hombre, sin entender la seguridad que la niña ponía en sus palabras—. Pues eso yo no puedo decírtelo porque no depende de mí, pero llegando a Veracruz lo sabrás.

Los días que siguieron antes de que el *Sinaia* atracara en costas mexicanas fueron largos y agobiantes. La temperatura iba en aumento, al igual que el nerviosismo de tantos viajeros que esperaban con ansias poder abandonar aquel gigantesco buque, para comenzar una nueva vida en tierra firme; y mientras muchos trataban de llenar las largas horas de espera en conferencias o círculos de lectura, en grupos de baile o lecciones de canto, Mía dedicaba su tiempo a deambular por los pasillos del barco buscando sin éxito a su nueva amiga; indagaba sobre la historia de México y memorizaba su geografía.

Ante la sorpresa de Serafina y sus hermanas, tal y como lo dijera Mía, el *Sinaia* no se acercó a costas mexicanas sino hasta la medianoche del 12 de junio, en que, eufóricos, los viajeros de la enorme embarcación vieron aparecer a lo lejos, ante sus esperanzados ojos, las luces del faro de Veracruz.

Pachuca

Al mediodía del 13 de junio de 1939, tal y como lo había predicho Atl –aquella elemental de escamas plateadas–, comenzó a desembarcar del *Sinaia* un río humano que era recibido entre vítores y gritos de júbilo por la emoción desbordada de miles de obreros mexicanos que, entre pancartas y estandartes, daban una eufórica bienvenida a los recién llegados.

Cobijada por una temperatura de treinta y cuatro grados y por un espectáculo de calidez inolvidable, Mía, junto con su familia y casi mil seiscientos refugiados más, escuchaba emocionada las palabras del representante del Ejecutivo Federal, quien, en compañía de Vicente Lombardo Toledano, secretario general de la más importante central obrera del país, y de varios representantes del Poder

Legislativo mexicano, les daba la bienvenida desde el balcón del Ayuntamiento de Veracruz.

Poco a poco, se fueron formando largas filas de recién llegados que eran recibidos y registrados por funcionarios del CTARE, un comité de ayuda para los refugiados que se había formado con la intención de recibirlos, alojarlos y distribuirlos en los diferentes puntos del país.

Cuando tocó el turno a Serafina y su familia, el hombre que se encargaba del registro levantó el rostro y, sonriendo amablemente, dijo:

—¿Quién es Mía Gómez Urrutia?

—¡De seguro que soy yo! —respondió Mía, asomando la carita por entre su madre y su hermana Rosario.

—Según este documento, naciste el 13 de junio, lo que quiere decir que hoy es tu cumpleaños —dijo el hombre, sonriendo ante la imagen de aquella pequeña que le inundaba el corazón de ternura.

—Sí —respondió la niña—, Atl ya me había dicho que llegaríamos el día de mi onomástico.

—Pues en México tenemos una costumbre para celebrar los cumpleaños —dijo el hombre, levantándose de su asiento. Tomó a Mía por la cintura y, poniéndola sobre la mesa de trabajo, empezó a convocar a algunos compañeros para intervenir en el acto.

“Estas son las mañanitas que cantaba el Rey David...”, comenzaron a cantar, y mientras avanzaban en la lírica de la canción, más entusiastas se empezaron a unir a la tonada, hasta formar un coro de cientos de voces humanas que, al unísono, dieron a la pequeña Mía uno de los regalos más inolvidables de su vida.

Rosario y Teresa miraban la escena con recelo, mientras Serafina dejaba caer sus lágrimas, agradecida por un recibimiento tan extraordinario.

El canto terminó y vinieron los aplausos y los gritos de júbilo, mientras algunos abrazaban a Mía y la llenaban de besos y golosinas. El hombre que había comenzado aquel alboroto puso a Mía en el suelo y después, consultando unos papeles, dijo:

—Bien, ahora veremos cuál será su lugar de residencia.

—¡Pachuca! —exclamó Mía sin la menor timidez.

—¡Cállate, resabida! —gritó Teresa furiosa—. ¡Qué tienes tú que decir de estas cosas!

—¿Pachuca? —preguntó el hombre con curiosidad—. ¿Qué sabes tú de Pachuca?

—Pues sé lo suficiente, porque en el barco me he dedicado a estudiar el mapa. Pachuca es la capital del estado de Hidalgo y está situada a noventa kilómetros de la ciudad de México, ¡ah!, y tiene muchas minas de plata y oro, además de que es ahí donde está el portal.

—¿Qué portal? —preguntó confundido.

—Pues no lo sé —respondió la niña—, pero así me dijo mi amiga que vino del mar.

—Señor, no le haga caso —se apresuró a decir Rosario, tapando la boca de Mía con su mano—, mi hermana está un poco loca y tiene una imaginación fuera de serie, siempre está inventando cosas.

—¡Déjala, Charito! —exclamó Serafina, jalando a su hija mayor de la mano.

—Bueno, eso es natural, es tan solo una niña —comentó el hombre—, todos los niños tienen una gran imaginación; pero casualmente, el estado de Hidalgo es uno de los lugares donde se necesita más ayuda en el campo en estos momentos, así que las pondré en el grupo que parte en tren nocturno hacia Pachuca el día 17. Ese será tu regalo de cumpleaños —dijo, sonriendo a Mía mientras le hacía un guiño con el ojo.

—Gracias, señor —dijo la niña, alejándose de la mano de su madre, para unirse al grupo de refugiados que partiría hacia Pachuca unos días más tarde, en una expedición que estaría formada por ciento cuarenta personas, entre las que se contaban noventa y nueve hombres, veintisiete mujeres y catorce niños menores de catorce años.

El viaje en tren fue una nueva aventura para Mía, quien por primera vez viajaba en una máquina como aquella, tratando de descifrar el paisaje nocturno que apenas podía distinguirse por la ventana del camarote donde dormiría con su familia. Arrullada por el suave vaivén del tren y el monótono sonido de las ruedas sobre los rieles metálicos, después de luchar por un buen rato contra el abrazo de Morfeo, por fin se quedó dormida.

A su llegada a Pachuca, los refugiados fueron recibidos con enorme afecto por Javier Rojo Gómez, gobernador del estado, quien los saludaba entre cálidas bienvenidas y palabras de aliento.

Esa misma tarde, la suerte sonreiría de nuevo a Serafina y su familia, pues habían sido citadas para una entrevista personal con el gobernador Rojo Gómez, quien, un poco decepcionado al enterarse de que solo veintiséis de los ciento cuarenta refugiados que habían llegado a Pachuca eran campesinos, decidió darles a estos ciertos privilegios, ya que su petición había sido que se mandase primordialmente a Pachuca gente que trabajara el campo.

Con el nerviosismo natural que representaba una entrevista de tal naturaleza, Serafina y sus tres hijas entraron a la oficina del jefe de gobierno que las recibía con una amable sonrisa, en compañía de varios colaboradores y algunos delegados de CTARE.

—¿Supongo que es usted doña Serafina Urrutia? —dijo el funcionario, estirando la mano para saludarla.

—Sí, señor, viuda de Gómez —respondió Serafina, regresando el saludo—, estas son mis hijas: Teresa, Rosario y Mía.

—Javier Rojo Gómez, para servirles —se presentó el hombre sonriendo, mientras las saludaba.

—¡Anda! —exclamó Mía—. ¡A ver si ahora va a resultar que hasta somos familia!

—¡A callar, chiquilla! —dijo Serafina, asombrada por el comentario de su hija—. Disculpe usted, licenciado.

—Al contrario, doña Serafina, sería un honor estar emparentado con tan encantadoras señoritas. Por favor, tomen asiento.

—¿Lo ves? —dijo Mía con orgullo a su hermana Rosario—. Me ha dicho "señorita".

—¡Tú no eres nada más que una mocosa mentecata! —contestó Charito, mientras se sentaba junto a Teresa.

—Sí —recalcó Teté riendo—, y una embustera cabeza hueca también.

—¡A callar las tres! —exclamó Serafina en voz baja—. Disculpe de nuevo, señor gobernador.

—No se disculpe, doña Serafina, después de todo lo que me imagino que han pasado, bien está un momento de desahogo —respondió el hombre sonriendo—. Me han informado que tiene experiencia en las labores del campo.

—¡Y nosotras también! —se adelantó a decir Mía.

—Mejor aún —respondió el gobernador.

—Sí, señor —dijo Serafina—, toda mi familia ha crecido en las labores del campo; sabemos preparar la tierra, sembrar las semillas, cosechar... somos campesinas.

—Pues no se diga más, serán de gran ayuda para nuestras tierras y lo agradezco de antemano. Doctor Aparicio —llamó, dirigiéndose a uno de sus colaboradores—, encárguese por favor de conseguir alojamiento para la señora y sus hijas en el Casino Español; dígale al vicepresidente que es una petición personal.

—Así lo haré, señor gobernador —respondió el hombre, tomando del brazo a Serafina para conducirlas a la salida.

—Es algo temporal —explicó el funcionario, despidiéndose de Serafina—, en unos cuantos días esperamos conseguir para ustedes una casa digna y un trabajo con buen salario; que tengan buena tarde.

—Que Dios los bendiga a todos y muchas gracias por su ayuda —respondió Serafina emocionada, saliendo del brazo del colaborador.

Mía se detuvo en la puerta antes de salir de la oficina y sin más, con la mayor naturalidad, se dio la vuelta y, mirando al gobernador, dijo:

—¡Es una pena que no seamos parientes, pero de cualquier manera eres un tío cojonudo!

—¡Mía! —gritó Rosario escandalizada, sacando a su hermana a empujones de la habitación. La puerta se cerró y, mientras Serafina y su familia se alejaban, dentro de la oficina del gobernador se escucharon las carcajadas de él y sus colaboradores.

La Concepción

El tiempo que Mía y su familia pasaron en el Casino Español sirvió para que comenzaran a adaptarse a una nueva vida, a nuevas costumbres y al uso de un idioma español que, siendo en principio el mismo, a ellas les parecía totalmente diferente cuando era hablado por los mexicanos.

A la espera de ser establecidas en algún trabajo regular que tuviera que ver con las labores del campo, Serafina y sus hijas mayores ayudaban en la limpieza de los salones y en los preparativos de la comida para los comensales del Casino, mientras Mía, sin poder evitar el llamado de su espíritu aventurero, se escabullía cada vez que tenía oportunidad para hablar con todo el que podía; especialmente con Antonio Aldana, un médico y farmacéutico sevillano, que se había instalado en Pachuca varios años antes, y que en aquellos días se había abocado a la tarea de visitar con frecuencia los centros de refugiados para llevar a sus compatriotas golosinas, tabaco y medicinas.

Mía le contaba al médico de su vida en España, de las difíciles experiencias que habían vivido en el campo de refugiados franceses y de los días en el *Sinaia*.

—Cuando pasamos por el estrecho de Gibraltar, la gente comenzó a gritar y a correr por toda la cubierta del barco, porque decían que tenían miedo de que los aviones enemigos lo fueran a hundir —contaba Mía a su nuevo amigo—. Muchos lloraban desconsolados, mientras otros decían palabrotas; pero había algunos que, sacando valor, se ponían a cantar *La Internacional*: "¡Arriba, parias de la Tierra! ¡En pie, famélica legión...!". ¡Fue muy emocionante!

—Sí, sí, me imagino... Bueno, ¿y tú qué hacías mientras tanto? —preguntaba el farmacéutico conmovido por los relatos de la niña.

—Yo aprovechaba para robarme las golosinas que encontraba sobre las mesas mientras todos estaban distraídos.

—¿Y no tenías miedo? —preguntó el hombre, riendo por el comentario de Mía.

—¡Qué va! Yo sabía que íbamos a llegar sin contratiempos porque ya me lo habían dicho mis amigos.

—Ah, ¡qué bien! Así que tuviste tiempo para hacer amigos en el barco.

—Bueno, a Tlalli y Ejekatl los conocí en Sopuerta; en el barco solamente conocí a Atl.

—Qué curioso —comentó el médico, sorprendido una vez más por los relatos de la niña—. Esos nombres suenan como palabras que vienen de una de las lenguas que hablan los nativos de estas tierras; se llama "náhuatl". Cuando yo llegué a México lo estuve estudiando un poco, porque de vez en cuando se acercan a la botica familias que siguen hablando esa lengua azteca y, si no les entiendo, no puedo venderles los remedios que necesitan... Si mal no recuerdo... Tlalli quiere decir "tierra" ... Ejekatl... creo que es "aire" ... y Atl... me parece que quiere decir...

—¡"Agua"! —respondió Mía—. Eso ya me lo había dicho Atl.

—Ah, ¿sí? —preguntó el hombre impresionado por su respuesta—. Pues mira qué curioso, tienen los nombres de los elementos, solo te faltaría conocer a Tletl, que debe ser el fuego.

—Bueno, ellos son elementales —corrigió la niña con seguridad—, y si los conociera le parecerían más curiosos todavía, porque Ejekatl tiene plumas y puede volar, Atl tiene animales vivos en la cabeza y escamas como las de un pez, y Tlalli tiene el cuerpo cubierto de pelo de leopardo; además, puede trepar por las paredes como si fuera un gato y hundirse en la tierra como un topo.

—¡Ah! Entiendo —dijo el farmacéutico, deduciendo que todo era un juego creado por la imaginación de Mía, que había ideado historias con personajes fantásticos para protegerse del miedo y de los traumas vividos por tan dolorosas experiencias. Así que, sin intentar volverla a la realidad, le siguió la corriente con la curiosidad de ver hasta dónde podía llegar la imaginación de aquella niña a la que había tomado especial cariño.

—No sé cómo lo hacen —continuó diciendo Mía—, pero Atl me dijo hasta el día exacto en que llegaríamos a México.

—Ah, ¿de modo que tus amigos también tienen poderes de adivinación? —dijo el médico, fascinado por la narración de la niña.

—Sí. Como le decía, a Atl la conocí en el *Sinaia*; fue ella la que me dijo que vendríamos a vivir a Pachuca y también la que me dijo del portal.

—¿Cuál portal?

—No lo sé, el que está aquí en Pachuca.

—¡Ah! Seguramente te refieres a los Portales del Comercio que están frente a la Plaza Constitución. Es un edificio muy antiguo y además famoso porque alberga importantes casas comerciales.

—No lo sé... Pero cuando vengan mis amigos me van a llevar a conocerlo.

—¡Pues nada! —dijo el farmacéutico, levantándose de su asiento—. Si no vienen tus amigos, tal vez podamos ir tú y yo a los Portales en cualquier momento; hay un lugar en donde venden unos pastelillos deliciosos.

—Bueno, don Antonio —respondió Mía con rapidez—, aunque vengan mis amigos, usted y yo podríamos ir a probar esos pastelillos cualquier otro día.

—Pues así será, chiquilla —prometió el médico sonriendo, mientras daba unas palmaditas en la cabeza de la niña—. Hasta otro día entonces.

—Hasta otro día, don Antonio, y no se olvide de que está hecho el compromiso.

—No me olvido, chiquilla, cualquier tarde paso por ti y nos vamos de paseo para que conozcas los Portales.

Esa misma tarde, llegaron noticias para Mía y su familia. Por recomendación personal del doctor Aparicio y por presiones directas del gobernador Rojo Gómez, que promovía una ardua campaña de reparto de tierras y ayuda a los agricultores, habían conseguido para las cuatro mujeres terrenos para siembra y alojamiento en la hacienda de La Concepción; una hermosa propiedad ubicada a escasos ocho kilómetros de la capital, en una zona conocida como “El Alto Mezquital”.

La Concepción contaba con un largo historial que comenzaba entre los siglos XVI y XVII, en una época en que la hacienda había formado parte de las tantas posesiones de los curas jesuitas que, en esa etapa novohispana, se habían convertido en dueños de una gran parte del territorio nacional.

Desde su época como propiedad jesuita, las tierras de La Concepción habían estado dedicadas a la producción de pulque; ese maravilloso brebaje indígena que por siglos había sido la bebida ritual de los antiguos mexicanos y que, para aquellos días, se había convertido ya en la bebida predilecta en la mesa de ricos y pobres, aunque hubiera tantos rumores para desprestigiarla; ya que no faltaba quien aseguraba que los ricos tomaban el pulque como simple digestivo después de las comidas, mientras que los pobres lo bebían casi como "agua de uso", razón por la cual decían las malas lenguas que el pulque a los ricos los ponía alegres, y a los pobres, borrachos.

Debido a las crisis sociales de aquel momento y a las campañas de desprestigio en contra del embriagador jugo de maguey, la producción de pulque en La Concepción había disminuido en gran medida, y una parte de las tierras dedicadas al cultivo de aquellos bellos "penachos verdes" de donde se sacaba el aguamiel, estaban siendo destinadas a la siembra de cebada para la producción de cerveza, esa rubia bebida que se había convertido en la más grande competencia de la deliciosa poción vernácula.

Con la llegada de la revolución iniciada en 1910, La Concepción y muchas otras haciendas habían sido saqueadas o quemadas, y después, a causa de la Reforma Agraria, expropiadas por el gobierno de Lázaro Cárdenas en 1937. Para el otoño del año 39, en el que Mía y su familia llegaron a vivir a la hacienda, el licenciado Rojo Gómez ya había repartido el cuarenta por ciento de las tierras pertenecientes a La Concepción entre los campesinos, y el otro sesenta por ciento estaba siendo manejado por una cooperativa formada por las familias de aquellos que habían sido empleados de la hacienda por más de treinta años.

El casco principal de La Concepción, por su belleza arquitectónica, había sido restaurado por el gobierno, para transformarlo en el lugar de reuniones extraoficiales del gabinete; algo así como un hostal de lujo en el que acostumbraban hospedar a sus invitados más importantes, con la condición de que los trabajadores de la hacienda siguieran haciendo uso cotidiano de las trojes, las caballerizas, los tinacales y el alambique; la tienda de raya, la escuela y la capilla, lo que se había convertido en parte del atractivo turístico para aquellos que visitaban La Concepción.

El nuevo hogar de Mía y su familia era un pequeño rancho llamado El Refugio, ubicado en un terreno cercano a las tierras de sembradío, el cual le había sido expropiado al último capataz de la hacienda; un despiadado tirano que se vio obligado a huir con el resto de su familia, temiendo perder la vida en aquellos días de levantamientos campesinos.

El Refugio, de aproximadamente dos mil metros de extensión, estaba rodeado por una cerca de troncos y alambre; el pasto estaba crecido y seco, los árboles, deshidratados pidiendo a gritos un poco de agua, pero aun así era un hermoso lugar.

En el lado derecho de la propiedad había un granero y un corral que seguramente había servido para la cría de aves domésticas y cerdos, y al fondo del terreno estaba la casa. Era una construcción de estilo rústico en un solo nivel, con techo de dos aguas en teja roja, muros de piedra y ventanales de madera. La casa estaba bellamente adornada por una gigantesca enredadera de flores violetas que se aferraba a la vida pese a la falta del preciado líquido y que cubría casi por completo uno de los muros laterales de la construcción.

A pesar del tiempo y del abandono, el interior de la casa se conservaba en muy buenas condiciones; estaba decorada con muebles de maderas talladas a mano y una hermosa cocina al estilo mexicano, cubierta con mosaicos de talavera. Los dormitorios se encontraban al final de un pasillo, en la parte posterior, desde donde a través de enormes ventanales se podía admirar un paisaje de belleza indescriptible, en el que los campos sembrados por hileras interminables de verdes magueyes y las siluetas de majestuosas montañas que parecían acariciar un cielo de azul intenso hicieron que Serafina, con los ojos húmedos y abrazada al cuerpecito de su pequeña hija, diera gracias a Dios por aquellas inesperadas bondades que ponía en sus manos.

Eduviges Hidalgo

Como era ya una costumbre, el espíritu aventurero de Mía la llevó a explorar todos los rincones cercanos a la hacienda, en donde iba haciendo amigos sin la menor dificultad. Fue así como conoció a Braulio Farías y a Esteban Santos, que eran primos hermanos por parte de madre, además de ser los dos tlachiqueros más importantes y mejor pagados de La Concepción, por su maestría para extraer el aguamiel de los magueyes.

Esteban Santos era delgado y de buena estatura, tenía los ojos de un extraño color pardo y era dos años más joven que su primo Braulio, al que apodaban “el Conde”, un hombre de veinticinco años bien parecido, alto y musculoso; llevaba un machete colgado siempre a la cintura y un paliacate alrededor del cuello. El apodo le venía por el lado paterno, como producto de una leyenda que decía que su bisabuela había sido violada a los diecisiete años por un conde que había estado de visita en la hacienda. Decían que una noche que caminaba tambaleante entre los magueyes luego de haber probado su preciado néctar, se había encontrado con la muchacha que regresaba a su casa después de terminar sus labores en La Concepción. Cuentan que era una mujer tan bella y el conde había quedado tan embelesado al verla que, ayudado por la afrodisíaca bebida que había ingerido, no pudo resistir la tentación de hacerla suya. De esa violación había nacido su abuelo, al que burlonamente apodaron "el Conde Metl", que quiere decir "maguey" en náhuatl. Al morir, el abuelo de Braulio dejó a su padre, junto con las pocas pertenencias que tenía, aquel sobrenombre que él había heredado ya en tercera generación.

Poco después de haber comenzado su vida en El Refugio, Mía conoció también al que se convertiría en su mejor amigo de la hacienda. Se trataba de Eduviges Hidalgo, "Edu", como le diría la pequeña de cariño.

Eduviges era el orgulloso tinacalero de La Concepción; tenía fama de ser un poco chamán, mezcla de sacerdote y alquimista, y por si no fuera suficiente, como todos los grandes tinacaleros, era muy supersticioso; lo que era una característica común de los encargados de cuidar el aguamiel que se fermentaba en las tinas, en todas las grandes haciendas pulqueras de México.

Tenía cincuenta y ocho años, barba y bigotes entrecanos, ojos bonachones y un sombrero de piel de color café oscuro que permanecía pegado a su cabeza todo el día, excepto a las cinco de la tarde en punto, hora en que, como tradición, en el tinacal se cantaba "El Alabado", para bendecir el aguamiel y pedir que su fermentación fuera exitosa.

Eduviges era respetado por todos por sus grandes conocimientos sobre los secretos del pulque, a pesar de que muchos decían que tenía un carácter amargo y muy pocos amigos. La razón era que había perdido a su esposa años atrás dando a luz a su único hijo, al que tampoco había sido posible salvar. Desde entonces, escapando de la soledad y el dolor, se había refugiado en el cuidado de su tinacal, que para él se había convertido en su única familia y en un lugar sagrado.

Todos sabían que la entrada de las mujeres al tinacal de La Concepción estaba prohibida, porque decía Eduviges que a causa de su perfume el aguamiel se agriaba en las tinas. Es por eso que el día que Mía y él se conocieron, su primer encuentro no había sido muy afortunado, porque la había sorprendido merodeando dentro de su territorio, contemplando las pinturas que adornaban las ventanas del tinacal, mientras repetía de memoria la frase que había visto escrita en una cartela que estaba en el centro de uno de los muros, en la cual se leía: "Nunca la filosofía, la gramática ni las leyes han tenido la valía del zumo de los magueyes".

—Pero ¿¡tú qué haces aquí, escuincla del demonio!? —gritó Eduviges desesperado cuando descubrió a aquella españolita de cabello trigueño.

Mía se pegó un susto tal, que de un brinco llegó a esconderse detrás de unas barricas que estaban a un lado de las tinas.

—¡De nada te sirve esconderte detrás de los barriles, mocosa entrometida! ¡Ahora mismo te saco a chicotazos, ya verás!

Al escuchar las palabras de Eduviges, Mía se sintió perdida; la entrada del tinacal estaba demasiado lejos para escapar corriendo antes de que aquel hombre furioso la pudiera alcanzar. Así que, armándose de valor, sin tener más remedio salió de su escondite para enfrentarlo y, con su característico desparpajo, se atrevió a decir:

—¡Vamos, hombre, que no es para tanto! Solamente estaba viendo las pinturas de las ventanas.

—¡Qué pinturas ni qué ojo de hacha! ¿Qué no sabes que las mujeres no pueden entrar a mi tinacal? —preguntó Eduviges furioso.

—Pero si yo no soy una mujer, hombre, si acabo de cumplir los ocho —respondió Mía con tremenda carcajada.

—¡Pero todas las hembras huelen! No importa la edad que tengan. ¡Al aguamiel no le gustan las mujeres! —refunfuñó Eduviges.

—Pues qué delicado el tío ese, yo a lo único que huelo es a jabón.

—¿Tío, de qué tío hablas? —preguntó Eduviges desconcertado.

—Pues ese al que no le gusta cómo huelen las mujeres.

—No es ningún tío —corrigió Eduviges, tratando de ocultar una ligera sonrisa que comenzaba a dibujarse en su rostro al contemplar los ojos azules y vivarachos de aquella niña—. Así se llama el jugo que sale del maguey para fermentarse en las tinas.

—¡Ah! —respondió Mía, tapándose la nariz con los dedos—. ¿De manera que eso es lo que huele tan horrible? ¡Pues de qué se queja entonces!

—Es que el aguamiel es como la masa del maíz, cuando recién se prepara no huele tan bien, pero cuando la pones en el comal y se vuelve tortilla huele delicioso; ¡nomás espérate a que pasen unos días y vas a ver!

—Pues yo sigo sin entender por qué le molesta el olor de las mujeres.

—Son puros celos, güerita... puros celos y nada más —respondió Eduviges mientras acomodaba unos barriles.

—¡Ah, ya entiendo! —comentó Mía—. El aguamiel debe ser como el Pacorro, un gallego que venía en el barco. En un santiamén se le fue encima a golpes a otro gallego que se llamaba Inocencio, y todo porque se quedó mirando a su mujer cuando venía caminando con él por la cubierta. ¡Pobre hombre! ¡De seguro que no le quedaron ganas de volver a mirar a una mujer en su vida! ¡Como si se la fuese a robar solamente por verla!

—¿Y qué barco es ese? —preguntó Eduviges, divertido por el comentario de la niña.

—Pues el *Sinaia*, el que nos trajo a América cuando dejamos nuestra tierra.

—¡Ah! —comentó Eduviges—. ¿Así que tú eres de los gachupines que llegaron hace poco?

—¡Eh, más respeto, hombre! Que nos acabamos de conocer, y eso de "gachupín" suena como mala palabra.

—Tienes razón, güerita, tú disculpa; pues entonces me presento: me llamo Eduviges Hidalgo, pa' servirte.

—Pues yo soy Mía Gómez Urrutia, a tus órdenes. Espero que ahora que ya nos conocemos no te moleste que te visite de vez en cuando, así hasta puedo hacerme amiga del aguamiel ese para que no se ponga celoso.

—Está bueno —dijo Eduviges, apretando la mano de la niña—, pero que conste que si se agria el pulque no te dejo volver a entrar.

—¡Es un trato, Edu! —dijo Mía con mucha confianza—. Ya verás que el aguamiel saldrá tan bueno que hasta te vas a chupar los dedos; tú y él me vais a extrañar cuando no venga a veros.

Ese fue el principio de aquella amistad que a todos sorprendería en La Concepción. Eduviges, aquel tinacalero que muchos conocían como un hombre amargado y poco tratable, comenzó a transformar su carácter intolerante por uno más sociable y amistoso; era como si, mágicamente, la pequeña hubiera inyectado algo de vida y ternura en sus venas, a través de su cariño y sus interminables ocurrencias.

Mía y su familia, poco a poco, fueron encontrando ese sentimiento de pertenecer que habían perdido al dejar España; poco a poco, se fueron adaptando a su nueva vida y comenzaron a sentir que habían recuperado su hogar.

Serafina, fuerte y valerosa, ayudada por sus hijas mayores trabajaba todas las mañanas en las tierras que les habían sido asignadas para la siembra de cebada, mientras que Mía, después de alimentar a los animales que formaban su pequeña granja, asistía no de muy buena gana a la humilde escuela que se había edificado en los terrenos de La Concepción para instruir a los hijos de todos los trabajadores de la hacienda.

Después de su trabajo del día, como premio al esfuerzo de aquellas cuatro mujeres, las esperaba la frescura de la tarde que salían a disfrutar en una acogedora terraza que habían acondicionado frente a la entrada de la casa. En esa rutina diaria, Serafina y sus hijas mayores tejían, bordaban o escribían largas cartas con destino a España, contemplando el maravilloso paisaje, sin que pudiera faltar, como parte del escenario, el que Teté y Charito interrumpieran sus labores para comenzar a discutir con Mía, la que siempre hacía los deberes de la escuela entre refunfuños y distracciones, mientras en el horizonte se pintaba el crepúsculo.

Con frecuencia recibían la visita del doctor Aldana, quien invariablemente, después de ir al correo, les llevaba golosinas o remedios, pero nunca las tan anheladas cartas que Serafina esperaba en respuesta a las suyas; cartas que, en aquellos tiempos difíciles, nunca llegaban a su destino ni de ida ni de regreso.

También recibían la visita de algunos habitantes de la hacienda que, con el pretexto de llevar un regalo o pedir una ayuda, saciaban su curiosidad de contemplar a aquellas españolitas de piel blanca, hablar extraño y ojos claros.

Entre los que comenzaron a rondar el rancho de Serafina discretamente se encontraban Braulio, al que apodaban "el Conde", y su primo Esteban, los que por casualidad habían conocido a Teté y Charito una tarde en que, como de costumbre, habían salido a buscar a su escurridiza hermana, quien una vez más se había escapado de casa para visitar a sus amigos de la hacienda.

Cuando Braulio descubrió a Teté caminando entre los magueyes, con el cabello suelto acariciado por el viento y los ojos claros iluminados por el sol de la tarde, pensando que era como una aparición, sufrió el mismo hechizo de su bisabuelo muchos años atrás y, al igual que él, quedó prendado de aquella joven españolita que con enojo repetía en voz alta el nombre de su hermana.

—¡Mía, estúpida holgazana! ¡Esta vez no te salvas de una paliza! ¡Mía!

—¡Huy, güerita! Creo que aquí no la vas a encontrar —dijo Braulio, saliendo de entre los magueyes con el torso desnudo—. De seguro que anda por el tinacal platicando con Eduviges.

—Gracias —respondió Teté sorprendida, al ver a Braulio luciendo su hermosa musculatura.

—Gracias las que te adornan, güerita. ¿Así que eres la hermana de Mía?

—Sí, por desgracia —comentó Teresa molesta y nerviosa—. ¡Daría cualquier cosa por no serlo!

—¡Ah!, ¡qué güerita tan malhumorada! Si esa chamaquita es la pura verdad.

—Sí, claro; vive con ella un tiempo para que veas lo que es.

—Pero si yo con quien quisiera vivir es contigo, mi alma —dijo Braulio sin reservas.

—¡Por Dios, qué cosas dices! —contestó Teresa halagada y avergonzada por el comentario de Braulio.

—¡La pura verdad, güerita! Y a todo esto... ¿cómo te llamas?

—Teresa, me llamo Teresa, pero me dicen Teté.

—Pues mucho gusto, Teresita —dijo Braulio, estirando la mano para saludarla—. Yo me llamo Braulio, pero todos me conocen como "el Conde".

—Mucho gusto —respondió ella nerviosa, bajando la mirada.

—¿Y qué Teté, es que a mí no me vas a presentar? —escuchó decir a su hermana Charito que se acercaba en ese momento.

—Sí, claro... Ella es mi hermana Rosario.

—Pero me dicen Charito —se apresuró a decir Rosario mientras le daba la mano.

—¡Ah, Charito, mira nomás! Pues deja que te presente a mi primo, que es casi como mi hermano. ¡Esteban, ven pa'cá! —dijo Braulio, asomándose entre los magueyes—. Mira, te voy a presentar a Rosarito, ¡se me hace que ahora sí te vas a volver bien devoto, compadre!

—Mucho gusto, güerita —saludó Esteban, saliendo de la magueyera—. Mira nomás qué casualidad... dos hermanas y casi dos hermanos. No, si mi primo tiene razón, ¡ahora sí que me va a gustar rezar el rosario todos los días!

—Bueno, ya tenemos que irnos —dijo Charito sonrojada por el comentario de Esteban—, tenemos que encontrar a mi hermana.

—Ah, pues nosotros las acompañamos porque estoy seguro de que Eduviges no las va a dejar entrar al tinacal —propuso Braulio.

—La única hembra que puede entrar ahí es su hermanita, no sé cómo le hizo para ganarse el permiso de Eduviges —comentó Esteban riendo.

Así comenzaron las relaciones amorosas de esas cómplices españolitas que descubrirían los deleites del amor y el sexo en los brazos de aquellos dos atractivos hombres que, al igual que muchos otros varones de La Concepción, estaban acostumbrados a tener amoríos aquí y allá, a ser machos libres y sin compromisos, lo que fascinó a Teté y Charito aún más, y las llevó a involucrarse en una aventura secreta y apasionada que traería insospechadas consecuencias para su familia.

El Granero

Una tarde en que Charito y Serafina salieron al centro de la ciudad a comprar estambres y telas, aprovechando su ausencia Teresa dejó entrar a Braulio en El Refugio a escondidas, sabiendo que, como de costumbre, su aventurera hermana menor se encontraba visitando a su amigo del tinacal.

Ocultos en el granero, Teresa y Braulio se amaron apasionadamente, olvidando por completo el lugar en el que se encontraban.

Mía regresaba al rancho después de su visita por el tinacal de Eduviges, cuando al pasar por el granero escuchó unos ruidos extraños. Sin poder evitarlo, su curiosidad de niña la llevó a entrar sigilosamente al lugar, pensando que tal vez se trataba de sus amigos elementales, pero en vez de eso lo que descubrió fue a su hermana Teresa sin una prenda de ropa acostada en la paja y, desnudo igual que ella, al hermoso varón apodado “el Conde”, quien montado sobre ella gemía mientras se movía de una manera extraña.

Mía se quedó observándolos por un rato, recordando de repente al semental de su padre cuando montaba a las vacas en el caserío español, y sin el menor escándalo pensó que era eso lo que Teté y el Conde estaban haciendo; pero conociendo el carácter duro de su hermana mayor, con temor por su reacción si se daba cuenta de que los había descubierto, haciendo el mínimo ruido salió del granero y se sentó en la terraza a esperar la llegada de su madre.

Media hora más tarde, vio salir a su hermana Teresa por la puerta del granero, seguida por la figura del gallardo muchacho que venía detrás de ella acomodándose el paliacate que llevaba anudado en el cuello. Se dieron un beso apasionado y se despidieron ante la presencia silenciosa de la niña.

De pronto, Braulio descubrió a Mía que los miraba desde la terraza, y sonriendo despreocupado mientras se alejaba, le dijo:

—Adiós, chamaquita linda, nos vemos otro día.

Cuando Teresa se dio cuenta de que hablaba con Mía, corrió hacia ella y, en un tono amenazador, mirándola fijamente a los ojos mientras la tomaba del cabello, le dijo:

—¡Si dices algo, te juro que te mato!

Entró a la casa y cerró la puerta dejando afuera a la pequeña niña, quien en ese momento comprendió la gravedad de lo que había presenciado. Sin saber por qué, por primera vez tuvo miedo de su hermana, ¡había tanto odio en su mirada!, y sintió el deseo de volver al huerto de su padre, para refugiarse en el árbol donde siempre se había sentido segura y resguardada.

El recuerdo de sus amigos fantásticos llegó a su memoria después de tanto tiempo en que parecía que ya los había olvidado, y con él, la desilusión que sentía por no haberlos visto de nuevo luego de aquel día en que conociera a esa elemental llamada Atl en la cubierta del *Sinaia*.

Esa noche hubo mucho silencio a la hora de la cena; Mía no tenía demasiadas ganas de compartir con su madre sus aventuras de aquel día por temor a Teresa.

Serafina, preocupada por la actitud de su hija, pensando que estaba enferma, la llevó a su recámara y se recostó junto a ella hasta que logró que se quedara dormida.

Entre tanto, Teté daba vueltas de un lado a otro de su habitación estrujándose las manos, mientras Charito la contemplaba asombrada por su extraña actitud. Por fin, después de un rato de verla ir y venir, la interrogó:

—Pero Teté, ¿qué te pasa? ¿Por qué vas y vienes alrededor de la cama como león enjaulado?

—¡Es que, si madre se entera, me mata! ¡Es capaz de cualquier cosa!

—¿Si se entera de qué?

—Mira, Charito, tengo que contarte algo, pero tienes que prometerme que no dirás nada. ¡Prométélo!

—¡Está bien, lo prometo!

—Es que Mía me descubrió en el granero con Braulio... y no sé qué habrá visto. Con lo habladora que es, es capaz de ir y contárselo a mamá.

—¡¿Pero estás loca Teresa?! ¡¿Cómo te atreviste a traerlo aquí?!

—¡No lo sé! Yo sabía que mamá y tú iban a tardarse, y la estúpida esa siempre está fuera de casa; no pensé que regresaría tan pronto.

—¿Lo ves? —dijo Charito—, es por eso que Esteban y yo siempre nos vemos en las caballerizas abandonadas de la hacienda, ahí nadie nos mira.

—¿Pero ahora qué voy a hacer? Si Mía dice algo, de seguro que mamá nos encerrará a las dos a piedra y lodo, y tú tampoco podrás volver a ver a Esteban.

—¡Eso ya lo veremos! —dijo Charito enojada—. No te preocupes, yo me encargo de que esa resabida no diga nada, sé bien cómo manejarla.

Pasaron varios días de extraña calma en El Refugio, en los que incluso Serafina pensó que los problemas entre sus hijas mayores y la pequeña iban desapareciendo; parecía que Teté y Charito trataban a Mía con más consideración y paciencia, y hacían lo posible por evitar discusiones con ella.

Satisfecha por la actitud de sus hijas, Serafina decidió que iría sola a entregar a la cooperativa las cuentas de la siembra de esa quincena y aprovecharía para ir al centro de la ciudad a comprar algunas golosinas para traerlas de sorpresa a sus hijas.

"Está bien que pasen unas horas juntas sin que yo esté con ellas", pensó Serafina, convencida de que había tomado una buena decisión.

Pese a los ruegos de Mía para que no la dejara a solas con sus hermanas, Serafina salió de la casa ese viernes por la tarde, haciendo todas las recomendaciones necesarias. Estaba convencida de que ella no viviría para siempre y de que era conveniente que sus hijas comenzaran a tomar las riendas de la casa por sí solas de vez en cuando.

Mía, como todas las tardes, se sentó en la terraza para hacer sus deberes del colegio en un inusual silencio, mientras Teté y Charito, desconcertadas por el comportamiento de su hermana, sacaron sus canastas de labores y se sentaron también.

El tiempo pasaba, el sol comenzaba a ponerse y Mía parecía no terminar de hacer sus deberes; Teté y Charito la contemplaban inquietas y se miraban en silencio una a la otra, sin comprender qué detenía a su hermana para salir corriendo en busca de su amigo del tinacal como todas las tardes.

Sin poder soportar más la actitud de Mía, y sabiendo que Esteban y Braulio las esperaban en las caballerizas aprovechando la ausencia de su madre, cansada de esperar y viendo que su hermana no tenía intención de moverse, Teresa le dijo con ansiedad:

—Vamos, Mía, termina de una vez, que tienes más de una hora haciendo los deberes.

—Pero si ya he terminado desde hace un buen rato —dijo la niña con aburrimiento.

—¿Y entonces qué esperas para recoger tus cosas e irte a pasear como de costumbre?

—¡Claro! —dijo Rosario con aparente amabilidad—. El que mi madre no esté aquí no quiere decir que no puedes salir, nosotras te damos permiso.

—Y bueno, ¿ahora qué os pasa, a qué se debe tanta cordialidad? —preguntó Mía con recelo—. Vosotras siempre traéis pleito conmigo porque me salgo de casa.

—Pero ahora yo estoy a cargo —respondió Teté—, hoy yo te doy permiso.

—Pues hoy no quiero salir.

—¡¿Y por qué no?! —preguntaron las dos al mismo tiempo.

—¡Porque no me da la gana! —respondió la pequeña con firmeza—. Y porque desde hace varios días estáis muy sospechosas las dos.

—¿A qué te refieres con eso de muy sospechosas? —preguntó Teresa, subiendo el tono de voz.

—Pues a eso, que yo sé lo que estáis tramando; que sé el lío que os traéis con Esteban y con Braulio.

—¡Cállate, estúpida! —gritó Rosario—. ¡No sabes de lo que estás hablando!

—¡Claro que lo sé! Vosotras queréis que yo me vaya a paseo para ir a buscarlos a La Concepción, que sé bien lo que he visto.

—¡¿Y qué has visto, estúpida de mierda?! ¡Si tú no sabes nada!

—¡Claro que lo sé! ¡Que he visto lo que Teresa hace en el granero con el Conde y lo que haces tú con Esteban en las caballerizas de la hacienda! ¡Y cuando venga mi madre se lo voy a contar de una vez por todas!

Al escuchar las palabras de su hermana menor, Teresa y Rosario dieron un brinco de sus asientos y corrieron hacia ella, la tomaron de los brazos y comenzaron a zarandearla como si se tratase de una muñeca de trapo.

—¡Tú no vas a decir nada, mocosa estúpida, no vas a decir nada!

—¡Pues ya verás que sí! ¡Y se lo voy a contar también a Eduviges para que ponga a esos dos gamberros en su sitio!

Mía comenzó a forcejear con sus hermanas y, en un arranque de valentía, le dio un pisotón a Rosario mientras mordía la mano de Teresa; las dos la soltaron al mismo tiempo y la pequeña aprovechó ese instante para escabullirse por entre las piernas de Rosario. Se echó a correr con la rapidez que sus nueve años y medio le permitían y se metió en el granero; después, haciendo un enorme esfuerzo para alguien tan pequeña como ella, arrastró un tronco que había junto a unas pacas de paja, atoró la puerta por dentro y, sentándose en el tronco, se quedó muy quieta.

Afuera se escuchaban las voces alteradas de sus hermanas que empujaban la puerta con violencia tratando de entrar; por fin, después de un rato de infructuoso esfuerzo, escuchó la voz de Teresa que desde afuera gritaba:

—¡Está bien, estúpida! ¡Pues si no quieres abrir, te vas a quedar ahí encerrada hasta que venga nuestra madre!

Mía escuchó el sonido de la enorme aldaba de la puerta que se cerraba por fuera y tuvo ganas de llorar, pero como no tenía la intención de que sus hermanas pensaran que habían ganado la batalla, aguantó el llanto y se quedó muy callada.

—Espera, Teté —escuchó decir a su hermana Rosario en voz baja desde afuera del granero—, y si llega mamá, ¿qué le vamos a decir?

—Le diremos que, como de costumbre, pensamos que Mía se había escapado a la hacienda y que por eso no nos preocupamos; que seguramente se metió a jugar en el granero y sin querer se cerró la aldaba. Ya ha pasado otras veces que la puerta se cierre sola, así que no va a extrañarle que suceda de nuevo.

—Sí, tienes razón —respondió Rosario—, es una buena idea.

—Ven, vamos a perfumarnos y nos vamos a ver a Braulio y a Esteban, si mamá regresa antes que nosotras le decimos que fuimos a la hacienda a buscar a Mía.

La pequeña se acercó a la puerta y, desde adentro del granero, gritó:

—¡Que te estoy escuchando Teté, que no estoy sorda! ¡Le voy a decir a madre igual todo esto cuando salga de aquí!

—¡Pues más te vale que lo pienses bien mientras estés ahí dentro, porque si dices algo la vas a pasar muy mal! ¡Eso te lo prometemos!

—Sí —dijo Rosario, siguiendo el tono de Teresa—, la vas a pasar muy mal.

—¡Pues no os tengo miedo a ninguna de las dos!

—Ah, ¿no? ¡Pues a ver si tampoco les tienes miedo a las cabezas de los muertos cuando se haga de noche! —replicó Teresa.

—¡Sí, ojalá y te coman los ojos, mentirosa estúpida! —agregó Charito.

Escuchó las risas de sus hermanas alejándose y, haciendo un esfuerzo, quitó el tronco para abrir la puerta, pero fue inútil, era verdad que sus hermanas la habían encerrado por fuera.

La luz del sol empezaba a ocultarse entre las montañas y en poco tiempo se encontraría a oscuras en el granero. Nunca le había gustado la oscuridad por los miedos nocturnos que habían crecido en ella, desde aquellos días en que comenzaron sus pesadillas, cuando recordaba las miradas de los cadáveres que había visto con su padre en las fosas comunes; esas aterradoras visiones que aún seguían asaltando sus sueños de vez en cuando, aunque su madre hubiera usado todo tipo de argumentos intentando borrar esas imágenes de su memoria.

La noche estaba cayendo, así que debía salir de ahí lo más pronto posible. Lo primero que debía hacer era buscar cómo iluminar el granero para no pasarla tan mal, y entonces corrió al lugar donde estaba colgada la lámpara de petróleo que su madre había puesto ahí para casos de emergencia y, usando una vara, la descolgó del muro; buscó las cerillas que Serafina mantenía guardadas sabiamente dentro de un viejo baúl de madera que estaba justo debajo de la lámpara, y respiró tranquila cuando las tuvo en sus manos.

Después, comenzó a inspeccionar el lugar para decidir cuál sería la mejor forma de recuperar su libertad; tras un rato de estudiar sus posibilidades, llegó a la conclusión de que la única forma de salir de su encierro era trepar por una de las ventanas que había en el muro del granero, pero la verdadera dificultad sería alcanzar la ventana. Era tan pequeña de estatura y la ventana estaba tan alta, que no podría llegar hasta ahí, a menos que subiera en una escalera o en algo en lo que pudiera trepar, y mientras deliberaba, la oscuridad seguía creciendo.

Prendió una cerilla y encendió la lámpara, lo que la hizo sentirse más tranquila al comprobar que tenía suficiente petróleo para un buen rato; miró a su alrededor y decidió amontonar varias pacas de paja para trepar por ellas y lograr su objetivo.

El primer escalón no tenía dificultad, bastaba con arrastrar una paca y pegarla al muro, el problema sería subir una encima de otra para lograr la altura que necesitaba, pero dispuesta a recuperar su libertad, haciendo un gran esfuerzo, comenzó a cargar las pacas y las fue acomodando lo mejor que pudo; por fin, después de un rato, con la ayuda de unos troncos había logrado amontonar cuatro bultos de paja que serían suficientes para alcanzar la ventana; agarró la lámpara y empezó a trepar con gran dificultad.

¡Le faltaba tan poco para alcanzar la libertad! ¡Solo necesitaba abrir la ventana y pasar por ella!

Tomó la lámpara con una mano y con la otra comenzó a forcejear el cerrojo, pero estaba tan oxidado y hacía tanto tiempo que no se había abierto, que por más esfuerzos que hacía no podía levantarlo. De pronto, su pie resbaló por la orilla de la paca en que estaba subida, y perdiendo el equilibrio cayó al suelo agarrada de la lámpara de petróleo. El quinqué se estrelló en el piso y, derramando su líquido, empezó a incendiar el lugar.

Afuera, se comenzaron a escuchar las voces de Teté y Charito que pasaban por el granero en su huida hacia la hacienda; Mía empezó a gritar que la dejaran salir porque el granero se estaba quemando, pero haciendo caso omiso de las súplicas de su hermana, se rieron mientras de manera burlona decían:

—¡Ay, ay, que se incendia el granero, que se incendia el granero! ¡Ojalá y te quemes, mentirosa estúpida, a ver si así aprendes a quedarte callada de una buena vez!

Las risas de Teté y Charito se fueron alejando, mientras las llamas empezaban a crecer y una enorme cantidad de humo envolvía el lugar; Mía corrió hacia la puerta y golpeó pidiendo ayuda, pero afuera solo había silencio. Comenzó a toser con fuerza y, poco a poco, se fue desvaneciendo hasta caer al suelo.

De pronto, como en un sueño, empezó a escuchar una voz conocida y lejana que la llamaba por su nombre; abrió los ojos lentamente haciendo un gran esfuerzo, mientras sintió que alguien la levantaba en vilo. Era aquella elemental que conocía como Tlalli, quien, emergiendo de la tierra, la tomó entre sus brazos diciendo:

—¡Ya estás a salvo, pequeña! No temas.

Mía la miró aturdida sin comprender lo que estaba pasando; como en un sueño, comenzó a contemplar con lentitud lo que sucedía en el granero y volvió a caer en la inconsciencia.

En ese instante, apareció Atl, la mujer pez, quien, extendiendo los brazos, empezó a formar una enorme burbuja de agua alrededor de ellas para protegerlas del fuego.

—¡Sácala de aquí, Tlalli, llévala pronto a Xoxafi! —dijo Atl con urgencia.

Tlalli cubrió a Mía con sus brazos y desapareció con ella dentro de la tierra, mientras la enorme burbuja de agua se rompía convertida en miles de gotas pequeñas.

En la parte más elevada del granero, apareció Ejekatl, aquel extraño elemental de bello plumaje, el cual, abriendo sus inmensas alas azules, comenzó a agitarlas mientras decía:

—¡Vamos, Tletl, no tenemos mucho tiempo! ¡Necesitamos quemar todo antes de que alguien llegue!

De entre las llamas surgió otro extraordinario ser cuyo cuerpo estaba formado de brasas vivas, como si fuera un enorme carbón encendido con figura humana, el cual llevaba un sorprendente tocado formado por pequeñas llamas de distintos colores que ardían todo el tiempo sobre su cabeza.

Comenzó a tocar todos los rincones del granero, haciendo que estos se incendiaran al contacto de sus manos incandescentes, mientras Ejekatl seguía agitando sus alas para avivar el fuego.

En unos cuantos minutos, el granero se había convertido en una enorme hoguera que calcinaba todo lo que tenía a su alcance.

Teté y Charito jugueteaban satisfechas y enamoradas con Braulio y Esteban en La Concepción, cuando empezaron a escuchar la campana de la iglesia y sintieron un fuerte olor a quemado. El juego se detuvo, y Braulio salió corriendo de las caballerizas seguido por Teresa que preguntaba asustada:

—¿De dónde viene ese humo?

—Pues me parece que viene de El Refugio, Teresita —dijo Esteban, asomándose también.

Corrieron los cuatro hacia la casa y encontraron a Serafina que, junto con varios habitantes de los alrededores de la hacienda, cargaba cubetas con agua intentando apagar el fuego. En ese momento, ante los sorprendidos ojos de todos, el techo y las paredes del granero comenzaron a colapsarse cayendo estrepitosamente por el suelo.

Teresa y Rosario se tomaron con fuerza de la mano y se quedaron viendo lo que sucedía totalmente atónitas, al darse cuenta de lo grave que era la situación. Cuando Serafina descubrió a sus hijas, soltó la cubeta que tenía en las manos y corrió hacia ellas con los brazos abiertos mientras exclamaba:

—¡Bendito Dios que estáis bien! Cuando llegué y vi lo que estaba sucediendo, corrí a casa a buscaros, pero no había nadie. Entonces supuse que habíais ido a buscar ayuda y gracias al Cielo esta buena gente vino también para ayudarme a apagar el fuego, pero ya no pudimos entrar al granero porque las llamas eran demasiado grandes; no había forma de salvar nada de lo que había ahí dentro. ¡Bendito Dios que estáis a salvo! ¿Dónde está Mía? —preguntó Serafina con urgencia.

—¡No lo sé! —contestó Teresa asustada, imaginando lo que podía haber pasado con su hermana menor; pero después de un instante de duda, al comprender las consecuencias que para ella y Rosario podría traer la confesión de la verdad, decidió ocultarla y seguir con el plan que ella y Charito habían acordado—. Charito y yo fuimos a buscarla a la hacienda porque se escapó como de costumbre, pero no la encontramos por ningún lado,

¿verdad? —dijo, buscando la complicidad de su hermana.

—Sí —contestó Rosario, entendiendo la mirada de Teresa—, la buscamos, pero no la vimos en ningún lado.

—¡Pues hay que encontrarla! —exclamó Serafina con urgencia—. ¡Debe haber corrido a buscar ayuda cuando vio que había un incendio! ¡Hay que buscarla por toda la hacienda!

—¡No se preocupe, doña Serafina! —se apresuró a decir Braulio, sin sospechar lo que Teresa y Rosario habían hecho—. Entre todos encontraremos a la güerita, ¡ya verá!

—¡Dios se los pague! ¡Gracias por su ayuda!

Braulio y Esteban se dieron a la tarea de formar varias brigadas de búsqueda entre los vecinos de los alrededores de la hacienda, quienes, una vez organizados, salieron con lámparas y antorchas a buscar a Mía.

—Yo creo que ustedes deben quedarse aquí por si llega la güerita, doña Serafina, así podrá avisarnos alguna de sus hijas si es que regresa. Yo voy a ver a Eduviges a los tinacales, de seguro que él la debe haber visto, ya ve que son rete buenos amigos.

—Muchas gracias, Braulio, Dios se lo pague; aquí esperamos —dijo Serafina esperanzada, mientras Teté y Charito se miraban a los ojos asustadas.

Fue una larga noche en la que se peinaron por completo las ochenta hectáreas de La Concepción y sus alrededores; horas de angustia en las que, por dondequiera, lo único que se escuchaba en el ambiente era el nombre de Mía.

Cuando los primeros rayos del sol comenzaron a asomarse en el horizonte, se dio por terminada la búsqueda, que, como era de esperarse, no tuvo ningún éxito.

Fue el propio Eduviges Hidalgo, acompañado por Braulio y Esteban, quien se encargó de comunicarle a Serafina que su búsqueda había sido infructuosa. Serafina, sentada en la terraza, con el rostro oculto entre las manos escuchaba las funestas palabras que salían de los labios de aquel hombre, en cuya mirada se veía reflejado el sufrimiento que le ocasionaba ser el mensajero de tan terrible noticia.

—Lo único que nos queda ahora, doña Serafina, es levantar los escombros del granero para ver con qué nos encontramos. Si usted nos autoriza, lo puedo hacer yo con ayuda de los tlachiqueros —dijo Eduviges consternado.

—¡Hagan lo que sea necesario! —respondió Serafina, buscando fuerzas para soportar su profundo dolor.

Dentro de la casa, Teresa y Rosario escuchaban las palabras de Eduviges con la respiración contenida; una lágrima resbaló por la mejilla de Rosario, después otra y otra, hasta convertirse en un llanto incontenible sin que pudiera evitarlo.

—¡Tienes que ser fuerte, Charito! —le dijo Teresa en voz baja—. ¡Recuerda que las dos estamos metidas en esto! ¡Nadie debe enterarse de lo que pasó! ¿Entiendes? ¡Nadie debe enterarse jamás!

—Pero, ¡¿qué va a pasar cuando levanten los escombros del granero?! —dijo Rosario muy angustiada—. ¡Seguramente se van a encontrar a Mía ahí debajo!

—No lo sabemos; es muy probable que haya hallado la forma de salir del granero cuando comenzó el incendio, pero si llegaran a encontrar su cuerpo y nosotros decimos lo que pasó, podríamos ir a la cárcel, ¿entiendes? ¡No podemos decir nada! ¡Nunca jamás!

—Está bien —dijo Rosario—, ¡nunca jamás!

Ese día, de sol a sol, Eduviges y los tlachiqueros de La Concepción trabajaron sin descanso para levantar los escombros del granero buscando lo que todos rogaban no encontrar: el cuerpo de la niña; pero la intensidad de aquel incendio había sido tal, que lo único que habían encontrado bajo los escombros eran cenizas, los restos calcinados de los aperos que en su momento habían colgado del muro del corral y algo que podía ser un pequeño dije de oro derretido, que parecía haber tenido una imagen que ya no podía distinguirse a causa del incendio.

Cuando Serafina tuvo en sus manos aquel pequeño trozo de metal precioso, lloró sin descanso, al reconocer en él la medallita que había colgado del cuello de su hija durante sus ocho años de vida.

Ese día hubo gran tristeza entre los habitantes de la hacienda y sus alrededores; largas filas de gente se allegaban al rancho El Refugio con velas encendidas y ramos de flores; eran vecinos conmovidos y sentidas plañideras, que después de dejar sus ofrendas en el lugar donde había estado el granero, se ponían de rodillas formulando rezos llorones y cantos de despedida para aquella niña que, en unos cuantos meses, se había robado el corazón de todos los habitantes de La Concepción.

Xoxafí

Cuando Mía abrió sus enormes ojos azules, se encontró con visiones y paisajes inesperados que la hicieron olvidar, por un momento, todo lo que había sucedido en El Refugio.

Lo primero que llamó su atención fue encontrarse recostada en un suave lecho formado por miles de pequeñas plumas de hermosos colores tornasolados, las que a su vez se entretejían sobre su cuerpo formando un delicado cobertor tan cálido y confortable, que a lo único que podía parecerse era a los tiernos brazos de su madre.

El lugar estaba conformado por una caverna de gran extensión, donde se levantaban acumulaciones rocosas de colores rojizos y naranjas, combinados con ocres y óxidos intensos. Al fondo, se descubría una enorme bóveda, y en la parte más alta de esta, una curiosa abertura diseñada por la Madre

Naturaleza, que parecía una especie de ventanal gigante en forma triangular casi perfecta, de la cual brotaba una gruesa cascada de aguas cristalinas que, de manera constante, caía juguetona entre burbujas y espuma en un apacible río de color esmeralda.

De ese mismo boquete, Mía veía entrar y salir hermosas aves de color azul eléctrico, con largas timoneras de mil tonos brillantes, las que seguramente habían sido donadoras de su cama de plumas. Seres alados de indescriptible belleza, que, al mismo tiempo que se deslizaban por el aire con gran sutileza, emitían un dulce sonido que viajaba rebotando por todos los rincones del imponente lugar.

A unos cincuenta metros de distancia, sobre una formación rocosa, Mía descubrió la presencia de Tlalli, aquel extraño ser de rasgos felinos que conociera en el huerto de su padre, y a quien recordó haber visto junto a ella por un instante antes de perder el conocimiento en el granero del rancho.

Fue entonces cuando Mía recordó confundida lo que había sucedido, y mientras las ideas se iban aclarando en su cabeza, comenzó a sentir una opresión en el pecho recordando las voces de Teté y Charito cuando burlonas decían: "¡Ojalá y te quemes, mentirosa estúpida, a ver si así aprendes a quedarte callada de una buena vez!".

Su corazón infantil se había acostumbrado a ver como normal el que sus hermanas mayores siempre estuvieran enojadas con ella, que siempre buscaran un pretexto para regañarla o hacerla pasar un mal rato; pero lo que su mente infantil no alcanzaba a comprender en aquellos momentos era que ese resentimiento que guardaban las pudiera haber llevado a encerrarla en el granero y a no importarles que se quemara con ella dentro.

Súbitamente, llegó a su memoria el día que sorprendió a Teresa con el Conde ahí mismo, y un escalofrío recorrió su espalda al recordar el odio que había en la mirada de su hermana mayor, cuando le dijo: "Si dices algo, te mato".

Cerró los ojos con fuerza tratando de alejar esos recuerdos y, evocando la dulce presencia de su madre y su sonrisa tierna, respiró profundamente; volvió a abrir sus enormes pupilas, y bajó del lecho de plumas para acercarse a Tlalli y preguntarle si podía llevarla a casa. La elemental, observando distraída la caída de aquella cascada subterránea, no se había percatado de que Mía ya estaba despierta, hasta que una de aquellas aves de hermoso plumaje voló al ras de su cabeza y la obligó a voltear en dirección a ella.

Tlalli desapareció repentinamente de la vista de Mía y apareció un segundo después irrumpiendo del fondo de la tierra junto al lecho, desde donde la pequeña la miraba sorprendida, sin poder disimular el asombro que le causaba la presencia de aquellos extraños y amigables seres de facultades extraordinarias.

—Hola, Mía, ¡qué bueno que despertaste! ¿Me recuerdas? —dijo el ser de ojos felinos, sentándose al borde de su lecho de plumas.

—Sí... —respondió la niña con timidez—. Tú eres Tlalli, la que trepa paredes y se zambulle dentro de la tierra como un bizcocho en un vaso de leche.

—Así es —dijo Tlalli, sonriendo por la respuesta de la pequeña—; yo soy parte de la tierra, es por eso que puedo fundirme con ella y viajar a través de sus elementos siempre que quiero.

—Entiendo, es como Atl con el agua y Ejekatl con el viento; esos deben ser también sus elementos.

—Sabia deducción —dijo Tlalli, sorprendida por la vivaz inteligencia de aquel ser humano tan pequeño—; hay otro elemental más, pero su elemento es el fuego.

—¡Anda! —exclamó Mía—. Pues eso ya me lo había dicho don Antonio. ¡Entonces el tío tenía razón!

—¿Y quién es don Antonio?

—Es un boticario que es mi amigo; él fue el que me dijo que me faltaba conocer al fuego cuando le platiqué de vosotros.

—Pues tu amigo tenía razón; al elemental del fuego lo llamamos Tletl, y lo conociste anoche, cuando estabas en el granero, ¿lo recuerdas?

—No lo sé... —respondió la pequeña con un poco de angustia—. Me pareció ver a un ser enorme que parecía una piedra encendida, pero no estoy segura. Solo recuerdo que me resbalé cuando intentaba abrir la ventana... después, todo comenzó a arder y creo que me quedé dormida.

—Bueno, en realidad ninguno de nosotros los elementales somos como tú nos ves, es tan solo una percepción de tu imaginación infantil. Hemos tomado esta apariencia en tu mente, tan solo para que tú puedas identificarnos, pero en realidad, los elementos no somos seres con figura humana, ni plumas, ni piel de felino o cuerpo de piedra incandescente, somos solamente como nos imagina tu cabecita. Nosotros somos algo así como... energía cósmica, como fuerzas que permanecemos en el éter, pero que tenemos el poder de actuar y manifestarnos en el mundo físico. Es algo un poco complicado para que lo entiendas ahora, mas, en la medida en que pasen los años y vayas creciendo, dejarás de imaginarnos de esta forma, y entonces podrás comunicarte con nosotros por la potestad de tu espíritu.

—Pues espero que pase mucho tiempo antes de que eso suceda, porque me gusta veros así como os imagino —dijo Mía, sonriendo confiada—. Y a propósito de imaginación, ¿dónde estamos ahora?, porque esto no se parece a La Concepción.

—Es que no estamos en La Concepción, estamos en Xoxafí —respondió Tlalli.

—¿Xoxafí? —repitió Mía con un poco de dificultad—. ¿Y qué es Xoxafí?

—Son unas grutas que están en la panza de la tierra.

—Xoxafi —repitió Mía nuevamente, divertida por el curioso sonido de aquella extraña palabra.

—Es una palabra otomí que quiere decir "Donde cayó el trueno". Por siglos se ha creído que fue el potente sonido de un trueno lo que hizo que se abriera la tierra para dar paso a las grutas; otros piensan que fue un rayo que cayó desde el cielo, pero la verdad es que no fue ni una cosa ni la otra.

—¿Entonces qué fue? —preguntó Mía con curiosidad.

—Fue un vehículo celeste, una nave espacial que abrió la montaña con una poderosa arma que emitía rayos de luz.

—¡Ah, ya! Seguramente fue como uno de esos aviones que bombardearon Bilbao en el 37; sus bombas hicieron tanto ruido y causaron tanta destrucción, que parecía como si hubieran dejado caer de una sola vez todos los truenos y relámpagos que había en el cielo.

—Sí, fue algo parecido —dijo Tlalli, conmovida por los recuerdos de aquella pequeña niña—, pero esta era una nave diferente a un avión.

—Y además venía de un lugar mucho más lejano —escucharon decir frente a ellas.

Al levantar la mirada, vieron que se acercaba un hombre alto de hermosa musculatura; vestía un taparrabo tejido con finas fibras de henequén y un pectoral circular adornado con delicadas plumas de tonos brillantes, que seguramente también habían sido donación de aquellas hermosas aves que planeaban en las grutas. Su melena larga cubría la mitad de su espalda y llevaba una especie de bandana alrededor de la frente; usaba unas sandalias de piel con correas atadas al tobillo y, en la pantorrilla derecha, un brazalete de donde colgaban pequeñas cuentas de colores y diminutos caracoles que chocaban unos con otros al caminar.

Tlalli se levantó del lecho y, haciendo una suave reverencia, dijo:

—Te saludo, Patli, ella es Mía, la elegida que llegó del otro lado del mar.

—Bienvenida, Mía, espero que tu estancia en Xoxafí sea placentera —le dijo sonriendo, mientras dejaba sobre el lecho un cuenco de madera con apetitosas frutas de diferentes tipos.

Mía contempló con disimulo aquellos deliciosos manjares y, con su naturalidad acostumbrada, dijo:

—¡Vaya, otro tío con nombre raro! Pero tú pareces más normal, no tienes pinta de elemental.

—Es que no soy un elemental —respondió Patli divertido, mirando a Mía con sus pupilas de extraño color grisáceo—. Yo soy… un simple humano que a veces tiene la misión de ser sanador, profeta o vidente; algunos me ven como maestro o guía, y otras veces como consejero cuando así se me solicita; pero soy ante todo servidor de mi Señor y de mis hermanos.

—Ah, pues a ellos tampoco tengo el gusto de conocerlos, pero la verdad es que no te entiendo nada de lo que dices, majo —dijo Mía, echando un nuevo vistazo al cuenco con frutas.

—Debes tener hambre, no has comido nada desde ayer.

—Hombre, la verdad es que ni cuenta me había dado, pero debe ser por eso que me están rugiendo las tripas.

—Pues come lo que quieras —dijo Patli, acercándole el cuenco—, más tarde hablaremos de todas esas cosas que no entiendes.

—¿Y entonces podré regresar a casa?

—Hablaremos más tarde, cuando hayas terminado de comer —repitió Patli, acariciando su mejilla. Después, caminó hacia el río subterráneo y desapareció de su vista.

Tlalli se esfumó también, mientras Mía saciaba su apetito con aquellos frutos frescos y deliciosos, que en gran parte eran desconocidos para ella por ser frutos que solo crecían en tierras de América; y mientras se deleitaba con ese dulce regalo de la Madre Naturaleza, observaba las delicadas luces que iluminaban la cueva y se entretenía mirando a las extrañas aves que volaban en la bóveda haciendo toda clase de piruetas. De pronto, una de aquellas criaturas bajó hasta donde ella estaba, se sostuvo en el aire frente a sus ojos y, señalando el cuenco de frutas, se atrevió a preguntar:

—¿Puedo?

Después de todo lo que había visto y vivido hasta ese momento, a Mía le parecía imposible el pensar que pudiera haber algo más que la llenara de sombro, pero el encuentro con ese pequeño ser parlante de hermoso plumaje, de rostro humanoide y diminutas extremidades de color azul brillante la hizo darse cuenta de que el mundo guardaba muchas más sorpresas de las que ella podía imaginar con su mente infantil.

Sin poder hilar una palabra, acercó el platón de frutas hacia la mágica criatura, la que sin tardanza dio las gracias y se sentó junto a ella para disfrutar una guayaba.

Por fin, tras unos instantes de silencio, Mía, sin poder aguantar por más tiempo su natural curiosidad, le preguntó:

—¿Tú también eres un elemental?

—Bueno... no exactamente —respondió mientras masticaba una guayaba—, digamos que mi elemento es el aire, pero yo no tengo control sobre él, eso es para los Devas, que son por decirlo de alguna manera... los comandantes; Ejekatl es uno de ellos. Yo soy un silfo o sílfide, algo así como "un hada del aire", como nos dicen los pocos humanos que nos pueden ver. En realidad, las hembras de mi especie somos Arienes y los machos son Wallotes, pero tú puedes decirme Laila, es un nombre que me gusta mucho.

—¿Y los que están volando allá arriba son silfos igual que tú? —preguntó Mía.

—Bueno... sí y no; somos de la misma especie, pero ellos no se dejan ver casi nunca por los humanos, les tienen mucha desconfianza, además son muy tímidos y no hablan. Ellos solamente se encargan de mantener las luces de las grutas encendidas y de vigilar el salón de los secretos.

—¿Y qué es eso del salón de los secretos?

—Es donde está el misterio del portal.

—¿Y por qué yo sí los puedo ver? Lo mismo sucedió en el *Sinaia* cuando conocí a Atl, parecía que nadie se daba cuenta de que estaba ahí excepto yo.

—Sí, claro, es que tú eres de los que tienen el poder.

—¿Qué poder? —preguntó Mía cada vez con más curiosidad.

—El poder de ver con claridad hacia otras dimensiones —dijo Laila—. No es muy común entre los humanos que habitan tu planeta, porque aún no están muy avanzados; pero hay moradas en donde los habitantes ya están preparados para percibir nuestra presencia; como los del planeta de donde vinieron los primeros extraterrestres a la Tierra hace varios milenios.

—¿Y qué planeta es ese, si se puede saber?

—Nibiru, se llama Nibiru.

—¡A volar, sílfide, que ya has hablado demasiado! —dijo Ejekatl, quien en ese momento se acercaba al lado de Patli. El elemental se convirtió en una ráfaga de viento y, soplando sobre la hermosa Laila, la obligó a levantar el vuelo para unirse a los demás silfos que entraban y salían de las grutas, mientras Mía le decía adiós.

—¿Satisfecha? —le preguntó Patli.

—Más que satisfecha —dijo Mía—, creo que estoy a punto de reventar.

—Pues entonces demos un paseo para hacer digestión.

Patli tomó a la niña de la mano, y caminaron juntos por la orilla del agua, hasta llegar a un espacio de gigantescas formaciones rocosas al que llamaban “el salón de las ruedas”, por sus enormes estructuras de piedra con formas redondeadas y escalonadas. Subieron hacia una roca enorme y plana, que tenía un diseño circular casi perfecto, la cual estaba cubierta por una alfombra de suave musgo de color verde esmeralda, donde se reflejaba un delgado haz de luz que penetraba por un orificio que había en la parte más alta de la bóveda. Se sentaron en la piedra y observaron por un momento los destellos brillantes que se proyectaban en el musgo.

—A mi madre le va a encantar conocer este lugar —dijo Mía con añoranza.

—Sí, estoy seguro —dijo Patli, mirándola a los ojos—, pero de eso tenemos que hablar. ¿Recuerdas lo que sucedió ayer?

—Bueno... vagamente... el humo me tenía muy aturdida... solo recuerdo que el granero se empezó a incendiar y que aparecieron los elementales, pero yo me quedé dormida; cuando desperté, ya estaba en Xoxafí.

—¿Y tienes idea de por qué estás aquí?

—¡Ni la más remota! —respondió Mía con enorme franqueza—. Lo único que sé es que tenía que vivir en Pachuca y que aquí hay un portal; pero no creo que sean los Portales que están en el centro, porque ahí solo hay comercios y pastelillos. ¡Si lo sabré yo que ya he ido con el boticario a probar unos que están de rechupete! ¡Ah!, y ahora me acabo de enterar por la silfo esa que es la mar de simpática que tengo un supuesto poder, y que por eso puedo ver a tantas criaturas extrañas... Lo dicho, majo: ¡no entiendo ni jota!

—No te apures, Mía, te aseguro que poco a poco irás comprendiendo todo, es muy importante que lo entiendas.

—¡Pues empieza, tío, que no tengo todo el día! Debo regresar a La Concepción porque mi madre y Edu deben estar muy preocupados por mi ausencia.

—Sí, eso... Tu regreso a La Concepción... Debes saber que el incendio de ayer quemó todo lo que había en el granero, no quedó nada bajo los escombros.

—¡Qué pena! Pues habrá que levantarlo de nuevo para guardar los granos y la comida de los animales. ¡Con más razón tengo que regresar para ayudarlos!

—No, pequeña, no has comprendido bien lo que trato de decirte —dijo Patli—, en La Concepción creen que tú estabas dentro del granero cuando se quemó, todos piensan que perdiste la vida en el incendio.

—¡Pero eso no es verdad! ¡Si estoy viva! Gracias a los elementales yo pude salir de ahí. Solo tengo que explicarles lo que pasó para que todo quede aclarado.

—Eso no será tan fácil.

—¡¿Pero por qué no?! ¡Mi madre va a estar muy triste si no regreso! ¡¿Quién va a cuidar de ella ahora, y quién va a acompañar a Edu en el tinacal?! —dijo la niña, mientras las lágrimas comenzaban a humedecer sus ojos.

—Mía, escúchame por un momento —dijo Patli, abrazándola con ternura—, te prometo que, si después de oír todo lo que tengo que contarte decides regresar a La Concepción, yo mismo te llevaré a casa.

Mía asintió con la cabeza mientras se limpiaba los ojos con las manos; después, recobrando la calma, se quedó muy quieta mirando a Patli con enorme seriedad, esperando encontrar en sus palabras algo que calmara la profunda angustia que se estaba generando en su corazón infantil.

Los Cristales Pulsantes

Captando por completo la atención de la niña, Patli la tomó de la mano y dijo:

—Hace muchos años, tantos que se pierden en el tiempo, llegaron hasta la Tierra los Anunnaki, habitantes de otro lejano planeta de nuestro sistema solar, que vinieron con la intención de extraer de nuestro suelo ese metal precioso llamado “oro”, el cual necesitaban con urgencia para convertirlo en polvo y curar con él una herida que había en la atmósfera de su planeta, que, de seguir creciendo, ocasionaría muerte y destrucción hasta terminar con todo.

«El primer Anunnaki que llegó a la Tierra se llamaba Alalu, un ser arrogante y malvado que había sido destituido del trono, por ser un rey injusto y el culpable directo de la desgracia de Nibiru, su planeta natal. Alalu escapó en una poderosa nave cruzando el espacio con destino a la Tierra, porque sabía que en nuestro planeta abundaba el metal precioso que hacía falta para curar la atmósfera de Nibiru. Con la intención de recuperar el trono a cambio de demostrarles a los Anunnaki el descubrimiento de aquel metal precioso, viajó a través de los planetas trayendo consigo a la Tierra un terrible secreto: siete armas de destrucción, portadoras de viento maligno y muerte.

«Cuando Alalu avisó de la existencia de oro en la Tierra a los habitantes de Nibiru, se formó una comitiva de cincuenta Anunnaki para que vinieran a nuestro planeta y comenzaran a hacer la extracción y exportación del metal; esta comitiva estaba comandada por Ea, el hijo primogénito de Anu, que era el soberano de Nibiru.

«Ea era un ser dotado de gran inteligencia y poseía además grandes conocimientos científicos, por lo que se le encomendó la misión y, a partir de ese momento, lo llamaron "Enki", que quiere decir "Príncipe de la Tierra".

«Ya estando en nuestro planeta, Enki salió un día a revisar el terreno en busca de nuevas vetas de oro, y en su paseo descubrió las siete armas de destrucción que Alalu mantenía ocultas en su carro volador. Sin decir nada, esperó el momento oportuno y una noche, en compañía de Abgal que era el piloto de su "cámara celeste", extrajo las Armas de Terror, las subió a su nave y cruzó con Abgal el espacio terrestre, para ocultarlas muy lejos, en otro lugar del planeta; en una cueva de la que solo ellos dos tuvieran conocimiento.

—¡Anda! —dijo Mía—. ¡De seguro que se trataba de Xoxafi!

—No, pequeña, en realidad se trataba de una cueva que se encontraba muy lejos de aquí, en el continente africano —respondió Patli—. Muchas cosas sucedieron en la Tierra a partir de ese momento; cosas que tienen que ver con el género humano y que sabrás a su debido tiempo, pero ahora lo que importa es que sepas qué relación tiene todo esto con tu llegada a Xoxafi.

«Los Anunnaki siguieron llegando a la Tierra para hacer la extracción del oro que tanta falta hacía en Nibiru, hasta que, después de un tiempo, los Igigi, como llamaban a los nibiruanos encargados de extraer el metal precioso, comenzaron a protestar por las largas jornadas de trabajo y las difíciles condiciones de las minas, así que, tras muchas deliberaciones entre el rey de Nibiru y su consejo de sabios, decidieron enviar un nuevo grupo de expertos para que solucionaran los problemas en la Tierra.

«Ese nuevo grupo venía comandado por Enlil, que era hermanastro de Enki, con quien por mucho tiempo había tenido desavenencias, ya que por complejas normas de sucesión en Nibiru, a pesar de ser Enki el primogénito de Anu, sería Enlil, su hermanastro, quien heredaría el trono al morir su padre, pues Enlil era hijo legítimo de Anu, y él no.

—¿Lo ves? —comentó Mía—. Entonces no soy la única que tiene problemas con la familia; en todos lados se cuecen habas.

—Así es, pequeña —dijo Patli, sonriendo por el comentario de la niña.

«Pues bien, para terminar con los reclamos de los Igigi, que cada día se encontraban más descontentos con el trabajo de las minas, se decidió reclutar a los humanos que aún eran muy primitivos, para que fueran ellos los que las trabajaran; así que ayudados por sus elevados conocimientos científicos, después de muchos intentos desastrosos, los Anunnaki lograron sembrar su propia genética en la genética de aquellos primates, y crearon así una renovada raza de seres humanos a los que cariñosamente llamaron "Lulus", lo que hizo que el linaje terrestre diera un gran brinco en su evolución.

«Esto permitió a los humanos desarrollar un alto grado de inteligencia y civilización en poco tiempo, y adquirir un sinfín de conocimientos que iban desde cómo sembrar un campo hasta la manera de construir una nave espacial; desde cómo hacer un pozo hasta comprender el comportamiento de las materias celestiales.

«La convivencia entre Anunnaki y terrícolas fue haciéndose cada vez más estrecha, aunque aún dentro de esa relación existieran reglas muy bien delineadas; ya que, a pesar de llevar en sí una semilla extraterrestre, los humanos tenían prohibido, por ejemplo, entrar a Sumer, la región de la Tierra donde se habían levantado las ciudades de los grandes señores Anunnaki, y aunque llegó el momento en que las mujeres humanas comenzaron a... ser apetitosas a los ojos de los nibiruanos para engendrar en ellas su semilla Anunnaki, tampoco se consideraba la posibilidad de casarse con ellas en aquel entonces.

—Ah, ya entiendo —interrumpió Mía—. ¡Pues mira qué graciosos los Anunnaki esos!, querían la diversión, pero no la responsabilidad.

—Así parece pequeña —respondió Patli—. Fue así como los humanos comenzaron a multiplicarse en gran medida, y dirigidos por los inteligentes nibiruanos, junto con ellos empezaron a formar clanes, a dividirse en grupos; pero como "inteligencia" no quiere decir "sabiduría", mientras más aprendían más crecían las envidias, las ambiciones de poder, el afán por ser dueños de más riquezas y territorios; y repitiendo lo que ha sucedido siempre en la historia humana, comenzaron las discusiones que los llevaron a la guerra y a la destrucción.

—Como sucedió en España —comentó Mía con tristeza.

—Y como sucede en muchas otras partes del planeta en este momento, en el que el mundo comienza a enfrentar lo que muchos llamarán "la Segunda Guerra Mundial" —dijo Patli—; pero en realidad no será la segunda ni será la última.

—¡Eso es una pena! —dijo Mía con tristeza—. Pero continúa con la historia, majo, que todavía no entiendo qué tiene que ver todo esto conmigo.

—Enki veía con gran tribulación lo que estaba sucediendo en la Tierra —continuó Patli—, pero confiaba en que las cosas no llegarían a grados extremos, pues sabía que solamente él y Abgal tenían conocimiento de la existencia de aquellas armas de destrucción masiva que habían sacado del carro volador de Alalu, y del lugar en el que se encontraban ocultas; pero lo que Enki no sabía era que Abgal le había revelado a su hermanastro Enlil aquel secreto.

«Los conflictos se fueron agravando entre los hermanastros, y, como era de esperar, sus desacuerdos se convirtieron en herencia de las siguientes generaciones, lo que provocó que Marduk, el hijo primogénito de Enki, y Ninurta, el hijo primogénito de Enlil, agudizaran los conflictos al reclamar ambos el derecho de ser reconocidos como el heredero de la Tierra. Sin embargo, los planes de Marduk, hijo de Enki, parecían esfumarse en el viento, porque sus actos, lejos de ser dignos de un heredero del trono en la Tierra, lo habían convertido en el enemigo de muchos de su misma estirpe.

—¡Anda! —volvió a interrumpir la niña—. ¿Pues qué hizo ese tal Marduk para que todos estuvieran enojados con él?

—Entre otras cosas —respondió Patli—, por su gran ambición Marduk había sido causante de la muerte de su propio hermano menor, Dumuzi, quien había sido el amante favorito y más amado de Inanna, la poderosa nieta de Enlil. Su amor había sido tan grande, que se escribieron muchos poemas, y se compusieron muchas y conmovedoras canciones a través de la historia, para hablar del profundo amor entre Inanna y Dumuzi. “Un amor que no conocía límites”, dijeron los escribas.

—¡Vaya!, pues sí que había buenas razones para no quererlo mucho.

—Y, por si todo esto fuera poco para agravar el resentimiento de la familia real, Marduk puso sus ojos en una terrícola con la que decidió casarse y tener hijos.

—¡Pero mira que era testa dura el famoso Marduk! —comentó Mía.

—Como comprenderás, pequeña, todas estas eran razones suficientes para negarle el trono a Marduk, y fue la oportunidad para que su hermano Nergal decidiera pelear por el derecho de ser reconocido como señor del planeta.

—¡Vaya lío! —exclamó Mía, cada vez más interesada en la narración de Patli.

—Marduk no estaba dispuesto a permitir que le quitaran la supremacía siendo el primogénito de Enki —continuó diciendo Patli—, así que, ayudado por su hijo Nabu, empezó a reunir a sus ejércitos para reclamar el trono de la Tierra.

«Cada uno con sus propias ambiciones, apoyado por sus propios clanes, continuó en la lucha por el poder, familia contra familia, grupo contra grupo y hermano contra hermano; pero por quien más ofendidos se sentían los señores Anunnaki era por Marduk, no solo por las faltas que había cometido contra su propia familia, sino contra toda la realeza de Nibiru. “¡Marduk es la fuente de todos los problemas!", gritaron todos. "¡Solo con las armas de poder acabaremos con las intenciones de Marduk!", dijeron. "¡Hay que castigarlo a él y a los que lo siguen en su traición!".

—Ni hablar —dijo Mía—, no cabe duda que al final, siempre pagan justos por pecadores.

«Fue así como Enlil, después de tener la aprobación de Anu, soberano de Nibiru, y de sus siete consejeros, decidió revelar a su hijo Ninurta y a su sobrino Nergal el lugar donde estaban ocultas las armas de destrucción. Con la intención de terminar con los sueños de Marduk, que cada vez se volvía más peligroso, y con aquellos Lulus humanos que lo seguían, Enlil dio la aprobación para que ambos hicieran uso de las armas, y fue así como llamó a su hijo Nergal "el Aniquilador" y a Ninurta, su sobrino, lo llamó "el Calcinador".

«Cuando Enki supo la decisión que se había tomado, conociendo como nadie el poder de aquellos instrumentos de destrucción y muerte, clamó por la paz y suplicó para que las Armas de Terror no fueran usadas, pero la decisión ya había sido tomada.

«Tratando de detener aquel exterminio, Enki voló en secreto en su cámara celeste hasta el lugar donde las armas estaban ocultas, con la intención de arrebatarles su poder para que no pudieran despertar ni hacer daño a los pobladores del planeta, pero ya era demasiado tarde; Nergal, su propio hijo, ya había sacado las armas de destrucción del interior de la tierra. Enki lloró amargamente dentro de la cueva, sabiendo que no podía hacer nada para evitar aquella catástrofe, pero hizo una promesa en su corazón para buscar la manera de que las nuevas generaciones supieran lo sucedido y pudieran aprender de ese terrible error del pasado.

—¡Pobre Enki! —exclamó Mía—. Parece que después de todo, nadie lo escuchó, porque las cosas en el planeta siguen siendo un caos ¿Y entonces qué pasó? ¿Usaron las armas?

—Desgraciadamente así fue, pequeña —dijo Patli—. Ninurta y Nergal aguardaron ansiosos por siete días las órdenes de Enlil, mientras se reunía a todas las familias Anunnaki en Sumer para que estuvieran a salvo, y después, a la orden de Enlil, aquellos dos vengadores lanzaron una a una las siete Armas de Terror sobre los montes, los valles, los bosques y las ciudades destinados a perecer. En un instante, todo se volvió desolación; lo que había vivido se convirtió en muerte, en fuego y azufre, la luminosidad causada por la detonación de las armas se transformó en cenizas y el cielo se oscureció.

«El viento maligno comenzó a viajar buscando nuevas víctimas, ocultando su ponzoña de muerte en la panza de una nube sombría, y de pronto, el viento cambió de dirección y empezó a soplar en dirección a Sumer, la ciudad Anunnaki, devorando a su paso todo lo que aún vivía. Cuando Ninurta y Nergal contemplaron el resultado de su obra, dieron la voz de alarma a Enlil y Enki para que avisaran a los señores de Sumer.

—¡De seguro que Ejekatl tuvo algo que ver en el asunto! —dijo Mía pensativa.

«Los Anunnaki subieron a sus naves, escapando como pájaros tras el arma del cazador furtivo; pero las gentes que quedaron en tierra fueron cayendo una a una bajo el aliento del viento maligno, que en silencio penetraba inclusive por debajo de las puertas, por los quicios de las ventanas y por las chimeneas. Todo el que respiraba aquel viento invisible se llenaba la boca de saliva y espuma, y moría escupiendo sangre. Las calles se llenaron de cadáveres, igual sucumbían humanos que animales, y toda la vegetación se marchitó.

—¡Qué desgracia! —comentó Mía, que comenzaba a sollozar—. Eso ha sido peor que el bombardeo de Guernica; ahí por lo menos quedaron muchos vivos.

—Y en aquel entonces también pequeña —dijo Patli, abrazando a la niña—, el destino de la humanidad no era su exterminio total en ese terrible desastre, y como hay una Voluntad Divina que actúa por encima del mal uso que hacemos del libre albedrío, sucedió que aquel aire envenenado, al soplar hacia otro lado, había librado de la muerte a Marduk y a su pueblo.

—¡Anda tú! —dijo Mía emocionada—. ¿De modo que al final se salvó el que nadie quería?

—Pues así parecía —respondió Patli.

«El viento maligno, soplando hacia otro lado, había respetado a Babili, que era la ciudad de Marduk. Cuando llegó a oídos de Enlil y Enki la noticia de que Babili se había salvado, Enki pidió a su hermano que se diera cuenta de que aquello había sido por Voluntad Divina, y rogó que se perdonara la vida de su hijo Marduk y de su pueblo. Enlil, con voz apesadumbrada, admitió que detrás de aquello había un augurio divino que tenía que ver con el futuro de la humanidad y, aceptando el triunfo de su odiado sobrino, dijo: "¡Que Marduk declare su supremacía sobre la desolación en las regiones! ¡Lo que salga de la siembra de sus ambiciones que sea su cosecha!".

—Pues, menudo trabajo que iba a tener el famoso Marduk después de tanta destrucción —comentó Mía.

—Después de tanta destrucción —continuó Patli—, Enlil se despidió de su hermanastro y se alejó de la Tierra al igual que los demás Anunnaki, para esperar que el viento maligno se alejara, pero Enki, asediado por sus pensamientos, se sentó a reflexionar en su cámara celeste sobre todo lo que había sucedido y se preguntó si aquello volvería a suceder: "¿Acaso el pasado es el futuro? ¿Imitarán los terrestres los errores cometidos por los Anunnaki?", se preguntaba.

«En ese análisis interior, llegó a la conclusión de que los humanos tenían el derecho de usar su propio libre albedrío y de tomar sus propias decisiones para vivir conforme a ellas.

«Sin poder calmar el dolor de su corazón ni el reclamo de su conciencia, decidió escribir todo lo que había ocurrido, comenzando desde Nibiru y terminando en la Tierra, para que, al recordar el pasado, las nuevas generaciones tuvieran una guía para labrar un mejor futuro.

—Pues por lo visto no hemos aprendido mucho después de todo —dijo Mía con tristeza.

—Desafortunadamente así es Mía —continuó diciendo Patli.

«Siete años después del terrible suceso, cuando el viento maligno se había alejado de la Tierra, Enki regresó, y le dictó a su escribano catorce tablillas en las que estaba impresa toda la historia de lo que había sucedido; después, le pidió que las metiera en un cofre de madera de acacia en el orden en que se las había dictado, que cerrara la tapa y fijara el cerrojo, y le dijo: "En el momento designado, los escogidos vendrán hasta aquí, encontrarán el cofre y las tablillas, y sabrán todo lo que yo te he dictado".

«A mediados del siglo XIX, tal y como lo había dicho Enki, arqueólogos de distintos lugares del planeta empezaron a encontrar cientos de tablillas de arcilla que hablaban del origen de la historia humana, y entre ellas, encontraron las que había escrito Enki, aquel astronauta pionero que tanto había amado a nuestra especie.

—Pues, ojalá y aprendiéramos algo leyendo lo que Enki escribió, pero por lo visto sigue habiendo muchos que no quieren ver.

—Así es pequeña, y es aquí donde viene la parte más importante de esta historia.

—¡Pues termina de contarme, que tanto misterio me está poniendo nerviosa! —dijo la niña.

—Verás: Lo que nunca reveló Enki en aquellos escritos que encontraron los arqueólogos, fue lo que había hecho después de que descubrió que las armas de destrucción habían desaparecido de la cueva; después de llorar aquella desgracia y teniendo el presentimiento de los eventos del futuro, subió con rapidez a su cámara celeste y se encaminó con ella hasta el otro lado del planeta: Xoxafi —dijo Patli—. Abrió un hueco en la tierra con el potente rayo de su cámara celeste y, entró en las profundidades de la cueva para ocultar los cristales pulsantes de Nibiru.

—¡Vaya! —exclamó Mía confundida—. Pues ahora entiendo menos; no entiendo que son esos famosos cristales pulsantes, pero supongo que todo eso tiene que ver con el famoso portal del que me hablaban los elementales.

—Así es, Mía, y es aquí donde entra la razón por la que estás en Xoxafi. Acompáñame, quiero enseñarte algo —dijo Patli, tomándola de la mano.

Bajaron de la formación rocosa y se encaminaron hacia otro lugar de la gruta a la que había que llegar por un camino escarpado siguiendo el río subterráneo, el cual desembocaba en otra bóveda de belleza extraordinaria, cubierta por millones de estalactitas de matices ocres y arena, que colgaban a diferentes alturas como racimos de flequillos bordados por el más fino encaje, mientras que abajo crecían estalagmitas de tonalidades similares que bordeaban el río verde esmeralda, como tratando de alcanzar a sus hermanas de especie. Entre toda la hermosura del indescriptible paisaje, Mía descubría la presencia de aquellos silfos de colorido plumaje que, escondidos entre las rocas, la miraban con curiosidad.

—¡Jolines! —exclamó la niña ante la belleza del lugar—. De seguro que esta es una de esas Siete Maravillas del Mundo de las que hablan en los libros.

—Bueno... no exactamente —dijo Patli sonriendo—, porque la gente de afuera no sabe de la existencia de este lugar al que llamamos "el salón de los secretos". Las personas que visitan Xoxafí solamente conocen una parte de las grutas, no han llegado más allá de ciertos niveles de profundidad; al lugar en el que estamos nosotros se llega por pasadizos ocultos que solamente conocemos unos cuantos.

Siguieron caminando hacia un costado de la cueva y, de pronto, Patli se detuvo, se inclinó junto a una enorme estalagmita, la tomó con ambas manos y, dándole un giro usando su fuerza, la desplazó de su lugar; después, ante los asombrados ojos de Mía, sacó de la tierra un estuche de material extraño parecido al estaño, el cual guardaba en su interior tres piezas cilíndricas que tenían el tamaño de una dona de azúcar, las que estaban fabricadas en un extraño cristal que amalgamaba fragmentos de ámbar, rubí y zafiro; cristales altos de citrina, esmeralda y aguamarina, mezclados en un orden armónico con amatista, diamante, cuarzo y una piedra más llamada "*uzup*", que es una piedra desconocida en el planeta Tierra.

El cristal central tenía unos delicados bordes de oro puro, dentados en la parte superior e inferior, mientras que los otros dos cristales solo presentaban esta característica por uno de sus lados. Al unirlos en una pequeña pirámide uno sobre otro, los engranes de los tres cristales parecían embonar perfectamente, como si se tratara de la maquinaria de un reloj, pero no se movían como tal; de manera que era difícil deducir cuál era la razón o propósito de aquellas piezas dentadas.

—¡Los cristales pulsantes! —exclamó Mía al ver aquellos círculos brillantes.

—¡Los mismos! —exclamó a su vez Patli, sorprendido por la clara deducción de la pequeña niña.

—Pero, ¿cómo es que los tienes tú?, ¿quién descubrió el lugar donde estaban escondidos?

Entusiasmado por el creciente interés de Mía, Patli acomodó de nuevo los cristales dentro del estuche, los introdujo en el escondite, y dijo:

—Enki conocía las facultades de los cristales como nadie, Mía, era el único en la Tierra que sabía que tenían el poder para abrir un portal en el tiempo, lo que guardó siempre en secreto. Después de haber viajado a través del portal en muchas ocasiones y conociendo los sucesos del porvenir, escondió los cristales en las grutas, porque sabía cuándo y por quién serían encontrados en el futuro, pero lo más importante en este momento no es que sepas cómo se descubrieron los cristales, sino por qué y para qué —recalcó Patli, cautivando por completo la atención de aquella niña que, en poco tiempo, descubriría la razón de su llegada a Xoxafí.

La Elegida

El secreto que Patli estaba confiando a Mía le parecía tan increíble, que sentía como si ella misma hubiera entrado en una dimensión distinta. Sin querer perderse ni un solo detalle, y con la ansiedad de saber por fin qué tenía que ver ella con aquel misterio, suplicó a Patli que continuara con su narración.

—Debes saber, pequeña Mía, que cuando se encontraron los cristales pulsantes, junto a ellos estaba también otra tablilla de arcilla, en la que Enki relató algo importante —dijo Patli, pidiéndole a la niña que se sentara junto a él.

Introdujo las manos en el hueco de la tierra nuevamente y sacó un envoltorio de una extraña tela de color granate que contenía la famosa tablilla. La descubrió con cuidado y la puso sobre la tela frente a los asombrados ojos de la niña.

—La inscripción empieza con el dibujo de una nave voladora y seguido a ella algo parecido a lo que conocemos hoy como un proyectil, pero como verás, el dibujo se repite siete veces —dijo Patli, pasando sus dedos con cuidado por la tablilla—. Después hay una fecha: 2024 antes de nuestra era, lo que según todos los testimonios que se han encontrado hasta ahora, marca el año en que sucedió la Gran Calamidad, y nos lleva a deducir que los siete proyectiles simbolizan las siete Armas de Terror. Luego continúa con la figura de una mujer encinta, y en el siguiente grabado, la misma mujer, pero en este tiene a una niña en los brazos, lo que nos habla de nacimiento. Después aparece el dibujo de cuatro montañas en círculo y debajo de una de ellas un nombre: “Alen”, seguido por otra inscripción que traducida a nuestro idioma quiere decir “Segunda República”. Pero después, -y esto es lo más interesante-, hay una inscripción que dice: “En el sexto mes, en la hora primera del treceavo día, del año cero”.

—¡Anda!, qué coincidencia —comentó Mía—. Sopuerta, donde vivía en España, está rodeada por cuatro montañas y una de ellas se llama Alen.

—Bien, ya empiezas a comprender —dijo Patli sonriendo—. Fue en España precisamente donde en el año 1931, surgió un régimen político al que “casualmente” llamaron Segunda República, y como ves, la inscripción coincide con el año en que tú naciste, pero también con el día y la hora.

—¡Vaya, pues qué casualidad! —exclamó Mía, rascándose la cabeza.

—En el siguiente grabado de la tablilla, se ve a la mujer con la niña otra vez, pero la niña es más grande, y se las ve como si bajaran de un bote enorme, lo que se interpreta como un barco, y aparece otro dato: el treceavo día, del sexto mes, del octavo año.

—¡Anda, otra coincidencia! —dijo Mía sin poder ocultar la emoción que le causaba ver todos aquellos grabados—. ¡Ese fue el día que el *Sinaia* llegó a Veracruz cuando cumplí ocho años!

—En el último dibujo de la tablilla, se contempla nuevamente la figura de la niña con unos objetos cilíndricos en las manos, de los que parecen salir unos rayos, y junto a ellos el grabado de lo que parece una puerta que se abre, seguida por una última fecha: En el mes sexto, en el catorceavo día, del quinceavo año.

—¡Esos objetos se parecen a los cristales pulsantes! —dijo Mía emocionada.

—Lo has analizado bien —dijo Patli—. La inscripción que ves al final de la tablilla nos revela muchas cosas: "El futuro en el pasado se halla, y lo primero también será lo último si los terrestres no aprenden de los errores Anunnaki. Los noventa y cuatro secretos, los ME de sabiduría del señor Enki, fueron robados. A los elegidos que vendrán, un nuevo secreto revelaré: en el sexto mes, en el catorceavo día del quinceavo año, vendrá la noche de la luna roja y el portal del tiempo se abrirá en la ciudad de los dioses, para obedecer a la elegida por el poder de los cristales pulsantes. El portal se abrirá y el señor Enki esperará a que lo robado sea devuelto, y si la prueba es superada, los secretos no serán revelados. Que la posteridad, en el tiempo que designe el destino, lea el registro, que recuerde el pasado y comprenda el futuro como profecía, pero si todo es tan solo por voluntad del corazón, para bien o para mal que venga a ser juzgado, pues lo que venga a suceder por lo que ha sucedido será determinado. ¡Que el futuro se convierta en juez del pasado!".

Mía no dijo nada; se quedó mirando a Patli con sus enormes ojos bien abiertos mientras él envolvía de nuevo la tablilla y la guardaba dentro del hueco. Esperó por un instante a que el hombre le aclarara el misterio de aquella extraña inscripción, y, sin poder dominar por más tiempo su enorme curiosidad, ante el silencio de su nuevo amigo se atrevió a decir:

—¡Pero bueno, hombre! ¡Acaba de decirme de una buena vez qué tiene que ver todo esto conmigo, que sigo sin entender nada, majo!

—La paciencia es una gran virtud —dijo Patli, sonriendo por la insistencia de la niña.

—Sí, eso... Paciencia. Mi madre siempre dice que soy tan impaciente que jamás podré leer un libro completo en mi vida, porque una vez que leo la primera página, me voy hasta el final para ver cómo termina.

—Pues en este caso es muy importante que conozcas todos los capítulos, que leas todas las páginas, porque, de no ser así, no podrás conocer el final de la historia.

—Pues nada —dijo la niña, cruzando los brazos—, que espero y callo.

—Así está mejor —respondió Patli—. ¿Imaginas quién es esa niña que aparece dibujada en la tablilla?

—Pues no lo sé, por la fecha que dice ahí se trata de alguien que debe tener mi misma edad.

—¿Y qué pensarías si te dijera que se trata de ti?

—Pues pensaría que es algo muy poco probable, porque el día que yo nací deben haber nacido muchas otras niñas alrededor del mundo.

—Sí, tienes razón, pero solo hubo una que nació a las faldas del Alen, en la provincia de Sopuerta, ese preciso día y justo a la una de la mañana.

—Pero ¿qué tendría yo que ver con los cristales pulsantes y con ese famoso portal que ni siquiera acabo de entender qué es?

—Justa observación, te explico —dijo Patli con enorme paciencia—. En nuestro planeta existen ciertos... círculos o centros de poder, podríamos llamarlos así, donde la energía se concentra; igual sucede en el cuerpo humano, donde estos centros de energía fluyen interviniendo en las sensaciones, en los sentimientos, en las emociones, inclusive en el sueño; otros regulan hormonas, células o neuronas. Son enormes códigos únicos en cada ser viviente. La suma de esos centros de energía en nuestro cuerpo es tan grande, que se necesita multiplicar ciento cuarenta y cuatro por ciento cuarenta y cuatro, y esto a su vez por siete, para saber la cantidad de centros de poder que tenemos en el cuerpo, lo cual también es una ecuación de sabiduría, pero eso lo descubrirán los científicos en el futuro.

—Menos mal, porque yo apenas llego a la tabla del siete —dijo la niña aliviada.

—Pues bien, esos centros de energía, al igual que están repartidos en forma armónica dentro de nuestro cuerpo, también en el planeta y en todo el Universo se encuentran repartidos con la misma armonía, por lo que cuando algo quiere entrar a ese centro sin pertenecer a él, es rechazado por esa corriente de energía, o al revés, cuando pertenece a ella, es atraído. Ningún centro es igual a otro, cada uno cumple un cometido y tiene una función. ¿Comprendes? —preguntó Patli.

—Sí... —dijo Mía, rascándose la cabeza—, creo que voy entendiendo.

—Bien, en ciertas circunstancias, cuando varias fuentes de energía llegan a coincidir en un mismo punto, suceden fenómenos que son algo así como... saltos en lo que llamamos “tiempo y espacio”. Cuando dicen por ejemplo que los barcos se pierden en el mar, si no es a causa de falta de pericia humana o de un naufragio, es muy probable que se trate de un barco que entró por uno de estos centros de energía y que aparecerá en otro tiempo y en otro lugar.

—Me desdigo —comentó la niña con rapidez—, creo que ahora entiendo menos.

—Es muy sencillo Mía, pero lo entenderás mejor si usas menos la mente y empiezas a usar más la intuición —dijo el hombre sonriendo—. Veras... por ejemplo, tu casa en La Concepción; ahí alumbran las estancias a través de lo que conocemos como "focos" o "bombillas", y la electricidad llega a ellos por un cable que pasa por un interruptor; si oprimes el interruptor, deja pasar la electricidad, ¿no es cierto?, pues ese es un centro de energía humano, hecho por nosotros, pero es como un centro de poder.

—Pero, ¿por qué es como un centro de poder? —preguntó Mía con interés.

—Simplemente, porque actúa —respondió Patli—; en el momento en que tú oprimes el interruptor, se lleva a cabo una acción dando paso a la energía, y esto es semejante a lo que sucede en los portales.

—¡Ah!, creo que ahora si voy entendiendo... Los cristales pulsantes deben ser como un interruptor que deja pasar la energía para que se pueda abrir el portal.

—¡Exacto! –exclamó Patli por la deducción de la niña–, pero esos centros de energía que harán funcionar los cristales no fueron creados por el hombre; fueron hechos por el Creador, pero funcionan como un interruptor.

—Eso lo puedo entender, ¿pero entonces yo qué pitos toco en esta orquesta?

—No lo sé, Mía, eso es lo que tenemos que averiguar —dijo Patli, con tremenda carcajada por la pregunta de la niña—. Yo no podría contestarte ahora por qué razón te piden a ti cumplir con esta tarea, pero lo que nos deja ver la tablilla es que eres tú la que sabrá cómo hacer que actúen los cristales en su momento.

—¿Y cómo lo haré yo si esta es la primera vez que los veo y no tengo ni idea?

—Esa es una de las razones por las que estás aquí, pequeña, necesitamos "entrenar" a tu cuerpo y a tu mente para que tu materia permita que aflore el conocimiento del espíritu y así te ayude a intuir cómo debes usarlos.

—¿Y eso no lo puedes hacer tú? Parece que ya estás bien entrenado.

—Cada quien tiene diferentes misiones en la vida, Mía, y de acuerdo con ellas está el desarrollo de diferentes dones y facultades también. Mi misión en este momento es enseñarte todo lo que sé para que aprendas a usar las facultades que hay en ti; y la tuya es poner todo tu ahínco para que logres entrar al portal.

—Y suponiendo que todo eso sea cierto, ¿qué va a pasar después?

—Una vez que estés en el portal, tendrás que viajar en el tiempo para recuperar los ME que le fueron robados a Enki.

—Aún no acabo de entender que son esos ME de los que habla la tablilla —dijo Mía confundida—. ¿Por qué es tan importante recuperarlos?

—Los ME son la fuente del conocimiento Anunnaki —respondió Patli—, Enki era el que resguardaba los ME y los mantenía escondidos fuera de la codicia de los demás. A su hermanastra Ninharsag, que era una gran científica y la médica oficial de los Anunnaki, Enki le concedió un disco que contenía los ME donde estaba toda la información de cómo crear a los humanos; fue ella la que creó a los Lulus, mas ese disco desapareció después de la Gran Calamidad y no se sabe qué fue de él hasta ahora. Pero los ME restantes son los códices de sabiduría donde están guardados todos los secretos de la vida y la muerte.

—¿Qué es eso de "códices"?

—Pues verás... son como... una especie de discos en donde se graba toda la información y el conocimiento; los que guardaba Enki eran siete discos en donde estaban grabados noventa y cuatro ME con los secretos del Universo, pero con una tecnología que aún no se conoce en la Tierra.

—Y si no se conoce en la Tierra, ¿por qué son peligrosos si nadie sabe cómo leerlos?

—Buena pregunta —dijo Patli, buscando el modo de explicarle a aquella pequeña niña algo que de por sí era bastante complicado—. Existe un instrumento al que llaman "explorador", que es un aparato cilíndrico en donde se inserta el disco, y entonces, comienza a proyectar una serie de imágenes con toda la información, como si se tratara de una película; lo extraordinario de ese aparato es que, al mismo tiempo que proyecta las imágenes, las va grabando en la mente de aquel que las ve, es decir que va transfiriendo los conocimientos de una manera total y no parcial.

—¿O sea que te vuelves sabio en un santiamén? ¿Y eso no sería bueno para acabar con tantos retrasados que hay en el planeta? —preguntó Mía.

—Bueno, es que, la sabiduría no tiene que ver con lo que sabes, sino con la forma en que usas ese conocimiento, y por eso los ME son tan peligrosos, porque en ellos está guardada por ejemplo, la fórmula para hacer las Armas de Terror, los secretos de la guerra, los códices con todos los aspectos de la civilización, de todas las ciencias y las artes, los conocimientos para surcar los cielos y llegar a otros planetas; las instrucciones para el diseño de las naves espaciales, los conocimientos para regular la atmósfera y muchas cosas más. Si esos ME caen en las manos equivocadas, puede ser el fin de la raza humana y de otras civilizaciones en el Universo. ¿Te imaginas qué sucedería si los poderosos de la Tierra que son capaces de tomar en sus manos los destinos dc los pueblos con la intención de convertirse en amos y señores sin amor ni caridad, lograran tener en sus manos esos conocimientos, con el solo propósito de ser dueños de todo?

—Sí —dijo Mía con seriedad—, sería como darle a un enfermo mental un arma cargada para jugar con ella.

—¡Exacto! —exclamó Patli—. Si los poderosos ya han hecho tanto daño con el poco conocimiento que tienen en este momento, ¡imagínate lo que no podrían hacer si tuvieran en sus manos los conocimientos Anunnaki!

—Sí, entiendo —respondió Mía, meditando las palabras de Patli—. ¿Pero no sería mejor enviar a alguien mayor? Yo no tendría idea de dónde buscar ni qué buscar, eso debería de ser misión de grandes.

—La edad nada tiene que ver con el desarrollo del espíritu Mía; hay espíritus muy viejos en cuerpos muy jóvenes, además, como te expliqué antes, primero tendríamos que prepararte; tienes mucho que aprender y ejercitar.

—Bueno, y si dijera que sí, ¿podría intentar entrar ahora en el portal para regresar a La Concepción?

—No es tan fácil, Mía, si lo intentaras en este momento no sabrías cómo hacer funcionar a los cristales, ni a dónde ir, ni qué hacer —dijo Patli, tomando nuevamente entre sus manos la tablilla—. Dice aquí: "En el sexto mes, en el catorceavo día del quinceavo año, vendrá la noche de la luna roja y el portal del tiempo se abrirá en la ciudad de los dioses". Estudiando estas palabras, llegamos a la conclusión de que solo hay una respuesta: el quinceavo año tiene que ver con tu edad, el día de la luna roja simboliza un día en que habrá un eclipse total de luna; cotejando esto con la ciencia de los astros, sabemos que efectivamente la noche del 14 de junio de 1946 habrá un eclipse total de luna, por lo que suponemos que este fenómeno debe generar algún tipo de energía que con la ayuda de los cristales pulsantes logrará la apertura del portal, y es algo que sucederá exactamente una día después de que hayas cumplido los quince años.

—¿Eso quiere decir que no podré regresar a La Concepción hasta que tenga quince? —preguntó la niña angustiada.

—No, eso quiere decir que será entonces cuando por una conjunción de factores se podrá abrir el portal. Como te dije cuando empezamos esta conversación, Mía, si tú decides no hacerlo podrás regresar hoy mismo a tu casa, pero si decides ayudar a la humanidad, tendremos cinco años y medio para prepararte antes de que puedas rescatar los ME del conocimiento, que, de lo contrario, serán descubiertos en un futuro cercano sin que podamos evitar que su contenido llegue a las manos equivocadas.

—Pero, si hace tanto tiempo que pasó eso, de seguro que ya nadie los va a encontrar —dijo Mía.

Patli envolvió la tablilla en la tela carmesí, la regresó a su lugar dentro de la tierra y después, colocando la estalagmita por encima del hueco, dijo:

—Verás, Mía, déjame terminar de narrarte la historia para que entiendas la importancia de tu misión —dijo Patli—. Enki y Enlil fundaron en la región de Sumer una ciudad a la que llamaron Uruk, y construyeron en ella un hermoso palacio en honor a su padre Anu, con el propósito de que tuviera un lugar digno donde vivir cuando venía desde Nibiru a pasar unos días de vez en cuando a la Tierra. En uno de los viajes que hizo a nuestro planeta, Anu se quedó embelesado con Inanna, su bisnieta por parte de Enlil.

—¿Que no es esa Inanna a la que se le murió el amante, ese tal Dumuzi?

—La misma —dijo Patli—. Como te decía, Inanna había seducido a su bisabuelo con su deslumbrante belleza, por lo que el poderoso Anu decidió regalarle su palacio de Uruk y su nave celestial. Pero Inanna era muy ambiciosa y quería más poder, así que urdió un nuevo plan, para engañar y seducir también a su tío abuelo que era Enki; le robó los ME del conocimiento y escapó con ellos en su nave espacial.

—¡Pero qué zorra la Inanna esa! —exclamó la niña, provocando la espontánea carcajada del maestro—. No sé por qué siempre tiene que haber una mujer involucrada en los asuntos oscuros.

—Es "la rebelión de la manzana" Mía, pero esa esa es otra historia de la que algún día platicaremos —dijo Patli sin poder dejar de reír.

«Al darse cuenta del robo de los ME del conocimiento, Enki ordenó que detuvieran a Inanna para recuperarlos, pero Inanna, antes de ser alcanzada por la nave del mayordomo de Enki, le dio los ME a Ninshubur, su fiel doncella de cámara, ordenándole que los escondiera en un lugar seguro en su palacio de Uruk, en donde han permanecido hasta el día de hoy sin que nadie los haya encontrado aún —dijo Patli, regresando con Mía al salón de la ventana triangular.

—¿Lo ves?, entonces yo tengo razón —interrumpió Mía—. Si nadie los ha encontrado hasta ahora, está difícil que los encuentren luego.

—No es así Mía, verás: En el año 1849, un grupo de arqueólogos descubrió los primeros vestigios de la ciudad de Uruk. Después, en diferentes etapas a partir de entonces, han continuado con las excavaciones y han descubierto otras cámaras secretas y testimonios de esa gran urbe hasta este mismo año de 1939, en que, a causa de la guerra que enfrenta buena parte del planeta, tuvieron que suspender los trabajos de excavación; pero una vez que termine la guerra, los trabajos en Uruk continuarán, y será en esa etapa cuando lleguen a la parte más profunda donde está la primera construcción, la más antigua, que es el lugar donde los códices de Enki se encuentran ocultos. Depende de nosotros que los ME no sea encontrados, Mía —dijo Patli, mirando a la niña con ternura—, de lo contrario está en peligro el futuro de nuestra civilización.

Mía no dijo nada; se quedó en silencio contemplando la imponente cascada que caía desde lo alto en el río esmeralda y, mientras las lágrimas comenzaban a rodar por sus mejillas, pensó: "Tal vez nadie vuelva a ver esta belleza ni ninguna otra si los códices caen en malas manos".

—¡Cinco años y medio! —dijo por fin—. ¿Qué pasará con mi madre y con Edu en tanto tiempo? A lo mejor cuando regrese ellos ya no están ahí.

—No lo sé, Mía, solo Padre Dios conoce el destino de cada quien; solo Él sabe los tiempos de la vida y la muerte, pero te prometo que ellos no estarán solos; ¿nunca escuchaste esa frase que dice: "Ocúpate de lo mío que yo me ocuparé de lo tuyo"? Pues así será, muchos estaremos velando por ellos, incluso tú aprenderás a estar cerca sin que lo sepan.

—No te entiendo cómo podría hacer eso —dijo Mía con reserva—, ¿de verdad podré estar cerca sin que lo sepan?

—Sí, te lo prometo —dijo Patli—. Tienes mucho que aprender, pequeña; mucho que conocer y practicar si decides quedarte.

Mía respiró profundamente como tomando fuerzas para afrontar las palabras que segundos después brotarían de su boca; limpió las lágrimas que mojaban sus mejillas y, llena de valor y dolor al mismo tiempo, dijo:

—Está bien, me quedo.

La Visita

En La Concepción se respiraba un ambiente de profunda tristeza. En el aula de la pequeña escuela había un silencio extraño por las miradas constantes de los niños al asiento vacío de Mía, lo que provocaba en todos, una nostalgia que les impedía concentrarse en las lecciones del profesor.

El tinacal de Eduviges permanecía cerrado, y muchos de los tlachiqueros, encabezados por Braulio Farías y Esteban Santos, habían abandonado momentáneamente su trabajo en los magueyales cambiando los machetes por martillos y clavos, por madera y ladrillos, y por todo lo que hiciera falta para reconstruir el granero de El Refugio.

Dirigidos por el buen Eduviges Hidalgo, trabajaban jornadas completas casi en silencio, mientras dentro de la casa, sentada en la cama y con los ojos húmedos, Serafina pasaba los días contemplando a través del enorme ventanal el paisaje que se perdía en el horizonte.

Charito entró a la habitación con una charola en las manos, la puso sobre la cómoda, sirvió una taza de café con leche y un trozo de pan, y ofreciéndolos a su madre, dijo:

—Tienes que comer algo, madre, no puedes seguir así. Llevas varios días sin probar bocado y, si continúa esto, te vas a enfermar.

—Ahora no, Rosario —dijo Serafina sin voltear a mirarla—, ahora no.

—Vamos, madre, yo entiendo que estés muy triste, pero el que no comas, no va a traer a Mía de regreso. ¡Tienes que pensar en Teresa y en mí también! —insistió Charito, ofreciéndole el trozo de pan.

—¡Ahora no, te he dicho! —dijo Serafina, dando un manotazo al trozo de pan que terminó en el piso de la habitación.

Rosario dejó la taza de café sobre la cómoda y salió corriendo del cuarto ahogada en llanto. Entró a la cocina cubriéndose el rostro con las manos y se sentó frente a la mesa en la que Teresa terminaba su almuerzo.

—¡Se va a morir Teté, mamá no quiere comer nada! —exclamó Rosario, sin poder calmar la congoja que brotaba por sus ojos.

—¡Esto no puede seguir así! ¡Tenemos que hacer algo! —dijo Teresa, tratando de calmar el llanto de su hermana—. Yo creo que lo mejor será ir a Pachuca a buscar al boticario, tal vez él pueda preparar algo que la ayude a reanimarse.

—¡Sí, tienes razón! —respondió Charito, limpiándose los ojos con el delantal que tenía puesto—. Le voy a pedir a Esteban que me acompañe a buscarlo por la tarde. Seguramente él puede ayudarnos.

Antonio Aldana, el boticario, quedó consternado por la noticia de lo que había sucedido a Mía, su pequeña y querida amiga; la lloró en silencio mientras a solas preparaba los remedios para Serafina, y regresó a La Concepción con Rosario y Esteban para atender a la mujer que seguía metida en su habitación sin probar bocado.

Cerró la puerta del cuarto tras de sí y permaneció dentro hablando con Serafina por un buen rato, mientras afuera Teresa y Rosario esperaban ansiosas las noticias del boticario sobre la salud de su madre.

Después de una larga espera que duró más de una hora, el boticario salió de la habitación sin poder disimular la tristeza que guardaba su alma.

—Ahora duerme —dijo a las jóvenes que lo miraban con atención—. Lo que tiene vuestra madre es un cuadro de depresión aguda que irá pasando con los días y con la ayuda de los remedios que he traído. Es importante que la vigilen bien y que le tengan paciencia, poco a poco comenzará a recobrar el apetito y el ánimo. Vuestra madre ya ha sufrido demasiado; ¡demasiadas pérdidas para una sola vida!, y ahora esto... Pero es una mujer muy fuerte, estoy seguro de que con la ayuda de los medicamentos y con vuestro cariño irá saliendo adelante.

Abrazó a las jóvenes con afecto y les dio indicaciones de cómo debían usar aquellos remedios; luego se despidió de ambas y les prometió regresar en unos días para ver cómo se encontraba Serafina.

Teté y Charito salieron a despedir al médico y después, en silencio, repitiendo aquello que se había convertido casi en un ritual, se quedaron sentadas en la terraza viendo cómo se metía el sol por detrás de las montañas. Mientras lo contemplaban, casi sin darse cuenta, ambas dirigieron su mirada hacia un rincón de la mesa, donde por algo que pareció mala jugarreta del destino, descubrieron los cuadernos de Mía iluminados por el último rayo de sol, que un instante después se convirtió en penumbra. Las dos, en silencio, dejaron caer sus lágrimas al mismo tiempo, agobiadas por el remordimiento y las culpas que comenzaron a hacerse más grandes ante la ausencia de aquella hermana latosa y odiada, que sin que lo advirtieran hasta ese momento siempre había sido una parte importante en la vida de ambas.

Eduviges Hidalgo, aturdido por el alcohol del aguamiel por primera vez en su vida, lo contemplaba fermentándose en las tinas, después de ingerir ese brebaje que jamás había logrado embriagarlo a pesar de los años que tenían de conocerse. Como si se tratase de un ser humano, sentado frente a él comenzó a hablarle con un poco de torpeza, mientras las lágrimas rodaban por sus ojos sin la menor vergüenza.

—¡¿Pos no que no?! —reclamaba Eduviges con energía—. No que tanto odio a las hembras y ahora que no está la güerita te pones a llorar como si fueras una niña. ¡Ay de ti como te agries en las tinas...! No, pos si ya lo decía ella que la íbamos a extrañar cuando no estuviera... ¿Pero sabes qué? ¡Que yo no me trago eso de que ya se fue...! ¿Cómo por qué? Porque hay algo aquí adentro que me dice que anda por ahí merodeando entre los magueyes... Ah, ¿que ya no te acuerdas del chino? Todo el mundo decía que ya se había pintado pa'l otro patio y yo era el único que decía que no, hasta que lo encontraron en los terrenos de más allá de La Concepción durmiendo bien beodo entre las matas... ¿Que ya te olvidaste...? Sí, ya sé que la güerita no bebe, pero a lo mejor se fue a buscar aventuras fuera de La Concepción... ¡Ah, que españolita tan aventada! Todavía no se me borra el día que llegó la primera vez... ¿te acuerdas...? No, ¿¡cómo crees que la iba a agarrar a chicotazos!? Si nomás me miró con sus ojitos tan azules y se me aguadó el corazón... Sí, se me aguadó el corazón... —dijo Eduviges, levantándose torpemente de la silla. Apagó las luces del tinacal, aseguró los portones y, caminando lentamente en zigzag, llegó hasta su casa; se recostó en la cama sin quitarse la ropa en medio de un sollozo y, en un dos por tres, se quedó dormido.

El sol se levantaba entre las colosales montañas iluminando los magueyales de La Concepción, mientras el buen Eduviges continuaba dormido por el efecto de aquel pulque traicionero, que, aprovechando un instante de debilidad de su creador, lo había envuelto en sus mieles para llevarlo a los brazos de *Mayahuetl*, la diosa de la embriaguez. En la inconsciencia del momento, el tinacalero empezó a soñar con una hermosa águila real que desplegaba sus inmensas alas volando sobre los agaves; de pronto comenzaba a planear y, bajando la velocidad de su vuelo, llegaba hasta la ventana de la habitación de Eduviges; tocaba el vidrio con su enorme pico y, mientras volvía a elevarse por el aire, le decía: "¡Despierta, Edu!".

Eduviges abrió los ojos impresionado por aquella visión tan real, mientras en la puerta de su casa se escuchaba la voz de Braulio Farías que lo llamaba golpeando con insistencia. Se levantó de la cama con dificultad, sintiendo que todo daba vueltas a su alrededor, y, después de un refunfuño, abrió la puerta malhumorado mientras trataba de meter el borde de su camisa por dentro del pantalón.

—Perdón, Eduviges —dijo Braulio, sorprendido por el aspecto de aquel hombre al que jamás había visto en tales condiciones—. Ya está junta la brigada para ir a terminar el granero al rancho de doña Serafina. ¿Vienes con nosotros?

—Adelántense ustedes, yo los alcanzo dentro de un rato —dijo enfadado, cerrando la puerta en la cara del muchacho.

Entró al baño para asearse y después tomó un café con pan y natas; mientras lo hacía, vino a su mente aquella imagen de la imponente águila golpeando su ventana, y la voz del ave que gritaba: "¡Despierta, Edu!".

"La güerita es la única que se atrevía a decirme así", pensó. Se puso el sombrero y, esbozando una leve sonrisa, salió de la casa en dirección a El Refugio.

Los remedios del doctor Aldana y los cuidados de Teté y Charito poco a poco iban surtiendo efecto en el ánimo de Serafina, la que, a pesar de que no podría aliviar jamás el dolor de su corazón por la pérdida de su hija menor, con el paso del tiempo comenzaba a tomar las fuerzas que necesitaba para continuar luchando por aquellas dos jóvenes mujeres que le quedaban en la vida.

Sentada en la terraza como todos los días, Serafina bordaba una tarde junto con sus hijas, cuando vieron parado en la entrada del rancho al mismo Eduviges Hidalgo que pedía licencia para poder entrar.

Charito corrió para abrir la reja y lo acompañó hasta la terraza; recogió su canasta de labores y junto con Teté entró a la casa para dejar que su madre hablara a solas con él. Eduviges se sentó frente a Serafina y, quitándose el sombrero, le dijo:

—Perdón el atrevimiento, doña Serafina.

—No se disculpe usted, señor Hidalgo, me da gusto poder atenderlo personalmente y darle las gracias por toda su ayuda. El nuevo granero ha quedado muy hermoso —dijo con nostalgia.

—Bueno, los muchachos se han portado muy bien, en realidad ha sido labor de ellos la mayor parte del trabajo —respondió, tomando asiento frente a Serafina.

—Pues hágame el favor de darles las gracias a todos de mi parte, espero poder corresponder la ayuda algún día.

—Lo haré con gusto —dijo él, mientras clavaba su mirada en el horizonte que comenzaba a teñirse con matices rojos por el atardecer—. ¡Qué hermosa vista! —exclamó—. No cabe duda de que Benito Canales sabía lo que hacía cuando decidió escoger estos terrenos para fincar su casa.

—Supongo que ese señor Canales era el anterior dueño de El Refugio —respondió Serafina— . Sí, es un lugar muy hermoso, pero ya nada parece igual desde que ella se fue.

—Sí, tiene usted razón; incluso el tinacal ya no es el mismo porque extraña la compañía de la güerita —dijo Eduviges, bajando la mirada.

—¿Aún no me ha dicho a qué debo el honor de su visita? —preguntó Serafina mientras limpiaba la humedad que comenzaba a nublar su mirada—. ¿En qué puedo servirle?

—Pues verá usted, doña Serafina. Lo pensé mucho antes de atreverme a venir, y aún no sé si hago bien en contarle la razón de mi visita, pero desde hace varios días me anda revoloteando una cosa en la cabeza que ya no me deja ni dormir.

—Pues cuénteme usted, señor Hidalgo, que no entiendo qué tendría yo que ver con su insomnio y su preocupación.

—Bueno... en realidad no se trata de una mera preocupación, sino más bien de una curiosidad —dijo el hombre, esbozando una sonrisa—. Dígame usted, doña Serafina, ¿de casualidad, desde que sucedió la tragedia, no ha visto algo fuera de lo común por el rancho?

—No sé a qué se refiere, señor Hidalgo, la verdad es que he tenido tanto dolor que me había olvidado hasta de comer; por muchos días no pude ni conciliar el sueño hasta que comencé a tomar los remedios que el buen amigo boticario me dio, y gracias a la plática que sostuve con él, comprendí que todavía tengo dos buenas razones para seguir luchando.

—Sí, entiendo, sus hijas mayores la necesitan también. Es solo que tenía la curiosidad de preguntarle, eso es todo.

—Pero ¿a qué se refiere con que si he visto algo fuera de lo común? ¿Es algo de lo que debería preocuparme?

—¡No, de ninguna manera, señora! —se adelantó a decir Eduviges—. Es que el otro día me pareció ver un águila enorme que andaba merodeando por la ventana de mi cuarto, pero para serle franco, yo tampoco he estado en muy buenas condiciones últimamente, y por primera vez en muchos años, un poco de mezcal me traicionó y no sé si soñé a ese animal o fue real. Por eso quería saber si usted no había visto rondando por aquí a un pájaro como ese.

—Pues no —dijo Serafina—, no he visto nada como eso, pero tendré cuidado de fijarme porque puede ser una amenaza para mis animales, ¿verdad?

—Bueno, si de verdad anda un águila merodeando por ahí, más vale estar atentos; aunque la verdad no creo que venga con la intención de comerse a sus gallinas —dijo Eduviges, levantándose de su asiento.

—Pues entonces ahora entiendo menos su inquietud —repuso Serafina.

—Son cosas de viejo seguramente, señora, no me haga mucho caso.

—De cualquier manera, le prometo que estaré atenta. Muchas gracias por su preocupación, señor Hidalgo.

—Eduviges, por favor, llámeme Eduviges a secas, doña Serafina —dijo el tinacalero, estirando la mano para despedirse.

—Pues yo también le pido que deje esa formalidad de "doña Serafina", soy Serafina nada más.

—Pues entonces quedo a sus órdenes para lo que se le ofrezca, Serafina.

—Lo mismo digo, Eduviges —respondió la mujer con su mirada triste—, tal vez alguna tarde quiera venir a tomar una taza de chocolate caliente para que me cuente un poco de lo que platicaba con mi hija cuando lo visitaba en el tinacal.

—Así será —dijo Eduviges mientras se ponía su viejo sombrero. Salió del rancho en dirección a La Concepción, convencido de que aquella visión que había tenido en días pasados no era consecuencia de sus ancestrales conocimientos chamánicos, sino el resultado de la traición del pulque.

Tres Naturalezas

Mía dormía plácidamente, arrullada por el sonido constante de la cascada que jamás dejaba de caer y la dulce melodía de Laila, aquella extraña sílfide que cantaba feliz sentada al borde del lecho de plumas, esperando a que su amiga despertara. Aguardó por un rato tratando de controlar su enorme deseo de interrumpir el sueño de la niña, pero como la paciencia jamás había sido una de sus virtudes, sin poder esperar por más tiempo se acercó sigilosa al rostro de Mía y, arrancando una pluma de su hermoso penacho, comenzó a hacerle cosquillas en las mejillas.

Mía abrió sus enormes pupilas muy despacio, y sonrió al ver a su amiga alada; se frotó los ojos con las manos, bostezó con flojera y, sentándose en el lecho, dijo:

—Hola, Laila, buenos días.

—¡Vaya, por fin! —exclamó la sílfide—. Parecía que hoy no tenías intención de despertar.

—Es que estaba teniendo un sueño muy hermoso, de seguro que por eso no quería abrir los ojos.

—Ah, ¿sí?, ¿y qué soñabas?

—Soñaba con un águila gigante con la que ya he soñado otras veces, aunque no recuerdo qué. Pero esta vez fue un sueño muy claro en el que el águila me miró fijamente a los ojos y luego comenzó a hablarme, ¡y lo más increíble es que yo la entendía! "Ven a volar", me dijo. Entonces me subí en su lomo y me cogí de sus plumas, y comenzamos a volar por el Valle del Mezquital, después volamos por encima de unos sembradíos de magueyes y empecé a pensar en El Refugio, que es donde vivía con mi madre, y como si el águila entendiera mis pensamientos cambió el rumbo y se dirigió allá volando muy suavemente; pasamos por la casa de Edu, mi amigo, y cuando estábamos a punto de llegar al rancho, comencé a sentir que algo me picaba en la cara y entonces... me desperté; ya no pude llegar hasta El Refugio, ya no pude ver a mi madre —dijo Mía con tristeza.

—La extrañas mucho, ¿verdad? —preguntó Laila avergonzada por haber interrumpido el sueño de la niña.

—Sí, no sabes cuánto. Hace más de un año que no la veo. Ella debe estarla pasando muy mal también pensando que estoy muerta.

—Sí, lo imagino —dijo Laila, acariciando su mano—. Pero tal vez ahora puedas hacerle llegar una esperanza para que sepa que no es así.

—No te entiendo.

—Es que yo creo que ya encontraste a tu animal de poder.

—Sigo sin entender, ¿qué es eso de mi animal de poder? —preguntó Mía confundida.

—Es algo así como… como tu elemental… como tu otro yo. Nosotros los silfos pensamos que cada persona tiene un elemental; es decir, un animal con el que por alguna razón te identificas más que con los otros. Pasa lo mismo con los elementos; algunas personas se sienten atraídas por la tierra, otras, por el agua o el aire, en fin… es… como si existiera una conexión entre tu elemental y tú. Si aprendes a conectarte con él, podrás ver a tu mamá siempre que quieras sin que sepa que estás ahí. Es algo complicado, pero estoy segura de que Patli te enseñará cómo hacerlo —dijo Laila mientras acercaba a la niña la canastilla que contenía sus elementos de aseo.

Bajaron juntas hasta la orilla del río subterráneo, siguiendo una costumbre que se había convertido en un ritual entre ambas desde que Mía llegara a Xoxafí, y mientras ella se aseaba al contacto de aquel líquido fresco y delicioso, la pequeña sílfide peinaba su plumaje contemplando su reflejo en el agua.

Después de un apetitoso desayuno de frutas deliciosas y semillas, miel de abeja y leche de cabra, las dos partieron hacia el salón de las ruedas, donde Patli las esperaba sumido en una profunda meditación.

Subieron a la roca del musgo y se sentaron junto al maestro en absoluto silencio. El hombre abrió sus ojos de gris intenso y los clavó en el rostro de la pequeña Mía mientras le sonreía con la candidez de un niño.

—Buenos días, Mía, feliz mañana. ¿Dormiste bien?

—"Como un lirón", como solían decir en mi tierra —dijo la niña, sonriendo también—. De no haber sido por Laila estaría roncando todavía.

—Dile de tu sueño —interrumpió la sílfide con premura.

—¡Ah, sí, el sueño! —dijo Mía—. Pues es que últimamente he soñado varias veces con un águila de color café muy grande, y esta vez me he subido en su lomo y he volado por arriba de La Concepción, pero no he podido llegar hasta El Refugio porque algo me despertó antes de que pudiera hacerlo.

Patli miró a la sílfide de reojo, como adivinando que algo tenía que ver ella con eso, después miró a la niña nuevamente y le preguntó:

—Y dime, Mía, ¿alguna vez has podido hablar con el águila?

—Solo esta vez, fue ella la que me invitó a volar.

—Comprendo —dijo Patli con enorme seriedad.

—Laila mencionó algo de que el águila me puede ayudar para poder estar cerca de mi madre sin que se dé cuenta, dice que puede ser mi elemental, pero la verdad no entiendo qué quiso decir con eso.

Patli miró nuevamente a la sílfide y, con un movimiento de cabeza, le indicó que los dejara solos. El ser emplumado levantó el vuelo subiendo hasta la cúpula de la gruta y desapareció.

—Mira, Mía —explicó Patli—, el águila, según la creencia chamánica de la que ya te he hablado alguna vez, es la mensajera del Cielo. Es, según esa filosofía, un símbolo poderoso y una alegoría del poder del espíritu.

—¿Qué es eso de alegoría? —dijo la niña, poniendo atención en sus palabras.

—La alegoría es una representación simbólica de algo que es difícil explicar; el águila por sus características se asemeja al espíritu elevado, pero además tiene otra similitud: jamás se da por vencida.

—¡Qué interesante! Pero ¿qué tendría yo que ver con un ave como esa?

—Pues verás; en el ser humano existen tres naturalezas: una que es material, osea el cuerpo que también es sustancia; otra espiritual, donde está nuestra semejanza con el Creador, esa es esencia; y una tercera naturaleza que es la conciencia, que es nuestra parte divina; esa voz interior que nos acompaña desde que brotamos como espíritus y nos dice cuándo actuamos bien o mal; es la compañera que nunca engaña.

—¡Hum, si lo sabré yo! —exclamó Mía—. ¡A esa naturaleza la conozco bien!

—Pues esa segunda entidad, que es el espíritu, fue dotada por el Creador de muchos dones y facultades, y, entre ellos, está el de poder comunicarnos con nuestros hermanos menores, o sea, los animales, las plantas, los elementos, pero el hombre ha perdido esa capacidad de comprender su voz, porque ha olvidado el lenguaje de la Creación.

—¿Eso quiere decir que realmente me pude haber comunicado con el águila?

—Tan real como lo es el que hayas podido comunicarte con los elementales que también son parte de la Creación; es precisamente una de las razones por las que estás aquí, Mía, en ti muchas de esas facultades están a flor de piel, y aunque todos las tenemos, no todos las hemos desarrollado.

—¿Y cómo puedo desarrollar más esa facultad para poder estar cerca de mi madre sin que ella se dé cuenta?

—Mira, Mía, el hombre y los animales estamos relacionados no solo desde el punto de vista genético, sino también por una Ley Divina que nos hizo compañeros de viaje por decirlo de alguna manera, ellos y nosotros contenemos una misma matriz ancestral a la que llamamos “alma”. Es a través de esa alma que los animales inferiores se comunican con la Madre Naturaleza y cumplen con las leyes de la Creación, mientras que, para el hombre, el alma es como un puente, es ese elemento sutil a través del cual el espíritu se manifiesta en el universo material, y mientras más avanzado el espíritu, más evolucionada el alma, ¿comprendes?

—Creo que sí —respondió Mía.

—Pues bien, el alma de las águilas es una de las más avanzadas que hay dentro del reino animal, y es a través de su alma y la tuya como podrás comunicarte usando los dones y facultades de tu espíritu. Es como un fluido que se manifiesta a través de una energía que nosotros podemos usar de muchas maneras, dependiendo del ámbito al que lo queremos dirigir. Puede manifestarse como fuerza, como voluntad, como idea, como expresión, como bálsamo o curación, como profecía... Es como una extensión de nuestro verdadero ser que se manifiesta hacia afuera de nosotros, hacia los demás. La clave está en lograr que exista armonía entre tu parte material y tu parte espiritual, para que ese fluido actúe a través del alma.

—¡Qué maravilla! —dijo Mía emocionada—. Jamás imaginé que los humanos fuéramos capaces de tantas cosas. ¿Y cómo puedo hacer para dejar salir ese fluido? Aun no entiendo bien cómo funciona.

—En realidad no es tan complicado como parece, Mía. ¿Has visto por ejemplo cómo funciona un aparato que está conectado a un cable?

—Sí —dijo la niña—. En El Refugio tenemos una radio donde acostumbramos oír las noticias.

—Pues es a través de ese cable que la radio recibe la energía que necesita para poder funcionar y transmitir las noticias; como el telégrafo o el teléfono que también necesitan de cables para llevar mensajes de un lado a otro.

—Sí, entiendo.

—Pues bien, en nuestro espíritu también tenemos algo parecido a esos cables o "lazos comunicantes", que son como lazos eternos, infinitos e indestructibles que nos unen con todo lo creado, y el "material" del que están hechos esos lazos, por decirlo de alguna manera, es precisamente ese fluido a través del cual manifestamos nuestros dones.

—¿O sea que depende de cuánto fluido tengas lo que puedes hacer?

—No, no precisamente. Ese fluido no lo podemos aumentar o disminuir, porque siendo creación divina siempre está ahí; lo que nosotros podemos hacer es convertirnos en maestros en el manejo de ese fluido, porque todos lo poseemos, pero no todos lo dominamos.

—Ya, entiendo. Entonces tiene que ver con la voluntad —dijo Mía, reflexionando en las palabras del maestro.

—Sí, así es; pero tan importante como la voluntad es el amor. Mira, Mía, hay muchos que usan ese fluido a conveniencia, pero de un modo equivocado, y eso de ninguna manera te convierte en maestro. La única forma de volverse maestro en el dominio de ese fluido es la práctica del bien, del anhelo de servir a los demás por medio de los dones, porque para eso nos fueron dados, ¿comprendes?

—Sí, comprendo.

—En ti se ha desarrollado de una manera natural una facultad con la que has podido percibir otras dimensiones, has logrado penetrar en otras formas de percepción donde unas corresponden al mundo visible y otras, al mundo de la realidad invisible, esa que no podemos percibir a simple vista, sino usando uno de esos dones que te permiten acceder a ella; pero no debes perder de vista que el uso de ese fluido debe ser siempre hacia el bien. Hay infinidad de cosas que tendrás que aprender hasta el día en que se abra el portal, pero por lo pronto vamos a enfocarnos en lo que tanto te inquieta en este momento.

—¡Mirar con los ojos del águila! —dijo Mía emocionada.

—Pero recuerda que eso es solo un primer paso —explicó Patli—. Verás, pequeña, cuando yo empecé mi búsqueda, aquello que me llenara íntimamente, comencé a andar mi camino a través del chamanismo, que era lo que conocía más de cerca por influencia familiar, y fue así que aprendí que, cuando un animal habla en una visión o en un sueño, puede ser una señal de que ese es tu animal de poder, es decir, es el animal con el que te identificas; pero también me di cuenta, durante esa etapa de mi búsqueda espiritual, de que hay algunos hermanos que han usado ese fluido incluso para manipular a su propia materia dándole la forma de su animal de poder, mientras que muchos otros han usado su don tan solo para poseer el alma de un hermano menor y manifestarse a través de él sin ningún propósito elevado de hacer el bien; y todo eso, lejos de hacer crecer a su espíritu, los ha atado más al mundo material. Algunos lo hacen solamente como un reto o como una forma de causar la admiración de sus seguidores, y hay otros que incluso lo han usado con el propósito de amedrentar, de dominar o causar miedo, pero te repito, nada de esto se multiplica en bien o en amor al prójimo que es la razón de los dones. Yo me di cuenta de que esa práctica no era lo que yo quería para mí, como tampoco es lo que quiero para ti.

Patli suspiró profundamente recordando tiempos pasados y después, tomando a Mía de la mano, le dijo:

—Está bien, pequeña, te voy a enseñar a comunicarte con el águila porque en este momento la necesidad que tienes es grande, pero será para pedirle al águila, con respeto, el permiso de usar ese fluido del que te hablaba y unir tu alma a la suya, lo que te permitirá mirar a través de sus ojos y volar a través de sus alas, con la intención de estar cerca de tu familia, pero solo será mientras aprendes a desarrollar tus dones para comunicarte con ellos a través de tu espíritu.

—Suena como algo que fuera casi imposible de lograr para alguien tan pequeño e ignorante como yo —dijo la niña con un poco de desencanto—. Debe ser muy difícil llegar a tener tanta sabiduría.

—La sabiduría no está en lo que materialmente se conoce, sino en lo que espiritualmente se posee, Mía. Se necesita ser sencillo como las flores y puro como las aves; transparente como el aire y diáfano como el agua para volverse sabio.

—Sí, eso creo que lo entiendo, porque mi madre es una mujer muy humilde, pero siempre ha sido muy sabia —dijo Mía con nostalgia.

—Hay muchos que se han nombrado sabios, y sin embargo sigue siendo una incógnita para ellos el sol que día tras día brilla a plena luz. Muchos creen saberlo todo, y te digo que hasta la hormiga que se cruza en su camino encierra para ellos un misterio insondable, pero cuando logras limpidez de espíritu y humildad en tu materia, puedes llegar a conocer la verdad de la vida. Pero nunca olvides que la armonía entre espíritu y materia es la que te llevará a lograr todo lo que quieras.

—Sí, espero no olvidarlo nunca —dijo Mía convencida—. Ojalá y mientras aprendo todas esas cosas pueda comunicarme con el águila; porque seis años son demasiados para no saber de mi madre.

—Es un principio. Hay otras facultades en ti con las que lograrás sentirte cerca de ella, ya lo verás. Por ahora tienes mucho que trabajar, estudiar y practicar antes de que podamos visitar el nido del águila.

Feliz Cumpleaños

A pesar de la quietud que reinaba en Xoxafí, el tiempo para Mía pasaba con la velocidad de un rayo a causa de las muchas actividades que llenaban cada uno de sus días. Y mientras con Patli aprendía sobre la vida, sobre el desarrollo del espíritu, la meditación y el dominio del cuerpo y de la mente, con los demás habitantes de las grutas aprendía sobre los secretos de la Naturaleza y las maravillas de la Creación; le enseñaban sobre las propiedades medicinales de las plantas, sobre los beneficios de las flores y los árboles, y sobre la influencia de las distintas especies animales en el bienestar del hombre.

Ese sería un día especial para aquella niña de cabello trigueño y ojos azul cielo, y no precisamente porque cumplía doce años de edad, sino porque ese día tendría una de las experiencias más significativas de su vida.

Muy temprano esa mañana, mientras disfrutaban de su acostumbrado desayuno compartido, Laila le explicaba a Mía el secreto de las rosas silvestres, sosteniendo entre sus pequeñas manitas azules un espécimen de la aromática flor que había llevado a la niña como regalo.

—El planeta Tierra es una morada pasajera donde el Creador de todo puso amenidades —dijo la sílfide—, puso consuelo y bálsamo para aliviar todos los males de los cuerpos. ¡Los humanos no se imaginan la cantidad de maravillas que tienen a su alrededor! La rosa silvestre, por ejemplo, posee grandes facultades para curar una enfermedad muy común entre ustedes a la que llaman "gripa". Cuando las personas se sienten agripadas es por una debilidad de su sistema de defensa, y bastaría con que comieran unos cuantos pétalos de rosa para recuperar la inmunidad de su cuerpo y restablecer su salud.

—¿De verdad? —preguntó Mía asombrada—. ¡Parece increíble!

—Sip, pero es la verdad —dijo Laila mientras aspiraba el aroma de la rosa—. También en los pistilos de las flores hay muchas facultades curativas; si pones por ejemplo los pistilos de una margarita en un poco de agua y los dejas al aire libre por tres o cuatro días, se convertirán en algo que ustedes llaman "antibiótico" que sirve para combatir las infecciones, ¡es mucho más poderoso que cualquiera de los remedios que ustedes compran en esos lugares que llaman "boticas"!

—¿Y tú cómo sabes tanto? —preguntó Mía asombrada por los conocimientos de aquel ser tan pequeño.

—Es que dentro de la Naturaleza todo es de todos —dijo la sílfide—; entre nosotros no hay secretos ni envidias, el conocimiento es de todos.

—¡Ojalá y algún día sea así entre los humanos!

—Patli dice que así será, aunque yo la verdad lo veo muy difícil —comentó el pequeño ser emplumado mientras degustaba una ciruela.

—Jamás debes perder la esperanza —dijo el maestro que se acercaba a ellas sin perder su costumbre de aparecer silencioso y repentino, dando la impresión de que surgía de la nada. Mía se sorprendió más que nunca cuando lo vio llegar, vestido con pantalones verde olivo, camisa de algodón y botas de montaña; venía cargando su hermosa sonrisa y una mochila repleta de cosas que puso sobre el lecho de plumas. Miró a Mía con ternura y, abriendo los brazos, exclamó:

—¡Feliz cumpleaños, pequeña!

Mía corrió a refugiarse en el abrazo de Patli, quien con el correr de los meses se había convertido para ella en maestro, confidente y amigo. Después, con su inevitable curiosidad volteó hacia el lecho, tratando de saber qué era todo aquello.

—¡Anda, míralo! —dijo el hombre, contento por la emoción de la niña. Mía se acercó al lecho y empezó a sacar el contenido de la mochila, donde se encontró con un par de botas, dos pantalones de lona, dos blusas de manta, una gorra tejida y un suéter de lana, un pocillo metálico y una cantimplora.

Sin comprender qué significaba todo aquello, levantó la mirada sorprendida, mientras la sílfide aplaudía emocionada adivinando la razón de aquel peculiar regalo. Patli se sentó sobre el lecho y, tomando a Mía de las manos, le dijo:

—Necesitas ropa abrigada, porque en las peñas hace mucho frío por las noches. Hoy al caer la tarde iremos a encontrarnos con el águila.

—¡¿Y podré entonces ir a visitar a mi madre a La Concepción?! —preguntó Mía emocionada.

—Eso depende de ti, pero yo creo que ya estás lista.

—¡Sí, ya estás lista! —repitió la sílfide, volando por todo el lugar—. ¡Ya estás lista!

—Si salimos pronto, podremos aprovechar la corriente del río subterráneo para llegar aproximadamente en cuatro horas, así que te sugiero que te pongas una muda de ropa y lo demás lo guardes en la mochila; yo voy a revisar que tengamos todo lo necesario en la lancha.

Patli se dirigió al río, mientras Mía se ponía las prendas que él había escogido para ella, y un momento más tarde, enfundada en pantalones de lona y blusa de manta, subió a la barca diciendo adiós a Laila, dispuesta a realizar ese viaje del que no sabía a ciencia cierta qué esperar. Con la confianza absoluta que su maestro inspiraba en ella, se acomodó en la embarcación lista para vivir aquella aventura que marcaría su vida para siempre.

Los primeros kilómetros del recorrido por el río subterráneo fueron lentos y apacibles; podría decirse que, para la intrépida niña hasta un poco aburridos, pero de pronto la corriente del río empezó a moverse con más rapidez, conduciendo entre sus aguas a la barca sin que Patli tuviera que hacer el menor esfuerzo para hacerla avanzar. Tras dos horas de recorrido y muchos temas de plática, Mía se sentó en un extremo de la barca para disfrutar en silencio los maravillosos paisajes que llenaban sus pupilas, pensando en su madre y en su amigo Eduviges, los que seguramente ese día, por ser su cumpleaños, la recordarían con más nostalgia que nunca. Mientras reflexionaba en esto, su compañero de viaje, tratando de desviar la atención de Mía de aquello que la había puesto triste y pensativa, comenzó a sacar de una cesta un atado en hoja de plátano que guardaba en su interior dos suculentos pescados asados, una jícara con vegetales frescos y un recipiente con frutos silvestres. Los ofreció a la niña y con una sonrisa le dijo:

—Debes tener un poco de hambre.

—Solo un poco —dijo Mía, tratando de disimular el antojo que le había ocasionado contemplar aquellas viandas. Se acercó para tomar uno de los peces y, después de dudar un poco, se decidió por comer algunas moras, mientras observaba a Patli paladear con enorme gusto uno de aquellos nativos del mar. Se quedó mirando al pez con enorme antojo y, sin quitarle la vista de encima, preguntó:

—¿Está bien que los animales terminen en la panza de los humanos?

—¿Por qué lo dices? —pregunto Patli con curiosidad.

—No lo sé —dijo Mía—. Cuando veníamos en el *Sinaia*, conocí a un madrileño que jamás comía carne ni pescado porque decía que eso era pecado.

—Ah, ¿sí?, ¿y por qué razón?

—Pues no estoy segura... tal vez tenía que ver con eso del "No matarás".

—¡Ah, ya entiendo! Te refieres al mandamiento —dijo Patli sonriendo.

—Yo creo que sí, porque se la pasaba leyendo la *Biblia* todo el día. Una mañana entré a la cocina del barco y vi que estaban colgando de unos ganchos varios conejos que iban a preparar para la cena, cuando de pronto, detrás de mí apareció el madrileño gritando al cocinero: "¡Te vas a condenar por no respetar el quinto mandamiento!". ¡Joder, me pegó tal susto, que creo que desde entonces no he vuelto a disfrutar igual comerme algo que antes estaba vivo!

—Pues entonces sí que estás metida en un verdadero problema, porque los vegetales y las frutas también están vivos —dijo Patli divertido, esperando ver la reacción de la niña.

—¡Sí, eso; pues ahora se pone mucho peor el asunto! —exclamó Mía—. ¡No entiendo por qué Dios hizo tantas cosas deliciosas si quería que viviéramos de pan y agua! ¡Hombre, que no es justo!

—Suena bastante absurdo, ¿verdad? —dijo Patli, soltando una sonora carcajada.

—Sí; sobre todo viniendo de alguien que se supone que es todo sabiduría.

—Mira, pequeña, el problema no son las leyes divinas sino la interpretación equivocada que nosotros hacemos de ellas. Infinidad de veces inclusive, hasta adoptamos costumbres o maneras de pensar que no son más que la consecuencia de un mal análisis o de una mala traducción. Muchos han interpretado ese mandamiento al que te refieres como "No matarás", cuando en realidad lo que el mandamiento dictaba desde que fue entregado es "No asesinarás". En los textos hebreos, que son los más antiguos, se empleó la palabra "*ratsach*", que quiere decir "asesinar", porque el mandamiento se refiere a matar seres humanos; nunca se usa esa palabra para aludir a la matanza de animales ya sea para sacrificio o comida, pues para ello se utiliza el término "*shachat*", que significa "inmolar". Asesinar implica hacer un daño que no debía ser hecho, es matar en forma premeditada e ilícita, y es la que tiene que ver con el mandamiento; en cambio, matar, en el sentido de inmolar a los animales, es un derecho que Dios concedió al hombre, un designio divino para perpetuar la raza humana.

—Pero los humanos pueden mantenerse vivos sin comer carne de animales, ¿verdad?

—Sí, pueden, pero no debe ser por las razones equivocadas; puede ser por una preferencia, incluso por seguir una filosofía, mas no debe ser por tratar de cumplir con una Ley mal entendida.

—¡Vaya, menos mal! Ya me siento más ligera. Creo que hasta me está regresando el apetito.

—Mira, Mía, en nuestro Padre Dios no existe el desperdicio; las aves, los peces, los animales y todas las plantas y frutos que tomamos como alimento fueron puestos por Él en el planeta para mantener viva a la especie humana. Todo tiene ese propósito; aun la aurora boreal, que es tan bella y que pareciera estar ahí solamente para deleitar la vista, cumple un propósito en beneficio de la raza humana, del espíritu encarnado que iba a venir a poblar los planetas para aprender y evolucionar. Por eso, cuando el Creador hizo al hombre, lo nombró señor de la Tierra y le dijo: "Señoread en los peces del mar, en las aves de los cielos y en todas las bestias que se mueven sobre la tierra. Toda planta que da semilla, que está sobre toda la tierra, y todo árbol en que hay fruto y que da semilla os serán para comer. Y a toda bestia de la tierra, y a todas las aves de los cielos, y a todo lo que se arrastra sobre la tierra, en que hay vida, toda planta verde os será para comer". Si Padre Dios no quisiera que hiciéramos uso de alguna de las cosas que puso en la Naturaleza, simplemente no las habría creado, porque te vuelvo a repetir que en Él no existe el desperdicio, todo tiene un cometido, una razón, un sentido; pero eso sí, junto con la dádiva viene el compromiso.

—¿Compromiso de qué? —preguntó Mía, ávida de aprender.

—Compromiso de hacernos responsables del uso o abuso que hacemos de la Creación toda. Es nuestra obligación cuidarla y tratarla con amor, tomando de ella solamente aquello que necesitamos, porque de todo el daño que causemos a nuestra hermana Naturaleza tendremos que responder. Si tú matas a un animalito para alimentarte, está bien, ese es su cometido, pero si lo haces por diversión, por causarle un daño o por simple desperdicio, estás faltando a la Ley, y así es con todo. ¿Lo comprendes ahora?

—Más claro ni el agua —dijo Mía—. Creo que ahora sí probaré un pedazo de ese rico pescado.

—¡Bien hecho! —respondió Patli—. Tal vez después quieras dormir un rato, aún nos falta como una hora para llegar a Las Ventanas.

—¿Cuáles ventanas?

—Son unas formaciones rocosas a las que llaman así porque, cuando estás allá arriba, te sientes como si te asomaras por una ventana del Cielo para contemplar las maravillas de la Creación.

—¿Y ahí es donde vamos a encontrar al águila? —preguntó Mía con emoción.

—Sí, esos son sus dominios.

Mía regresó a sentarse en la orilla de la barca después de paladear en silencio el delicioso pescado, y al poco rato, sin darse cuenta, se quedó dormida arrullada por el movimiento del agua, pensando en que tal vez muy pronto podría visitar La Concepción.

El Águila Real

La voz del maestro comenzó a acariciar sus oídos, como si se tratase de una suave ráfaga de viento que quisiera regresarla de su sueño con apacible calma.

Mía abrió sus somnolientos ojos azules, percatándose de que la barca ya no estaba en movimiento. Se encontraba anclada en una pequeña laguna a un lado del río subterráneo, donde había un piso de piedra llana y tersa que seguramente era resultado de la caricia constante del agua sobre las gigantescas rocas, las que, después de esa planicie, continuaban aglutinándose a todo el derredor de la gruta en hermosas formaciones de acostumbrados tonos ocres y naranjas, cubiertos por delicado musgo en distintos matices de verdes intensos.

—¡Ya llegamos, pequeña! —dijo Patli mientras revisaba el contenido de una enorme mochila de montaña. Se quitó las botas que traía puestas y las colgó sobre la mochila amarrando las agujetas entre sí. Después, le pidió a Mía que hiciera lo mismo y que remangara sus pantalones hasta las rodillas, le colocó en la espalda la mochila que le había regalado esa mañana y, cargando él la otra, la aseguró alrededor de su cintura; saltó fuera de la barca con gran agilidad y ayudó a la niña a poner los pies sobre el agua mientras sonriendo decía:

—¡Aquí empieza la aventura!

Mía lo miró emocionada sintiendo la frescura del agua en sus pantorrillas y caminó con él unos cuantos metros hasta un muro de la cueva. Patli levantó las manos y, tocando el muro por diferentes ángulos aprendidos de memoria, hizo que una enorme piedra de forma casi circular se desplazara hacia un lado dejando al descubierto, ante los sorprendidos ojos de Mía, una salida hacia afuera de la gruta, donde por paredes de roca sólida se deslizaba una suave caída de agua que, bajando por el muro, se depositaba en una pequeña poza cristalina cuyo fondo estaba cubierto por centenares de piedrecillas de río. Patli cerró la entrada de la gruta con aquellos "toques mágicos" sobre la enorme roca y, cargando a Mía con la ligereza de una pluma, atravesó por el agua hacia un camino angosto escondido entre coníferas y plantas endémicas de gran belleza. Después de una corta caminata, puso a la niña en el suelo frente a un paisaje de hermosura extraordinaria, compuesto por impactantes formaciones rocosas que se asomaban entre bosques de pinos, oyameles y encinos, interrumpidos por bonitos valles circundados por arroyos, manantiales y cascadas de inigualable pureza.

Mía se quedó viendo el paisaje, impactada por aquel prodigio de la Madre Naturaleza que llenaba sus pupilas, mientras con un profundo suspiro decía:

—¡Realmente es una ventana del Cielo!

El maestro se sentó en el suelo sonriendo para ponerse las botas y, mientras se amarraba las agujetas, le dijo a la niña:

—Será mejor que tú también hagas lo mismo porque aún tenemos mucho que caminar.

—¿Hacia dónde tenemos que ir? —dijo ella emocionada.

Patli levantó la mano apuntando con el dedo índice por arriba de la cabeza de Mía; la niña volteó a sus espaldas y se quedó con la boca abierta, sin acertar a decir una palabra –cosa extraña en ella–, al descubrir frente a sus sorprendidos ojos unas gigantescas formaciones rocosas que debían elevarse a no menos de ciento cincuenta metros por encima del lugar en que se hallaban.

—Allá arriba es donde vamos a encontrar al águila —dijo Patli—, pero primero tenemos que ir al campamento no muy lejos de aquí.

Empezaron una caminata cuesta arriba, por angostos caminos de rústica arquitectura entre los que veían, además de una vasta vegetación, diferentes especies de fauna silvestre que hacían que Mía ni siquiera se percatara de la dificultad de la travesía. Llegaron a un hermoso valle rodeado por un bosque de pinos de por lo menos treinta metros de altura, donde había un albergue con varias tiendas de campaña y dos enormes cabañas construidas junto a una laguna de aguas cristalinas. Caminaron hacia la primera cabaña por un camino de pasto y terracería, mientras Patli saludaba desde lejos a algunas personas que se encontraban en el lugar; llegaron a la entrada de la cabaña donde había un hombre ciego de aproximadamente ochenta años, sentado en una banca de madera. El guía se acercó para saludarlo y habló con él por un momento, mientras Mía se entretenía contemplando a unos niños que jugaban con un perro en la orilla del agua.

—Ven, Mía, voy a presentarte a alguien que ha venido para conocerte, estoy seguro de que será tu gran amigo —propuso el maestro, tomando a la niña de la mano. La llevó frente al anciano y, sonriendo, dijo—: Abuelo Tekolotl, ella es Mía, la niña que llegó del otro lado del mar.

El anciano estiró los brazos buscando a Mía y, con cuidado, posó sus manos sobre su rostro; lo recorrió lentamente como tratando de reconocer sus facciones con la punta de los dedos y después, dibujando una enorme sonrisa en sus labios, acarició su pelo mientras decía:

—Sí, eres tú, amada niña.

Sin poder remediarlo, Mía se abrazó del anciano y puso un beso en su mejilla con inmensa ternura; Patli la tomó de la mano y, despidiéndose del abuelo

Tekolotl, entró con ella a la cabaña para dejar sus mochilas, se abrigaron y salieron del albergue para reanudar el ascenso hacia los dominios del águila.

—¡Qué simpático ancianito! —comentó Mía mientras continuaban el trayecto—, es una pena que no pueda ver.

—No siempre las cosas son lo que parecen, pequeña.

—¿Cómo, pero es que no es verdad que es más ciego que un topo?

—A veces no ver con los ojos del cuerpo te ayuda a desarrollar la verdadera mirada.

—Ahora sí que no te entiendo, majo.

—La visión de nuestros ojos materiales, por muy aguda que sea, llega hasta cierta distancia; en cambio, cuando desarrollas la mirada del espíritu puedes ver en lo profundo de las cosas o de las personas; incluso puedes ver en el tiempo.

—Ah, ya entiendo, eso también es un don.

—Así es, Mía, es como el don a través del cual llegarás a estar muy pronto cerca de los seres que amas, pero mientras tanto le pediremos su ayuda al águila.

—¿Es por eso que el abuelo Tekolotl dijo que sí era yo? ¿Me vio con los otros ojos?

—Es él quien nos dijo quién eras y dónde encontrarte —explicó Patli—. ¿Sabes qué quiere decir Tekolotl?

—Ni idea.

—Tekolotl quiere decir "búho" o "tecolote", y es el animal de poder del abuelo. Al igual que el águila, el búho es un ave muy especial, porque es el maestro de la videncia, es el símbolo del que es capaz de aclarar lo que permanece oscuro u oculto, el abuelo puede ver las cosas que a simple vista otros no pueden ver; él puede ver cosas de importancia, puede percibir lo que ocurre en un lugar lejano e incluso saber del futuro cuando le es permitido, pero no siempre fue así.

—Claro, me imagino que también ha tenido que aprender.

—Y no te imaginas cuánto. El abuelo no siempre ha sido ciego, antes podía ver como tú y como yo, pero esa es una historia que tal vez él te contará algún día —dijo Patli mientras separaba con las manos unos arbustos—. Ven, Mía, acércate.

Mía se acercó y descubrió, en el tronco de un enorme encino, un hueco en el que se asomaba curiosa una familia de animales de una especie extraña que jamás había visto. El mayor de ellos era más o menos del tamaño de un gato, tenía la piel marrón y el pecho blanco con una larga cola formada por anillos negros y blancos, sus enormes ojos eran de color púrpura y tenía unas curiosas orejas con puntas redondas que le daban un aspecto tierno y bonachón.

—¡Anda! —exclamó Mía sorprendida—. ¡Pero qué tíos más simpáticos!, jamás había visto uno de estos.

—Se llama "*cacomiztle*", que quiere decir "tigrillo castaño", aunque algunas personas los nombran "medio felino", porque dicen que tienen cierto parecido con los gatos.

—Pues yo no sé a quién se parecen los caco... estos, pero si he de serte franca, hasta me dan un poco de envidia.

—Envidia... ¿y por qué? —preguntó Patli con curiosidad.

—Pues, no lo sé... Míralos, ahí en familia; están felices y no les preocupa nada.

—¿Y eso te parece injusto?

—Bueno, no; pero me parecería más justo que nosotros también pudiéramos estar con la familia y que no tuviéramos que preocuparnos por arreglar lo que sucede en el mundo.

—Lo que sucede en nuestro mundo ha sido provocado por nosotros mismos, por eso es justo que nos preocupemos por arreglar aquello que descompusimos —dijo Patli, continuando su camino.

—¿Y qué tanto puedo haber descompuesto yo en diez años?

—Esa es plática para otro momento, Mía, algún día hablaremos de ello; que te baste saber por ahora que la historia de tu espíritu no comienza en la Tierra, y que esta no es la primera ni probablemente tampoco la última vez que tú y yo visitamos el planeta.

—Pues con más razón todavía. ¿Acaso los animalitos merecen mayores bendiciones que nosotros?

—¡Ah, pequeña rebelde! —dijo Patli riendo—. Aún te falta estudiar mucho para comprender la verdad.

—¿Y qué verdad es esa? —replicó la niña mientras caminaba detrás del maestro.

—¿Que no miras que esas criaturas solo tienen una morada que es la Tierra, y que es justo que en ella tengan su gloria y su gozo? ¿No ves que a ellas las induce a cumplir una fuerza que es la ley de la Naturaleza?, y si ellas viven dentro de la Ley, es justo que puedan gozar de cuanto la Ley encierra, que es amor, paz, bienestar, deleite, actividad y vida. Al ser irracional lo guía el instinto, que es su voz interior, su maestro, su guía; es como una luz que proviene de su madre la Naturaleza y le ilumina la senda que debe recorrer en su vida, senda donde también hay luchas y riesgos. El destino de los animalitos está en la Tierra, ahí empieza y ahí acaba.

—Ya —dijo la niña—, y el nuestro sigue, ¿verdad?

—El destino del espíritu que habita en el hombre empezó en Padre Dios y no terminará nunca, porque cuando se eleve sobre la vida terrestre, irá de una mansión a otra según su evolución, descubriendo nuevos mundos de sabiduría, gozando más, amando más, perfeccionándose más. Sin embargo, podemos aprender mucho de lo que nos enseñan nuestros hermanos inferiores, porque en ellos encontramos infinitos ejemplos de sabiduría que, aplicados a nuestra vida, nos harán recoger buenos frutos.

—¿Como cuáles ejemplos?

—De ellos podemos aprender la armonía con que cada especie vive, aprendemos de sus ejemplos de fidelidad o de gratitud, y a veces también podemos tomarlos como metáfora de nuestra propia vida, porque en todos hay una enseñanza.

—¿Cómo cuál? —dijo Mía, mientras tomaba un poco de aire por el esfuerzo al subir el empinado camino.

—Pues... podemos por ejemplo parecernos a una multitud de gusanos que no tienen más propósito en la vida que carcomer un cadáver, o podemos parecernos a las abejas que construyen un panal en completa armonía, para después producir miel que endulce los paladares.

—¡Joder, qué metáfora! Definitivamente preferiría ser abeja.

—Lo sé, pero al igual que ellas, debemos hacer que nuestro propósito sea buscar la manera de endulzar la vida de los demás.

—¡De verdad que sabes muchas cosas, Patli, me gusta mucho platicar contigo!

—Lo mismo digo, pequeña —contestó el hombre, poniendo un beso en su frente.

Ayudada por Patli, Mía siguió trepando por el escarpado camino, asombrada por el hermoso paisaje que llenaba sus pupilas y por los nuevos conocimientos que iba adquiriendo al lado de su maestro. Por fin, después de un rato más de caminata, el hombre se detuvo diciendo:

—Bueno, pues ya llegamos.

Mía sintió que se contraía su estómago por la emoción que la embargaba; el maestro atravesó por entre tupidos arbustos y llegó a una pequeña plataforma de terreno cubierto por pasto y arcilla, escogió un espacio plano y cómodo, y se sentó invitando a la niña para que se sentara junto a él, frente a una enorme piedra de caprichosa figura que sobresalía de entre un macizo de formaciones rocosas de considerable altura.

—Bien, Mía —dijo Patli—, vamos a hacer una meditación para que puedas entrar en contacto con tu animal de poder, inspira desde tu vientre y relaja tu cuerpo como te he enseñado, siente la energía de la Madre Naturaleza dentro de ti y trata de entrar en una profunda reflexión; aspira profundamente y cierra los ojos, y cuando entres en meditación, pide al Señor de la Creación, antes que nada, que te dé permiso de comunicarte con el águila.

Mía siguió las indicaciones que Patli le daba con suavidad, y comenzó a entrar en una absoluta relajación como resultado de la repetición de un ejercicio que había practicado con su maestro decenas de veces. Su tierna materia, docilitada por aquel entrenamiento constante, le permitió entrar en profunda meditación en un instante. De pronto, una serie de imágenes empezaron a aparecer ante ella; se veía caminando descalza por el bosque, en medio de hermosos árboles de diferentes clases, bajo un cielo de azul profundo y nubes ligeras que se dibujaban en la distancia, mientras percibía un delicioso aroma de flores que llegaba con el viento hacia su rostro.

Sobre su cabeza y a ambos lados de su cuerpo, comenzaron a volar pequeñas luciérnagas de color violeta y amarillo, las que parecían dirigir sus pasos hacia un claro del bosque donde crecía un frondoso árbol de gigantescas proporciones, que parecía que la estaba esperando. Se acercó lentamente y se abrazó al tronco de aquella enorme planta mientras percibía en ella un profundo amor. De pronto, su cuerpo empezó a destilar un suave halo de luz al mismo tiempo que lo hacía el árbol, y mezclando su fulgor con el del árbol, comenzó a penetrar en su corteza sintiendo que su tronco era ella misma. Era como si la savia corriera por su cuerpo y la energía de la tierra penetrara por sus pies. Sentía en su cabeza la calidez del sol y en su cuerpo la suave caricia del viento, contempló sus brazos convertidos en ramas que sostenían a miles de pequeñas hojas de color verde intenso que la hacían saberse más viva que nunca y se sintió feliz; le dio las gracias a la Madre Naturaleza y al árbol por su cobijo, los bendijo con palabras de amor y de pronto volvió a ser ella.

En ese momento, su ser comenzó a percibir una fuerte presencia que se manifestaba frente a su rostro, y sintió el impulso de abrir los ojos para ver de quién se trataba. Sin saber si era verdad o ensueño que sus pupilas estaban abiertas, descubrió frente a ella, sobre la extraña roca, la figura de una enorme águila de plumaje castaño oscuro que mientras la miraba fijamente le decía: "Las nubes que están en lo alto te están esperando. Tienes que conectarte a la tierra, aunque estés volando. ¡Atiende que una voz te llama!".

Después de esto, Mía escuchó la suave voz de Patli que le decía:

—Respira profundo y cierra los ojos nuevamente.

Mía cerró los ojos y respiró profundo, sintiendo muy cerca de ella la fuerza del águila, respiró nuevamente en absoluta calma y, sabiendo que estaba lista, le pidió permiso al Creador para volar con el ave hasta El Refugio; la bendijo con palabras de amor y le dio las gracias. De pronto, comenzó a sentir nuevamente la energía que emanaba de la increíble ave, convertida en una especie de fibras luminosas que surgían de su cuerpo de águila y se mezclaban con otras que salían del cuerpo de ella misma.

Súbitamente, se sintió ligera como una pluma y, mientras su sentido del oído se agudizaba de manera extraordinaria, notó que sus ojos podían mirar a cientos de metros de distancia; la temperatura de su cuerpo se elevó de modo considerable y su corazón comenzó a latir con mayor rapidez.

En un acto instintivo levantó los brazos y, con enorme sorpresa, se dio cuenta de que estaba volando. Se elevó a gran altura por encima de las peñas, y a gran velocidad cruzó sobre los bosques de oyamel y las montañas; voló sobre los lagos y las cascadas, sobre la ciudad de Pachuca y los magueyales de La Concepción.

Poco a poco, empezó a disminuir la velocidad del vuelo, mientras atravesaba los campos de cebada, y se detuvo en la rama de un enorme sabino a unos metros de El Refugio. Ayudada por la mirada perspicaz de aquella majestuosa ave, comenzó a revisar el interior del rancho, buscando afanosa a quien tanto ansiaba encontrar; de pronto, la puerta de la casa se abrió y del interior surgió Serafina que cargaba un ramo de flores, seguida por Teté y Charito que llevaban veladoras encendidas en las manos. Caminaron en dirección a la entrada del rancho y se detuvieron junto al muro del granero. Colocaron las flores y las velas, se pusieron de rodillas y en silencio empezaron a rezar.

Mía contemplaba la escena desde lejos, sintiendo que algo extraño presionaba su garganta; su madre lloraba en silencio y su hermana Rosario también. Sin poder remediar el dolor que aquella escena le causaba, externó un sonoro grito que salió del pico del ave como un potente graznido; las tres mujeres voltearon en dirección al árbol y descubrieron a la imponente ave que abría sus enormes alas.

Serafina se quedó mirándola sin decir una palabra, mientras Teresa corría al interior de la casa a buscar la escopeta. Rosario se levantó del suelo y, haciendo aspavientos con las manos, trataba de dirigir a sus animales hacia dentro del corral.

—¡Seguramente quiere llevarse a alguna de las gallinas! —gritó Charito, persiguiendo a una de aquellas aves que se negaba a entrar en el gallinero, pero Serafina no dijo nada.

Teresa salió apresurada de la casa cargando una escopeta, y mientras intentaba ponerle los cartuchos que traía en el delantal, Serafina se levantó del suelo y corrió hacia ella con desesperación.

—Pero ¡¿qué vas a hacer Teresa?! —gritó, tratando de arrebatar el arma de las manos de su hija mayor.

—¡¿Cómo que qué voy a hacer?! ¿Que no ves que si no la mato va a seguir merodeando por aquí hasta que consiga llevarse a nuestros animales?

—¡Estás loca, Teresa! —gritó Serafina, forcejeando con su hija hasta que por fin logró quitarle la escopeta.

La enorme ave desplegó las alas y voló varias veces por encima de sus cabezas; después, mirando fijamente a Serafina, lanzó un potente graznido y se alejó del rancho a gran velocidad para regresar a Las Ventanas.

Mía comenzó a notar la pesadez de su cuerpo nuevamente y sintió mucho frío; abrió los ojos muy despacio y se dio cuenta de que el águila ya no estaba en la roca, volteó a mirar a Patli y se abrazó de él emocionada mientras decía:

—¡La he visto, Patli, he visto a mi madre!

—Lo sé, pequeña —respondió el hombre, abrazándola con ternura.

—¡Está muy triste, le hago mucha falta; no sé si podrá resistir tantos años sin verme!

—Podrá, Mía, ya verás; además, recuerda que tu madre no está sola porque tiene el cariño de tus hermanas, y hay alguien más que velará por ella y que no permitirá que le suceda nada malo.

—¿A quién te refieres? —preguntó Mía mientras limpiaba las lágrimas que caían por sus mejillas.

—A Eduviges, tu amigo.

—¿Y qué tendría que ver Edu con mi madre, si de seguro que ahora que no estoy ha regresado a encerrarse en el tinacal como era su costumbre?

—Muchas cosas cambiarán para tu familia en poco tiempo, Mía, ya lo verás. Por ahora, confía en mí cuando te digo que ella no estará sola.

Mía se quedó por un instante pensando en lo que decía su maestro y, confiando en sus palabras, le dijo:

—¿Sabes, Patli? Tuve una experiencia maravillosa. Primero me sentí como si fuera parte de un árbol y como si el árbol fuera parte de mí, y luego sentí como si ambos fuéramos parte de la tierra, de la Naturaleza; después, cuando vino el águila, sentí como si yo fuera ella y ella yo, y cuando volamos por el viento sentí que también el viento éramos nosotros... ¡Ha sido algo muy extraño, pero muy bello! Era como si todo fuera yo y viceversa, como si todos fuéramos uno.

—¡Qué bien —exclamó Patli—, ya te diste cuenta!

—¿Me di cuenta de qué?

—De algo que para muchos moradores del planeta sigue siendo un misterio, cuando en realidad todos deberíamos comprenderlo. Te diste cuenta de que, si vas al fondo de lo material, llegas a Dios, y que, si vas al fondo de lo espiritual, también llegas a Él, porque todo es un mismo principio, una misma causa y una misma razón. No pretendo decirte con esto que tienen la misma calidad materia y espíritu, no; pero, así como nosotros a veces realizamos trabajos materiales que en ocasiones son pequeños y en otras ocasiones son grandes, en la Creación de Dios también hay cosas que son muy pequeñas, pero no por ello son menos maravillosas. Hay también grandes cosas, grandes en su magnitud e importancia; son distintas, sí, pero ¿qué tan diferentes pueden ser si vienen de la misma mente, del mismo Espíritu Divino? —dijo Patli—. Ahora que tienes este conocimiento, aprenderás a ya no separar una cosa de la otra, porque ¿hay acaso un Dios para la ciencia y un Dios para la religión? ¿Hay un Dios para la carne y un Dios para el espíritu, o todo obedece al impulso de un mismo Creador, de una mente sabia y amorosa que todo lo rige?

—¡Claro! —exclamó Mía—. Aquel que creó al espíritu creó también a la materia; ¡todo ha brotado de la misma fuente, todo y todos somos parte de lo mismo!

—Así es, Mía, porque en todo y en todos está la irradiación divina —afirmó Patli.

—¡Pues ahora sí que me la has puesto difícil, majo! —respondió Mía—. Porque eso de la "irradiación" de verdad que no lo entiendo.

—En realidad es muy sencillo. La irradiación es... como la luz del Espíritu Divino que ilumina y vivifica todo, y que lo mismo se manifiesta sobre el espíritu que sobre la materia; sobre los mundos que sobre las plantas y los hombres, es decir, sobre todos los seres de la Creación.

—Ah, creo que ya entiendo, eso es Dios en todo.

—¡Exacto! Es espiritual sobre el espíritu, es material sobre la materia, es inteligencia sobre el entendimiento, es amor en el corazón. Es ciencia, es talento y es reflexión; es instinto, es intuición y está sobre los sentidos de todos los seres según su orden, su condición, su especie y su evolución. El principio es solo uno: Dios, y su esencia también es solo una; ¿sabes a qué me refiero?

—No sé —dijo Mía pensativa—, supongo que... ¿al amor?

—¡Bien dicho! —aprobó Patli complacido—. Y de esa manera, las plantas, por ejemplo, reciben esa irradiación para dar sus frutos, o los astros para poder girar dentro de sus órbitas; la Tierra recibe esa irradiación y se manifiesta dejando brotar de su seno tantas maravillas que conocemos, y en el hombre se manifiesta directamente sobre su espíritu, porque es donde radica nuestra semejanza con el Creador.

—Pues sí —dijo Mía satisfecha—. En verdad que no era tan difícil entender la irradiación después de todo.

—Es por eso que todo y todos en el Universo estamos entrelazados. En realidad, no hay ningún misterio en ello —explicó Patli sonriendo.

—¡Sí! —exclamó la niña emocionada—, ¡así lo sentí! Gracias por ayudarme a vivir una experiencia tan maravillosa.

—Gracias a ti por darme la oportunidad de compartir contigo lo que me ha sido permitido conocer —dijo Patli, preparándose para iniciar con Mía el viaje de regreso hacia el campamento de El Chico.

Revelaciones

Serafina se levantó más temprano que de costumbre esa mañana, preparó el desayuno de sus hijas y, después de darles algunas indicaciones para la siembra de aquel día, entró en su habitación, se quitó el delantal que llevaba puesto y, luego de arreglar su pelo, salió del rancho sin entender ella misma la razón de lo que estaba por hacer. Caminó apresurada en dirección a La Concepción, preguntó por Eduviges Hidalgo y se dirigió hacia el tinacal transitando entre las miradas curiosas de algunos trabajadores de la hacienda, que se asombraban al ver a la madre de aquellas españolitas, decidida a entrar en un territorio que todos sabían prohibido para las mujeres.

Llegó a la entrada del tinacal y armándose de valor atravesó los enormes portones de madera, caminó unos cuantos metros y, levantando la voz, dijo:

—Señor Hidalgo... buenos días... ¿está usted por aquí?

—¡Pero quién chin[...]! —exclamó Eduviges, tragándose las palabras en cuanto se dio cuenta de que se trataba de Serafina—. Disculpe usted, doña Serafina —dijo avergonzado, quitándose el sombrero.

—Ya habíamos quedado en dejar a un lado las formalidades, Eduviges, vine a buscarlo porque tengo que contarle algo.

—Usted dirá, Serafina.

—¿Hay algún lugar en el que podamos conversar por un momento?

—Sí, claro —dijo Eduviges receloso, temiendo el comportamiento del aguamiel si se daba cuenta de la presencia de una mujer.

Encargó el tinacal a su ayudante en turno y, mientras se ponía otra vez su viejo sombrero, dijo a Serafina:

—Permítame invitarla a mi humilde morada.

Salieron del tinacal y se dirigieron a la casa de Eduviges caminando en silencio, entraron por un patio con piso de piedra, donde había una fuente central rodeada por macetas con malvones de distintos colores, y muros de donde pendían pequeñas jaulas de madera con canarios amarillos y naranjas que le daban un aspecto muy agradable al lugar. Entraron a una estancia de muebles rústicos y desgastados, donde Eduviges apresurado comenzó a recoger algunas cosas que estaban sobre un viejo sillón.

—Perdone usted el desorden —dijo—; eso de vivir solo lo vuelve a uno un poco descuidado.

—No se disculpe usted, Eduviges, que en realidad está bastante ordenado para ser la casa de un hombre que no tiene compañía —respondió Serafina con una leve sonrisa.

—Usted dirá para qué soy bueno —dijo, ofreciéndole asiento.

—Bueno, en realidad no sé si viene al caso, pero... ¿recuerda que hace unos meses atrás usted llegó a casa preguntándome si había visto un águila merodeando por el rancho?

—Sí, claro que lo recuerdo.

—Pues no había visto a ningún animal rondando por ahí, pero ayer por la tarde sucedió algo muy extraño.

—¿Qué tan extraño? —preguntó Eduviges con curiosidad.

—Pues mucho —respondió Serafina—, porque desde que llegamos a vivir a La Concepción no había visto nada igual. Resulta que, como usted tal vez sepa, ayer mi hija hubiera cumplido los diez años.

—Sí, lo recuerdo perfectamente —dijo Eduviges con tristeza.

—Pues resulta que ayer por la tarde, después de terminar nuestra jornada en el campo, mis hijas y yo salimos de la casa llevando una ofrenda de flores y veladoras para dejarlas afuera del granero en memoria de Mía, y mientras rezábamos, un águila enorme empezó a graznar desde el árbol que está a las afueras del rancho moviendo las alas. Mis hijas se asustaron mucho porque pensaron que quería comerse a los animales, y mientras una entraba en casa a buscar la escopeta, la otra intentaba meter a los animales al corral, pero entonces el águila empezó a volar por encima de nosotras y después de dar varias vueltas se fue volando a gran altura.

—Dígame una cosa, Serafina —dijo Eduviges emocionado—, ¿intentó llevarse a alguno de sus animales?

—No, a ninguno, a pesar de que algunas gallinas estaban tan asustadas que no acertaban a entrar al gallinero, pero eso no es todo...

—¿Qué, sucedió algo más?

—Pues... no sé cómo tomará esto, tal vez vaya a pensar que estoy loca de remate, pero casi podría jurar que la enorme ave se me quedó mirando fijamente como si quisiera decirme algo. No entiendo por qué actué de la manera que lo hice, pero hasta luché con mi hija Teresa para quitarle la escopeta de las manos.

—¡Hizo usted bien, señora! —dijo Eduviges, levantándose repentinamente del sillón.

Caminó bailoteando por la sala ante los asombrados ojos de Serafina y, abriendo las puertas de una cómoda, sacó una botella y dos vasos mientras decía:

—¡Esto hay que celebrarlo!

—Disculpe usted, Eduviges, pero yo no bebo.

—Yo tampoco, pero hoy es un día especial. Le voy a dar a probar un pulque curado de la mejor calidad, lo llamamos “manso”, y esperé más de diez años para saborearlo. Este es de tuna roja y es delicioso; por favor, pruebe usted, señora, que hay que hacer que chasqueen los vasos.

Sin poder negarse ante el entusiasmo de aquel hombre que de pronto se había transformado en un niño parlanchín y simpático, a Serafina no le quedó más remedio que probar aquella vernácula bebida. Golpeó su vaso contra el de Eduviges, dio un pequeño sorbo a su contenido y sorprendida exclamó:

—¡De verdad es delicioso!

—¿Verdad que sí? —dijo Eduviges halagado por el comentario de Serafina—. Si como decimos nosotros, “nomás le hace falta un grado para ser carne, porque solo le falta el hueso”.

—Bueno, Eduviges, pero aún no me ha dicho por qué tanto alboroto.

—Pues mejor tómese otro traguito antes de que escuche lo que tengo que decirle, porque de lo contrario no sé si me voy a atrever.

—¡Por Dios, hable de una vez que me está poniendo nerviosa!

—¿Alguna vez ha escuchado hablar de algo a lo que llaman “teriantropía”?

—No, ni idea.

—La teriantropía es la supuesta habilidad que tienen algunas personas para cambiar de forma humana a animal y viceversa. Es una palabra que se ha adoptado desde tiempos ancestrales para describir un concepto en el que una persona puede manejar el alma de un animal para manifestarse a través de él.

—Ah, entiendo —dijo Serafina—, a esas personas en el País Vasco de donde yo vengo las llamamos "*sorgines*".

—Sí, en cada lugar las llaman de diferente manera; aquí se las conoce como "chamanes" o "nahuales".

—¿Y eso qué tiene que ver con el águila que ha estado rondando El Refugio?

—Es que yo creo que esa águila es el animal de poder de alguien que conoce ese poder.

—¿Y por qué lo piensa así?

—Porque esos animales no andan normalmente por aquí a menos que tengan hambre, pero si fuera un animal común y corriente ya hubiera atacado a sus gallinas. Mire, Serafina, tengo que confesarle algo que no le había dicho porque no estaba seguro de ello, pero ahora sí que no me cabe la menor duda —dijo Eduviges mientras servía un poco más de pulque—. El día que fui a su casa para preguntarle si había visto un águila merodeando por su rancho, fue porque la noche anterior yo había soñado con ese animal, y vino hasta mi cuarto y me tocó la ventana con su pico mientras gritaba: "¡Despierta, Edu!".

—Bueno, soñar con un águila que habla es un poco raro —comentó Serafina—, pero ¿eso que tiene que ver conmigo?

—Que la única persona que me ha llamado Edu en mi vida es la güerita; Mía es la única que me dice así.

—¡¿Pero qué locura tan espantosa está pensando, Eduviges?! ¡¿Está tratando de decirme que Mía tiene algo que ver con ese pájaro?! ¡¿Está tratando de decirme que mi hija es como una bruja?!

—No se altere, Serafina, no se trata de brujería, sino de conocimientos ancestrales de algunos que saben cómo manipular a la materia; yo creo que Mía es una misionera del bien. Es la única explicación que me cabe en mi dura cabeza para entender por qué no encontramos ni un rastro de ella cuando levantamos los escombros del granero; ¡ni siquiera un pedacito de hueso, ni una hebilla de zapato, nada, nada!

—¡Pero eso es imposible! —gritó Serafina—. Mía jamás se hubiera ido sin decirme nada, ¡era tan solo una niña por Dios!

—Pero una niña con un espíritu muy grande. Yo creo que no dijo nada porque no podía decirlo; para mí que anda por ahí cumpliendo misión y nos mandó al águila para que sepamos que está bien.

—¡No puedo creer lo que está diciendo! ¡¿Cómo puede ser capaz de idear semejante cosa y darme una esperanza que sé que no debo guardar?! ¡Es usted como un demonio, Eduviges, no quiero volver a verlo en mi vida! —dijo Serafina, levantándose de su asiento.

Se dirigió a la puerta y trató de abrir con desesperación, mientras la voz de Eduviges la detuvo diciendo:

—Entiendo que jamás quiera volver a saber de mí y lo respetaré le doy mi palabra de Eduviges Hidalgo, pero antes de que se vaya tan solo respóndame una cosa: ¿no es verdad que Mía veía cosas que los demás no veían? ¿No es cierto que hasta le dijo la fecha en que llegarían a México cuando ni siquiera los tripulantes del barco en que venían lo sabían?

Serafina se detuvo en la puerta y se quedó en silencio meditando en las palabras de Eduviges por un momento, después se volteó a mirarlo y, con emoción, respondió:

—Sí, y fue ella la que me dijo que vendríamos a vivir a un lugar llamado Pachuca, porque sus amigos extraños tenían que llevarla a conocer un portal.

—¿Lo ve, Serafina? No estoy equivocado.

Serafina regresó sobre sus pasos y se sentó de nuevo en el sillón diciendo:

—Es verdad, desde pequeña decía cosas que nos parecían extrañas, producto de su imaginación de niña solitaria; ahora recuerdo que, el día anterior a que mi difunto esposo fuera asesinado por los soldados rebeldes, Mía se despertó a medianoche llorando y me dijo que había visto a su padre ensangrentado debajo de un árbol. Yo pensé que era por sus miedos nocturnos, pero al día siguiente mi marido estaba muerto debajo de su árbol favorito.

¡Es verdad, lo había olvidado! —dijo Serafina llorando.

Eduviges se acercó a ella y la abrazó con ternura, mientras sacaba del bolsillo un viejo pañuelo para enjugar sus lágrimas.

—Ya, ya —murmuró tratando de calmarla—, ahora lo que debemos hacer es buscar la manera de proteger al animal, porque si la gente de La Concepción se entera de que un águila anda merodeando por aquí, va a pensar que viene en busca de sus animales y no va a descansar hasta verla muerta.

—¡Es verdad! —exclamó Serafina, levantando el rostro—. Yo misma tuve que detener a Teresa cuando quería dispararle. Pero ¿cómo vamos a hacer que la dejen en paz?, no podemos decirle a todo el mundo lo que pensamos, dirían que estamos locos de remate.

—Eso déjemelo a mí, Serafina, yo sé qué hacer para protegerla, usted nada más haga que sus hijas entiendan que ese animal no es ninguna amenaza.

—Lo intentaré, Eduviges. ¡Dios quiera y lo que dice sea verdad! Sería muy doloroso para mí guardar una esperanza de que Mía está viva si no es verdad.

—No creo equivocarme, Serafina, si no estuviera seguro de lo que le digo, jamás le hubiera dicho nada; jamás ha sido mi intención hacerle daño, aunque usted piense que soy un demonio.

—Perdóneme por eso, Eduviges, lo dije sin pensar.

—¡Pues salud entonces, señora! Por nuestro secreto —dijo el tinacalero, ofreciendo a Serafina el pulque que quedaba en la botella. Chasquearon sus vasos y los bebieron hasta el fondo.

Esa tarde, Eduviges Hidalgo convocó a una junta a todos los habitantes de La Concepción. El lugar de reunión, como siempre que había una emergencia, sería la escuela. Llegaron los tlachiqueros y los maestros, el cura y los agricultores; los caballerangos, los pastores y todos los que eran cabeza de las familias que vivían en la hacienda, preguntándose unos a otros cuál sería la emergencia por la que habían sido citados. Eduviges, temido y respetado por todos los habitantes de La Concepción, se paró frente a ellos y, con su acostumbrada brusquedad, les dijo:

—Me acabo de enterar de que anda un águila real merodeando por la hacienda, y de eso quiero hablarles.

—¡Es cierto! —interrumpió uno de los tlachiqueros—, mis hijos la vieron volando por El Refugio ayer por la tarde.

—¡Y yo la vi volando por la laguna cuando estaba paseando a mis chivos! —dijo alguien más.

—¡Yo me encargo de matar al animal si se vuelve a parar por aquí! —exclamó Braulio Farías con su habitual presunción, armando un alboroto de dimes y diretes entre todos los presentes.

—¡Cállate, Conde! —gritó Eduviges—. ¡A callar todos!

Guardaron silencio a la llamada de atención del tinacalero y después, ante el asombro de todos, lo escucharon decir:

—¡De mi cuenta corre que el que intente hacerle daño a esa águila se largue de La Concepción, y saben que yo no amenazo en vano! ¡El que no respete a ese animal se las va a ver conmigo personalmente! ¡¿Entendieron?!

Se quedaron mudos mirándose unos a otros, sin comprender el ímpetu que Eduviges ponía en sus palabras, pero conociendo el poder que el tinacalero tenía en la hacienda, y temiendo además por sus dotes chamánicos, convinieron en que había alguna razón poderosa por la que quería proteger al ave gigante. Así que unos de buen talante y otros no tanto, al final acordaron que cuidarían del águila, en lugar de atentar contra su vida.

Empezaron a salir uno a uno sin hacer mayores comentarios, mientras afuera de la escuela Teresa esperaba al Conde caminando nerviosa de un lado para otro. Cuando lo vio salir al lado de Esteban, corrió a su encuentro y, estrujándose las manos, le dijo:

—¿Podemos hablar?

Braulio le hizo una seña a su primo para que los dejara solos y, recargándose en la pared de la escuela, le dijo:

—Para qué soy bueno, Teresita.

Teresa comenzó a llorar sin poder controlarse, tratando de ocultar su llanto de las gentes que pasaban a su lado. Braulio, incómodo, la tomó del brazo para moverse con ella a donde pudiera evitar las miradas de los curiosos, justo en el momento en que Eduviges salía del lugar. El tinacalero miró a Teresa que lloraba y al Conde que caminaba a su lado como tratando de ocultarse. Acostumbrado a escuchar las corazonadas de su aguda intuición, y sintiéndose en cierta medida el protector de las hijas de su amiga y cómplice secreta, se acercó diciendo:

—¿Pasa algo, Braulio? ¿Teresita, estás bien?

Teresa, sin dejar de llorar, metió su rostro entre las manos, mientras Braulio avergonzado bajó la cabeza ante la presencia de aquel tinacalero de aguda intuición, que siempre había sido para él como un segundo padre.

—¡¿Qué hiciste?!, ¡muchacho desgraciado!, ¡¿qué hiciste!? —gritó Eduviges a punto de golpear al Conde, al deducir la razón del llanto de Teresa. Ella detuvo su mano y, suplicando, le dijo:

—¡No es culpa de Braulio, señor Hidalgo, ha sido cosa de los dos!

Eduviges bajo la mano y quitándose el sombrero comenzó a rascarse la cabeza pensando: "Esto va a ser casi tan difícil como lo del águila". Después, mirando a Braulio, le advirtió:

—Más te vale que repares la falta que has cometido con Teresita. La gente de La Concepción es gente de honor y tú tienes que portarte como un caballero.

—Lo sé, Eduviges, mi intención con Teresita siempre ha sido buena, jamás pensaría en hacerle daño. La verdad es que yo estoy muy enamorado de ella, pero hablar con doña Serafina y después de lo que pasó con la güerita pues... es cosa muy difícil.

—Difícil va a ser volverte hombre de familia y dejar tus poses de fanfarrón —dijo Eduviges, poniéndose el sombrero—. Ni hablar, hay que hacer las cosas de la manera correcta. Mañana haré una cita con la madre de Teresita y le irás a pedir su mano como debe ser.

—¡Gracias señor Hidalgo, no sé cómo pagarle el favor!

—No hay nada que agradecer, Teresita, después de todo, este siempre ha sido para mí como un hijo desde que su papá falleció —dijo Eduvijes poniendo su mano sobre el hombro de Braulio—. ¡Pero ay de ti como no te portes a la altura, desdichado, porque entonces te vas a entender conmigo!

—Te lo prometo, Eduviges, no vas a tener queja de mí.

Ese domingo, enfundado en un antiguo traje de casimir gris, Eduviges Hidalgo esperaba nervioso en la puerta de su casa la llegada de Braulio Farías, para cumplir juntos con aquella visita obligada a El Refugio. Tomando con absoluta seriedad el papel que la pareja le había encomendado, repasaba en su mente las palabras que diría en favor de Braulio para pedir a Serafina la mano de su hija Teresa; pero lo que más le preocupaba era cómo incluir en esa petición la noticia de que en unos cuantos meses sería abuela.

Llevando un ramo de flores en las manos y una garrafa llena con el pulque que tanto había gustado a Serafina, los dos hombres se presentaron puntuales en la entrada del rancho para ser recibidos por Teresa, quien, sin poder disimular los nervios que le ocasionaba la razón de la visita, se apresuró a abrir la reja de la entrada mientras decía:

—Gracias por venir, señor Hidalgo, mi madre los espera en la sala.

—Será mejor que entre yo primero por si es necesario domar alguna fiera —dijo Eduviges, guiñando el ojo a la muchacha—, yo les avisaré cuando sea el momento pertinente para entrar.

—¡De verdad no sabe cuánto apreciamos su ayuda! —exclamó Teresa, poniendo un beso en la mejilla del tinacalero.

Eduviges caminó nervioso hacia la entrada de la casa y, respirando profundo, preguntó:

—¿Se puede pasar?

—Adelante, Eduviges —dijo Serafina, que esperaba en la sala sentada al lado de Charito.

—Buenas tardes, Serafina, buenas tardes, Rosarito, gracias por recibirme. Les traigo unas flores de mis humildes macetas y un poco de pulque curado para celebrar.

—Gracias, señor Hidalgo, no tenía por qué molestarse. Iré a ponerlas en agua, con su permiso —dijo Rosario tomando las flores apresurada, para no estar presente cuando el hombre confesara a su madre la razón de aquella visita que conocía de sobra, por su hermana Teresa.

—Por favor, tome asiento, Eduviges, y dígame, ¿qué es lo que se supone que vamos a celebrar?

—Pues verá usted —dijo Eduviges, después de tragar saliva y quitarse el sombrero—, hace muchos años tuve un buen amigo al que apodaban "el Conde", que era el padre de Braulio Farías.

—Al que también apodan "el Conde", ¿no es verdad? Sí, lo recuerdo bien; fue uno de los hombres que nos ayudaron a levantar el nuevo granero.

—Sí, justamente —respondió Eduviges nervioso—. Pues bien, al morir mi amigo, yo tomé su papel de alguna manera y me convertí en un papá sustituto para Braulio, porque era muy pequeño cuando se quedó huérfano. Es un buen muchacho, responsable y trabajador, el mejor tlachiquero de La Concepción y el que mejor salario gana entre todos, además de que es uno de los solteros más codiciados de los alrededores.

—Disculpe que lo interrumpa —dijo Serafina desconcertada—, pero ¿a dónde quiere llegar con todo esto? Parecería que por alguna razón intenta que yo sienta una especial simpatía por el muchacho.

—Sí, ¡caramba! ¡Qué perceptiva es usted, Serafina! —exclamó el hombre, rascándose la cabeza—. Pues mire, la verdad es que Braulio me pidió que viniera a hablarle porque me ha confesado que está perdidamente enamorado de su hija Teresa, y en representación de su difunto padre, me ha otorgado el honor de pedirle su mano para casarse con ella.

—¿Pero de dónde se le ocurre a Braulio pedir la mano de Teresa si apenas se conocen? Yo no soy de las madres que casan a sus hijas así nada más como mis padres hicieron conmigo. Quisiera que el día que mis hijas decidan casarse sea por su propia voluntad, y no porque yo decida casarlas con alguien simplemente por ser un buen partido.

—Sí, la entiendo perfectamente, Serafina, y estoy de acuerdo —dijo Eduviges, estrujando su sombrero—, pero el caso es que estos dos muchachos se conocen bien.

—Pero ¿cómo que se conocen bien? ¿Cuándo se han visto de no ser durante el tiempo en que estuvieron construyendo el granero? —preguntó Serafina sorprendida—. ¿Qué tan bien se conocen según usted?

—Lo suficiente para pensar en casarnos lo más pronto posible —interrumpió Teresa, entrando a la sala de improviso.

—Perdón, Teresita —dijo Eduviges sorprendido—, recién estaba preparando el terreno.

—No se preocupe, señor Hidalgo, mientras más pronto termine esta plática, mejor; ya no podía esperar más —explicó Teresa, acercándose a su madre—. Lo que intenta decirte el señor Hidalgo es que yo también amo a Braulio y que estamos esperando un hijo.

—Pero ¡cómo te has atrevido Teresa! ¡¿Cómo has podido traicionar de esa manera la confianza que te he dado por ser la mayor?! ¡Si tu padre estuviera vivo, de seguro que esto lo hubiera mandado a la tumba! —dijo Serafina avergonzada.

—No es culpa de su hija, doña Serafina, toda la culpa es mía —intervino Braulio, atreviéndose a entrar en la habitación—. Pero yo le aseguro que, si usted nos da su consentimiento, yo voy a trabajar muy duro para sacar adelante a Teresita y al hijo que estamos esperando.

—¡Vamos, Serafina! —se adelantó a decir Eduviges—. Estos muchachos se aman y necesitan de nuestro apoyo y nuestra bendición.

—Además, tú vas a estar feliz con un chaval corriendo por toda la casa —dijo Charito, sentándose junto a su madre.

—¿Así que tú también lo sabías?

Charito asintió con la cabeza y después, al igual que todos los demás, se quedó en silencio esperando la respuesta de su madre.

Serafina se levantó de su asiento y comenzó a caminar por la habitación tratando de guardar la calma, mientras miraba la firmeza en los ojos de Teresa y el amor que salía de los ojos de Braulio. Sabía que si no daba su consentimiento para que se unieran en matrimonio, corría el peligro de que su hija decidiera irse con él de cualquier manera, así que, lejos de ganar un nieto, perdería a otra hija, y eso no era algo que podría soportar. Se quedó quieta un momento viendo hacia afuera de la ventana y pensó en Mía, que seguramente hubiese estado feliz con la noticia de tener un sobrino. Se acercó a la mesa donde estaba la garrafa de pulque y, mirando a su hija Teresa, le dijo:

—Bueno, no te quedes ahí sentada; trae unos vasos, que vamos a celebrar.

Itstli

Había pasado un año desde la primera vez que Mía usara la potestad del águila para visitar El Refugio; los habitantes de La Concepción estaban ya tan acostumbrados a ver volar a la gigantesca ave por encima de los terrenos de la hacienda, que muchos de ellos, a causa de creencias ancestrales y leyendas que pasaban de boca en boca, habían terminado por verla como algo casi sagrado; algo así como un espíritu del bien que tenía la misión de cuidar de las cosechas, por lo que no era raro encontrar de vez en cuando pequeños montículos de piedra, donde tlachiqueros y campesinos acostumbraban dejar algún alimento para el águila. La misma Serafina, desde que supo por boca de Eduviges que aquella ave podía llevar consigo la presencia de su hija, había tomado la costumbre de dejar golosinas en la rama del sabino, con la esperanza de que Mía supiera que jamás la había olvidado.

Un domingo al mediodía, Teresa, Braulio y Juan José –como habían nombrado a su hijo en memoria del padre de Braulio– caminaban por los terrenos de La Concepción en su acostumbrado paseo para visitar a Serafina, quien desde el nacimiento del pequeño Juanjo había establecido el domingo como el día de reunión familiar, a la que asistían sin demora, además de ellos tres, Rosario y Esteban Santos, que habían contraído matrimonio unos meses después de Teresa y Braulio, y por supuesto Eduviges Hidalgo, quien, además de haberse transformado en abuelo sustituto, se había convertido en el compañero inseparable de Serafina, quien disfrutaba contemplar la puesta de sol todas las tardes en su compañía.

Braulio y Teresa se detuvieron un momento para cortar unas deliciosas tunas rojas que habían encontrado en una nopalera del camino, y mientras ponían los espinosos frutos en una canasta, el pequeño Juanjo se entretenía gateando detrás de una lagartija que había salido de entre los cactus.

De pronto, un sonido muy conocido por el tlachiquero hizo que volteara repentinamente en dirección a su hijo, y descubrió junto a él una enorme víbora de cascabel que resonaba su crótalo anunciando que estaba a punto de morderlo. Teresa se quedó petrificada, mientras que Braulio, tratando de guardar la calma, le dijo al niño con voz firme:

—¡No te muevas, Juanjo! ¡Quédate quietecito, m'ijo!

El pequeño volteó a ver a su padre y descubrió al enorme reptil que agitaba sus cascabeles en señal de amenaza; se quedó inmóvil y comenzó a llorar asustado. De repente, antes de que Braulio pudiera reaccionar, apareció el águila volando sobre su cabeza y, sin más, se lanzó como un proyectil contra la serpiente que empezó a luchar con ella mientras Braulio aprovechaba el momento para rescatar al niño. Los tres se quedaron contemplando aquella impactante escena, en la que el águila picoteaba a la víbora y trataba de mantenerla entre sus garras mientras el reptil se retorcía amenazante buscando la manera de lograr su libertad. Por fin, después de un rato de lucha titánica, la enorme serpiente dejó caer su crótalo por tierra y se quedó inmóvil. El águila lanzó un fuerte graznido y luego, mirándolos fijamente, elevó el vuelo llevándose entre sus garras a la peligrosa presa.

Cuando Serafina y Eduviges se enteraron de lo sucedido, comenzaron a sonreír y a lanzarse discretas miradas de complicidad, pues estaban convencidos de que Mía había tenido algo que ver en el asunto.

Mientras esto sucedía en La Concepción, Patli buscaba a su amada pupila en el salón de la ventana triangular, pero no la encontró allí; después, imaginó que quizá nadaba en el río acompañada de Laila, pero la sílfide no la había visto desde esa mañana. Por último, se dirigió al salón de las ruedas, y encontró a Mía sentada sobre la piedra circular; tenía la mirada fija y la mente distraída en algún lugar. Patli la contempló por un momento en silencio, observando desde lejos la transformación que se había producido en Mía en tan poco tiempo. Aquella niña que tres años antes había llegado a Xoxafí, poco a poco, se había transformado en una bella púbera que no solo iba adquiriendo una enigmática hermosura por fuera, sino lo más importante: una creciente belleza interior.

—¿Qué oscuros pensamientos atormentan esa inquieta cabecita? —dijo el maestro, subiendo sobre la roca.

Mía suspiró aliviada al escuchar la voz de Patli y, abrazándose a él, le dijo:

—Es que hoy ha sucedido algo que no sé cómo trabajar.

—Si puedo ayudarte de alguna manera, cuenta con ello.

—El águila y yo hemos viajado hoy a La Concepción, porque el domingo es el día que puedo ver a mi madre y a Edu juntos, ya ves que se han vuelto buenos amigos. Cuando el águila y yo volábamos sobre los magueyales, vi a mi hermana Rosario y a su marido caminando con su crío hacia El Refugio. De pronto, algo llamó mi atención y me di cuenta de que una víbora estaba a punto de morder al chaval. El águila voló de prisa y sin más atrapó a la serpiente entre sus garras, y después de pelear con ella por un rato, la mató.

—Sí, es el instinto natural del águila —observó Patli—, ¿pero no es eso lo que te perturba tanto, o sí?

—No, son mis sentimientos —dijo Mía.

—¿Por qué?

—Porque cuando vi lo que estaba a punto de suceder, por un momento sentí el impulso de volar con el águila fuera de ahí, de no hacer nada por defender al chaval, pero el pobrecillo no tiene la culpa de lo que su madre haya hecho en el pasado. Lo que me preocupa es que si hubiera sido Teté la que estuviera en peligro, no sé qué hubiera hecho.

—Yo estoy seguro de que habrías hecho lo mismo —dijo Patli.

—No, yo no estoy segura —respondió Mía, bajando el rostro.

—¡Así que ahí está el lado oscuro de mi pupila! —exclamó Patli.

—¿Por qué lo dices? —preguntó Mía.

—Porque hace ya más de tres años que llegaste a Xoxafi, y desde entonces me has confiado un sinfín de cosas y me has hablado de tu madre, de Eduviges, de la gente que venía en el barco, del señor boticario, incluso de tu padre y de los hermanos que dejaste en España, pero jamás me has hablado de Teresa y Rosario, ¿por qué, Mía?

—Será porque de ellas no tengo nada que decir —respondió Mía cortante.

—¿De verdad? A mí me parece que es todo lo contrario —dijo Patli sonriendo—. Yo creo que es tanto lo que tienes que decir de ellas y es tan doloroso para ti, que has pretendido guardarlo en el olvido.

—Pues eso..., es mejor olvidar.

—Ese "supuesto olvido" no es nada más que una bomba de tiempo, querida niña.

—No te entiendo —dijo Mía.

—¿Sabes la cantidad de veces que en la historia humana se han dado por olvidadas ofensas que tan solo se han quedado ocultas entre las sombras, para dejarlas aflorar en el momento más propicio de cobrar venganza? Hay pueblos enteros que han sucumbido ante la sombra de supuestas ofensas olvidadas.

—Supongo que es porque si olvidas te duele menos —respondió ella.

—Eso es lo que crees, pero basta con que alguien hurgue un poco en la herida para que se vuelva a abrir.

—Y entonces, ¿cuál crees tú que es la solución? —preguntó Mía.

—Yo creo que es el perdón.

—¿Y de qué sirve el perdón, si no por eso la gente va a dejar de hacer el mal?

—Es que el perdón no debe ser condición para que aquellos que nos ofenden dejen de cometer el error, el perdón debe ser para que nosotros podamos encontrar el alivio al dolor que nos causan las ofensas de los demás, y para poder recuperar la paz, porque la venganza solo atrae tinieblas y aumenta el dolor; en cambio, el perdón solo puede hacer luz en aquel que carece de ella. Aquel que hace un daño ignora que ese daño en realidad se lo está haciendo a sí mismo, por lo que corresponde al que tiene el conocimiento perdonar a aquel que no sabe lo que hace.

—Pareciera tan fácil cuando lo dices.

—Tan fácil como tú quieras —dijo el maestro abrazándola—. Mira, Mía, en esto del perdón yo diría que hay tres grupos: el primero está formado por aquellos que, al recibir una ofensa, sin tratar de luchar por contenerse, se ofuscan y devuelven golpe por golpe, ofensa por ofensa; estos son los que siguen siendo esclavos de las bajas pasiones. El segundo grupo es el de aquellos que cuando son ofendidos callan sus labios y contienen sus impulsos de venganza mientras en su interior dicen: "Señor, me han ofendido, mas antes de vengarme he perdonado", pero son aquellos que guardan en su corazón el deseo callado de que Padre Dios los vengue y de que haga justicia sobre el que los ofendió; este grupo está en plena lucha espiritual. El tercer grupo, que es el más pequeño de los tres, es el de aquellos que cuando son ofendidos elevan una oración por el que les hizo daño y piden para que Dios los perdone, porque entienden que aquel que los hiere se está hiriendo a sí mismo, ya que todos los actos de nuestra vida tienen una justa retribución, y por ello necesitan de nuestra caridad y nuestra oración. Estos son los que han vencido y han comprendido lo importante que es el perdón verdadero para quien lo recibe y para quien lo da.

—Pues entonces todavía tengo mucho que trabajar —dijo Mía pensativa.

—Nada de lo que estás haciendo ahora y de lo que harás en el futuro tendrá sentido si no aprendes lo esencial: amar y perdonar. Pero estoy seguro de que lo harás, porque de no ser así no habrías sido elegida —dijo Patli, ayudando a Mía para levantarse de la roca.

Bajaron juntos y se dirigieron al salón de la ventana triangular, donde los esperaba el abuelo Tekolotl para hacer una práctica de dones, junto con otros guías y aprendices que, al igual que ellos, conocían los secretos de Xoxafí.

Entre los que participaron en la reunión de aquel día en la gruta, estaba un joven aprendiz de dieciséis años, al que habían nombrado Itstli, que quiere decir "obsidiana"; un nombre que había sido inspirado en sus ojos profundamente negros y brillantes, los que parecían dos enormes cuentas talladas.

A Mía siempre le inquietaba la presencia de aquel joven aprendiz, que la hacía sonrojarse cada vez que sentía que la miraba con la intención de penetrar en el fondo de su ser. Patli los observó disimuladamente, como si se tratara de un padre que por primera vez descubre al muchacho que tiene intenciones de pretender a su hija, y se preocupó. Mía comenzaba a convertirse en una hermosa flor que abría su corola hacia la vida, y muy pronto comenzarían a despertar en ella sus instintos de mujer, por lo que tendría que estar más alerta que nunca.

—Hoy trabajaremos en una práctica de meditación —dijo el abuelo Tekolotl, pidiendo a todos que se sentaran en círculo en una planicie de aquel salón de la ventana triangular; ese apacible lugar donde se reunían siempre bajo las luces que los pequeños silfos mantenían encendidas por todo el derredor, haciendo que los tonos rojizos de las formaciones rocosas se volvieran más intensos. Todos guardaron silencio para poner atención en las palabras del longevo maestro, mientras escuchaban a lo lejos el sonido de la cascada sobre el río subterráneo.

—La meditación que vamos a practicar es profundamente espiritual, y lo que suceda a la materia será por añadidura —dijo el abuelo—. La verdadera meditación es un estado en el cual el espíritu se vuelve reflexivo, introspectivo, pero también analítico.

—¿Y cuál es el fin con que se hace esto, Tekolotl? —preguntó el aprendiz con interés—. ¿Es para buscar el "yo" interno?

—Pero, ¿de dónde sacaste esas palabras domingueras, Itstli? —dijo el abuelo, riendo con una sonora carcajada—. Lo que busca la verdadera meditación no es encontrar el "yo", sino todo lo contrario; se trata de olvidarte del "yo", para volverte el "todo". Cuando llevas la meditación a la justa dimensión que debe tener, te confundes con todo el Universo, tanto material como espiritual; pasas a ser entonces de manera consciente, deliberada, una parte del todo, anulando precisamente ese "yo" que no es más que la partícula en que te conviertes cuando permites que predomine en ti el egoísmo, que es tan común en nuestro mundo.

—Entiendo —dijo Itstli.

—Para llegar a ello, es necesario, primero, aquietar a la materia de una forma sencilla; hay que someterla, pero someterla con amor, con ternura, porque nuestra materia es también una criatura de Padre Dios. Pero si cuando estás trabajando y tratando de elevarte o meditar, todavía te turba el mundo exterior, es porque no has aprendido a aquietar a tu corazón. No pidas paz afuera, mientras no tengas paz adentro, ¿comprenden? Hay que aquietar a las pasiones, poner en calma al corazón y a los pensamientos, y entonces verán cómo el silencio interior se impone al ruido de afuera. ¡Hay que ser muy necios en la práctica para lograrlo!

—¡Pero es bien difícil, abuelo! —dijo el aprendiz, rascándose la cabeza—. Yo he intentado poner mi mente en blanco y no he podido.

—¡Y qué bueno que no has podido, cabeza hueca! —exclamó el abuelo, levantando el tono de voz—. ¡¿Quién te ha dicho que hay que poner la mente en blanco?! ¿Que no ves que si vacías algo se llena con otra cosa y eso es muy peligroso? Nunca se sabe con qué lo vas a llenar, ¡por eso hay tanto loco en el planeta!

—Pues entonces no entiendo —volvió a decir Itstli.

—Mira, muchacho —insistió Tekolotl, haciendo uso de toda su paciencia—. Cuando trates de meditar, no te debes esforzar por dejar la mente en blanco, ni tampoco por alcanzar ese estado que algunos llaman "de iluminación", y que no es más que un sopor de la materia para que esta pueda de alguna manera dejar libre al espíritu; eso es un error. ¿Tú crees que si fuera necesario desprenderse de la carne para poder elevarnos, Padre Dios nos hubiera dado una materia que fuera como una cárcel para el espíritu? ¿Crees que nos hubiera dado algo que en vez de ayudarnos nos perjudica? Pos entonces, ¿qué clase de padre sería?

—No, en eso tienes mucha razón —dijo Itstli, rascándose la cabeza de nuevo.

—La verdadera meditación significa entrar en la esencia de cada quien, para que, sin necesidad de abandonar la materia, esta no disturbe y no estorbe el desarrollo y el avance del espíritu. Analiza, muchacho: si se te dio una vida material para que a través de ella aprendas y evoluciones, ¿sería acaso conveniente que abandonaras esa misma materia en aras de una elevación?

—No, pos no.

—¡Ciertamente que no, muchacho!, porque si el desprenderse de la materia fuera condición para la evolución del espíritu, Padre Dios jamás nos hubiera dado esta vida, y además hubiera sido como negar que también en la materia se encuentra Él, que también este universo material brotó de su Divinidad y lo dotó de su perfección.

—¡Joder, creo que el abuelo sabe tanto como tú, Patli! —dijo Mía, provocando la carcajada de todos los presentes.

Todos se quedaron en silencio de repente, al ver la seriedad del abuelo, y entonces continuó diciendo:

—Tampoco necesitas estar en un grupo para poder meditar, aunque, como sucede con la oración, cuando lo hacemos en grupo la meditación nos lleva a un mayor alcance.

—¡Es que es verdad eso de que la unión hace la fuerza! —dijo Mía emocionada. Patli la miró con ternura y le pidió que guardara silencio.

—Cuando entramos en una profunda reflexión —continuó diciendo el abuelo—, revisamos todo cuanto contiene nuestra vida, tanto presente como pasado si así lo permite Padre Dios, y sacamos de esa reflexión las lecciones que son útiles para que elevemos más nuestro espíritu, sin que la mente o el cuerpo sean un estorbo.

—Sí, ya entiendo... No se trata de buscar los cómos, sino los porqués, y supongo que se trata también de encontrar la armonía entre materia y espíritu —observó el aprendiz—. ¿Y cómo puedo lograrlo?

—¡Yo te puedo decir cómo! —respondió Mía, interrumpiendo repentinamente.

—Está bien, pequeña, adelante —dijo el abuelo, con curiosidad por conocer lo que Mía tenía que decir.

—Bueno, pues nada... —explicó Mía con su acostumbrada espontaneidad—. Puedes comenzar controlando todas las partes de tu cuerpo, y no debes poner en tu mente pensamiento alguno que no sea algún pensamiento de luz, alguna frase elevada, de amor. Debes fijar tu mente en ello y, merced a esa concentración, irás alejando poco a poco el ruido del mundo. Pero no me refiero al ruido material como al de la cascada que está cayendo ahí abajo o al canto de los silfos, sino al jolgorio que traemos aquí dentro, tú me entiendes; el ruido de las emociones, el de las pasiones desatadas y esas cosas, que es lo que no nos deja tranquilos. ¡Anda, que a mí me ha costado un trabajo! Sobre todo eso de las pasiones desatadas, ¿verdad, Patli?

—Bien dicho, Mía —dijo el anciano, palmeando la cabeza de la niña—. Esa introspección, ese ver dentro de ti mismo, te llevará a tomar conciencia de actos y de pensamientos que muchas veces alejas de tu mente porque no sabes qué hacer con ellos; pero ya en profunda meditación, te pondrás en contacto con todo el conocimiento y la sabiduría universal, sentirás una gran paz y tendrás entonces las respuestas precisas, de una manera que no es posible conseguir por otros medios.

—Supongo que es el principio para llegar a la sabiduría —dijo Itstli.

—Así es; porque será entonces cuando empezarás a escuchar esa voz interior y perfecta que jamás falla, que jamás engaña y que se llama "conciencia", y sabrás que te has acercado a la fuente de la vida. Cuando regreses a tu estado natural, tu materia también habrá sentido cambios muy profundos, porque se habrá restablecido el orden entre lo material y lo espiritual.

Después de la explicación, vino la práctica, luego un convivio y, al final, la dolorosa despedida. Itstli se acercó a Mía y, mientras le daba la mano, le dijo en voz muy baja:

—Un día de estos vendré a visitarte.

Mía, sin poder entender su propia actitud, se quedó callada sintiendo que la temperatura de sus mejillas comenzaba a elevarse.

Lo siguió con su azul mirada mientras trepaba en una de las barcas y, sin saber por qué, lo contempló con tristeza en medio de un profundo suspiro, hasta que lo vio desaparecer de su vista en la suave corriente del río.

Abuelo Tekolotl

Tal y como Patli había sospechado unos meses antes, la Madre Naturaleza llamó a las puertas de Mía, anunciándole que se había convertido en una mujer.

Esa mañana, cuando Laila llegó a compartir su alimento matutino, la sílfide no encontró a Mía en el lecho de plumas; la buscó por los alrededores y por fin la encontró al borde del río subterráneo, con la mitad del cuerpo metido dentro del agua, pero estaba llorando.

—¿Tuviste un mal sueño? —preguntó Laila, sentándose junto a ella.

Mía no respondió, simplemente negó con la cabeza, y, sin mirar a la sílfide, le dio la espalda.

—¿Estás enojada conmigo? —preguntó con insistencia—. ¿Hice algo malo?

—No —dijo por fin la niña—, no tiene que ver contigo, es que creo que estoy enferma.

—¡Oh, por Dios! —exclamó Laila—. ¿Tienes fiebre, quieres que vaya a buscar a Patli?

—¡No, a Patli no! Y no tengo fiebre.

—Bueno, si me dices qué es lo que sientes, tal vez pueda remediarlo con alguna planta medicinal. ¿Te duele la cabeza?

—¡Que no, Laila, que no me duele nada!

—Pues entonces no sé qué remedio darte, sería más fácil si tú me dijeras lo que te pasa.

—Es que no lo sé; hoy por la mañana cuando desperté, me di cuenta de que mi cama estaba manchada de sangre y mi camisón también, pero no recuerdo haberme cortado con nada...

—¡Ah, ya sé! —dijo Laila, volando emocionada alrededor de la niña—. ¡¿Cómo no lo imaginé antes?! ¡Es tu menarca!

—¿Mi qué?

—¡Qué emoción! ¡Y me tocó a mí hablarte de esto! ¡Me siento como una pequeña mamá!

—¡Pero para ya, que no te entiendo nada! ¿De qué monarca estás hablando?

—Menarca, Mía, no monarca. ¡Es tu primera menstruación! ¡Eso quiere decir que ya te has convertido en mujer! Cuando las hembras de tu especie llegan a la madurez de sus órganos, tienen un sangrado cada mes, y quiere decir que ya están listas para reproducirse.

—Pero, ¡¿quién ha dicho que yo me quiero reproducir?!

—Bueno, no ahora, claro está, pero cuando pase el tiempo, de seguro que vas a conocer a un macho de tu especie con el que quieras hacerlo, ¡ya verás! Es algo completamente natural.

La sorpresiva información que acababa de conocer por labios de la sílfide hizo que Mía comenzara a llorar añorando la presencia de su madre más que nunca. Estaba segura de que si ella hubiera estado cerca, la habría preparado para enfrentar un acontecimiento tan crucial en su vida.

Cuando Patli se enteró por medio de la sílfide de lo sucedido a Mía, habló con ella con la ternura de un padre que escucha paciente las intimidades de su hija cuando falta la madre; le dio su opinión y su consejo, y le regaló algunos libros que pudieran responder sus preguntas e inquietudes. Después, almorzaron juntos y partieron hacia el pueblo llamado Mineral del Chico, donde estaba el hogar del abuelo Tekolotl, quien se haría cargo de Mía aquella tarde en que Patli tenía que viajar a la capital del estado, para atender asuntos personales.

Mineral del Chico era un hermoso pueblo que había sido fundado entre 1565 y 1569, en un tiempo en que la explotación de minas de oro y plata había sido la principal actividad del estado de Pachuca. Se había convertido en un lugar estratégico por su belleza natural, y porque a su alrededor habían funcionado en el pasado más de cinco minas que contenían cuantiosas riquezas. A pesar de que la actividad minera se había reducido en gran escala a través de los siglos, Mineral del Chico seguía siendo un lugar de esplendorosa belleza por su arquitectura de hermosas callejuelas sinuosas y empedradas, adornadas por casas de anchos corredores con techos de teja roja y paredes coloridas, y por su hermosa parroquia de construcción neoclásica con fachada de cantera. Era un lugar armonioso y pacífico donde los habitantes ahora se dedicaban a la agricultura, la piscicultura y las artesanías.

Esa tarde que pasaría en compañía del abuelo Tekolotl sería de enorme significado en la vida de Mía, ya que a su lado aprendería una de las lecciones más importantes de su vida. La humilde casa del abuelo, que permanecía siempre con las puertas abiertas, comenzó a llenarse de gente que llegaba con la intención de aprender a orar, de pedir al anciano una ayuda para curar sus enfermedades, para escuchar una palabra de alivio o un sabio consejo que salían de los labios de aquel hombre que, por amor a sus hermanos, se elevaba en una oración para recibir la inspiración divina que sirviera de consuelo y enseñanza a aquellos que con fervor se acercaban. Mía, sin poder salir de su asombro, contemplaba extasiada a aquel hombre que, careciendo del preciado don de la vista, tocaba a la gente con sus manos para aliviarla de alguna dolencia, les preparaba remedios con las plantas curativas que guardaba en frascos aprendidos de memoria o les daba exhortaciones para conservar la salud por dentro y por fuera.

Después de tres arduas horas de trabajo ininterrumpido que recibían como pago el agradecimiento y bendiciones de los enfermos y sanados, Mía y el abuelo Tekolotl se sentaron en una banca del patio central de la casa para platicar.

—Estás muy callada, españolita, ¿qué te pasa?

—No sé, es que todo lo que he visto ahí dentro me ha dejado muda.

—¿Y por qué?

—Porque me ha impresionado la manera en que algunas gentes se han curado tan de repente, las palabras que salen de tu boca y la forma en que preparas los remedios siendo ciego; y, por si fuera poco, todos se marchan sin pagarte un céntimo.

—¿Y cómo sabes que no me han pagado?

—¡Porque lo he visto! Todos se marchan muy contentos dando las gracias y mandando bendiciones, pero nada de pasta.

—¿Y tú crees que puede haber un mejor pago que ese?

—Pues no lo sé, pero de bendiciones no vas a comer.

—¿Nunca has escuchado esa frase que dice: "Ocúpate de lo mío que yo me ocuparé de lo tuyo"?

—Sí..., y también aquella otra que dice. "No solo de pan vive el hombre..." Patli me recuerda con mucha frecuencia, pero...

—Mira, Mía, déjame contarte una historia que sucedió hace mucho tiempo —interrumpió el abuelo, buscando la mano de la niña.

«Hace muchos años, había un hombre que llegó a poseer tantas gracias del Cielo, que llegó a sentirse muy halagado en su vanidad y a creer que estaba más elevado que el resto de los mortales. Entonces, comenzó a usar los dones que poseía para lucrar con ellos y hacer una pequeña fortuna. Se olvidó de que tenía la misión de sembrar caridad y empezó a utilizar sus facultades con propósitos egoístas, sin darse cuenta de que con ello se iba despojando de las gracias que Padre Dios había puesto en él, y que en realidad lo que hacía era engañarse a sí mismo y a los demás, porque en lugar de sembrar trigo en el camino, iba sembrando cizaña.

«Estaba tan empecinado en hacer las cosas a su manera, en pensar que aquello que daba no venía de lo alto, sino que era producto de su talento, que no se daba cuenta de que, cada vez que aquellos humildes hacían grandes sacrificios por pagar alguna de sus curaciones o consejos haciéndolo sentirse mayor que los demás, a él le quedaba un sabor muy amargo, una absoluta insatisfacción y un profundo vacío en el que no estaba la sonrisa de Padre Dios bendiciendo y aprobando lo que hacía.

«Era tal su ceguera, que no se daba cuenta de que, si los enfermos sanaban, o si los que llegaban con algún problema recibían consuelo, el prodigio no se debía a él, sino a la infinita piedad que Padre Dios sentía por los necesitados, los que, en su inocencia, depositaban toda su confianza en ese mal discípulo, haciendo que aquellos testimonios aumentaran su caudal y su enorme soberbia. No entendía que cuando el amor espera algún pago, desde ese momento deja de ser amor, y cuando la caridad que se hace tiene por objeto esperar una recompensa, deja de ser caridad.

«Pero entonces, llegó el toque de la Justicia Divina para que detuviera sus pasos equivocados, y para que empezara a meditar en lo erróneo de sus obras regresando al buen camino. Así que comenzó a suceder algo portentoso: cada vez que hacía una curación, el que llegaba enfermo sanaba, pero aquella enfermedad se quedaba en el mal discípulo por un tiempo. Sucedió muchas veces sin que quisiera entender lo que estaba pasando, sin que corrigiera su equivocación; hasta que, después de varios avisos, un día llegó un enfermo que había quedado ciego por las cataratas que atacaban sus ojos. El mal discípulo prometió curarlo por una fuerte suma de dinero que aquel hombre pobre y humilde no podía pagar, y tras muchos ruegos, aceptó curarlo a cambio del único objeto de valor que poseía en su vida: un viejo reloj de bolsillo que había pertenecido a su padre, el cual era un regalo de agradecimiento que le había hecho el dueño de la hacienda para el que había trabajado toda su vida.

«El hombre recibió la curación que pedía a cambio del reloj, pero el mal discípulo contrajo aquella enfermedad que nubló sus ojos completamente. Entonces, en medio de la oscuridad y del silencio, escuchó por fin la voz de su conciencia que le hacía comprender la equivocación de sus actos; aceptó el porqué del toque de la Justicia Divina, se arrepintió de sus faltas y luchó por reparar sus errores, comprobando con ello que las satisfacciones de la carne jamás podrán compararse a las del espíritu. Se dio cuenta de que había menospreciado la paz que deja en el corazón una obra limpia, en lugar del halago o el miserable pago de una moneda.

—¿Y entonces recuperó la vista de nuevo?

—Sí, así es, pequeña —dijo Tekolotl—, pero no la vista de sus ojos materiales, sino la de los ojos del espíritu que le permitieron contemplar mucho más allá, porque le permitieron encontrar la verdad.

Mía se quedó callada por un momento y después, con profunda emoción, dijo:

—Ese hombre eres tú, ¿verdad?

—Te mentiría si dijera que no —respondió el anciano, sacando de su bolsillo aquel reloj que conservaba con él todo el tiempo, para nunca olvidar su equivocación—. Pero gracias al Cielo me di cuenta de que me estaba convirtiendo en un vendedor de milagros, en un comerciante del amor que debo a mi prójimo, olvidando que no vine a este mundo a ser señor, sino siervo de mis hermanos.

Mía se recargó en el hombro de Tekolotl y se quedó muy calladita hundida en sus pensamientos, hasta que, de pronto, una presencia inesperada la distrajo de su reflexión.

—Ya llegué abuelo, aquí están las hierbas que me pediste —dijo Itstli, poniendo un bulto en el suelo—. Hola, Mía, gusto en verte, no pensaba encontrarte por aquí.

—Es que el abuelo me está haciendo compañía porque Patli tuvo que ir a Pachuca —comentó Mía, sintiendo ese rubor que amenazaba con sonrojar sus mejillas cada vez que estaba cerca del muchacho.

—Lleva el paquete adentro, Itstli —pidió Tekolotl. Después, tomó de la mano a Mía y, como si supiera algo de lo que ella no se había dado cuenta, le dijo—: Ten cuidado con ese muchacho, que su intrepidez puede meterlos en problemas.

—Pero si apenas lo conozco, abuelo. No hemos cruzado nada más que unas cuantas palabras desde la primera vez que nos vimos.

—Lo sé, mas no siempre ha de ser así. Itstli es un gran aprendiz, pero tiene un espíritu muy aventurero —explicó Tekolotl.

—Es que la vida sin aventura es muy aburrida, abuelo —intervino Itstli, saliendo del interior de la casa—. Y hablando de aventura, ¿puedo llevar a Mía a conocer el invernadero?

—Está bien, pero no se entretengan, que Patli no debe tardar en llegar.

—Ven, Mía —dijo el muchacho, tomándola de la mano—, te voy a enseñar las maravillas que tenemos.

Mía se dejó llevar por el joven, sintiendo que el corazón se le salía del pecho por el contacto de su mano. Entraron en el invernadero, donde, además de hermosas flores y árboles frutales de diferentes tipos, había un sinnúmero de plantas medicinales que servían a Tekolotl para preparar sus remedios.

—Mira, Mía, ¿a que no adivinas en qué se va a convertir esta flor? —dijo Itstli, mostrándole una flor blanca formada por cuatro pétalos cruzados.

—¡A que sí lo sé! —exclamó Mía—. Esa es la flor del rábano, aunque en vasco la llamamos "*errasu*";

lo sé porque en España los cultivábamos en el huerto de mi padre.

—¡Vaya, qué bien! ¿Y sabes para qué sirve?

—Pues además de comerlo nosotros y los cerdos, no sé para qué más pueda servir.

—Pues para muchas cosas. Mira, sirve para curar el asma, la tos, los catarros; sirve para el hígado, para los cálculos renales, para la artritis, la urticaria, ¡huy, un montón de cosas!

—¡Anda, pues jamás me lo hubiera imaginado! —se asombró Mía.

—Lo chistoso es que la parte roja sirve para unas cosas y lo de adentro para otras, ¿qué te parece?

—A mí lo que me parece es que me estás tomando el pelo —dijo la niña con coquetería.

—No, es verdad. Mira, la cáscara tiene muchos elementos que ayudan a los padecimientos de la garganta, y a que el cuerpo procese el yodo que sirve también para mantener el equilibrio entre el torrente sanguíneo y los músculos. Pero la parte blanca tiene grandes contenidos de sales que pueden ayudar a las personas que tienen dolores reumáticos o artritis. Lo increíble es que cada parte sirve para curar diferentes cosas, pero si te lo comes todo junto es simplemente un alimento.

—¡Qué maravilla! —dijo Mía—. Jamás me imaginé que la Naturaleza fuera tan sabia.

—¡Huy, no te imaginas cuánto! —exclamó el aprendiz—. Mira, esta es una planta de orégano, y sirve para ayudar a las personas que tienen disturbios en el sistema nervioso. Lo que necesitas es hacer una infusión con él, lo dejas que se evapore un poco y luego le pones un chorrito de miel de abeja, cuando las juntas se vuelven milagrosas.

—Te gusta mucho todo esto, ¿verdad?

—Sí, es lo que más me gusta hacer en la vida, y gracias al abuelo estoy aprendiendo muchas cosas.

—Como yo con Patli —dijo Mía.

—Mira, esta flor tan bonita se llama jazmín, y es muy aromática.

—Hum, es verdad —coincidió Mía, acercándose a olerla—. Huele muy bonito.

—Sí, pero además de ser bonita es muy curativa, porque sirve para curar herpes, resfríos, asma, mareos... ¡Muchas cosas! Y, por si fuera poco, también sirve para adornar el cabello de las mujeres bonitas.

Itstli cortó un jazmín y lo colocó en el pelo de la adolescente, que volvió a sonrojarse ante el detalle del muchacho.

—Ya nos vamos, Mia —escucharon decir a Patli, que los observaba desde la entrada del invernadero.

Mía volteó sorprendida al ver a su maestro y se despidió apresurada del joven aprendiz, casi sin mirarlo. Corrió hacia Patli y, abrazándose de su cintura, le dijo:

—¡Qué bueno que regresaste! Te extrañé mucho.

Entraron en la casa para despedirse del abuelo Tekolotl y regresaron a Xoxafi sin hablar demasiado en el camino. Patli tenía un sinfín de cosas que daban vueltas en su cabeza después de su visita a Pachuca, y Mía tenía el ánimo ocupado, porque su corazón juvenil se había quedado en el invernadero de Mineral del Chico.

Renovación

Mía permanecía sentada en la enorme piedra circular, mientras en profunda abstracción volaba en las alas del águila. Pero ese no era un vuelo como tantos otros que juntas habían realizado para visitar a su familia; esta vez, el águila dirigió su vuelo hacia la parte más alta de las peñas y, desde ahí, se lanzó hacia los bosques y los valles, hacia las cascadas y los ríos, voló por encima de las montañas y tocó el agua de las lagunas con la punta de sus alas, se dirigió hacia los campos de flores y voló muy bajito para que la joven aprendiz pudiera percibir su delicioso aroma. Mía se sentía transportada en completa armonía con la fuerza esencial de aquella águila monumental; tenía la sensación de que el ave deseaba compartir con ella todos los misterios de la Madre Tierra, todas las bellezas que la Naturaleza ponía al alcance de sus alas, para que disfrutara de un viaje inolvidable y espectacular. Se dirigió hacia

El Refugio y voló en círculos sobre la casa varias veces, mientras dejaba salir un fuerte graznido como tratando de llamar la atención de los que estaban dentro de la propiedad. Serafina salió corriendo del granero al reconocer el piar del ave gigante y, al verla, comenzó a mover los brazos emocionada como saludándola; el águila voló hasta la altura de su cabeza y, dejando caer una hermosa pluma de su ala derecha, volvió a levantar el vuelo. Se dirigió hacia Xoxafi, penetró en la gruta por pasajes secretos y lo recorrió planeando en lo más alto de sus cúpulas; se deslizó sobre el río subterráneo y voló en círculos alrededor de la enorme cascada del salón de la ventana triangular. Por último, se dirigió hacia el salón de las ruedas y se posó lentamente sobre una roca frente a la joven que, inmersa en su profunda contemplación, parecía no tener intención de despertar del ensueño. El ave la observó por un momento y, en una comunicación sin palabras, le dijo: “Es tiempo de volar con tus propias alas”.

Mía abrió los ojos lentamente, y descubrió al águila que en silencio la observaba con una mirada noble y profunda, meditó un momento en lo que había dicho y después, con tristeza, entendiendo que se trataba de un adiós, le dijo:

“Esto es una despedida, ¿verdad? ¿Tengo que dejarte ir?”.

“Sí, llegó el momento de mi renovación”.

“¿Renovación?, ¿y qué es eso?”.

“Algo muy doloroso”.

"¿Y si es doloroso por qué te vas?".

"Porque dolería más no intentarlo".

"¿Volveré a verte?".

"Es posible".

"No sé si pueda volar sin ti".

"Podrás, tus alas no tienen límite".

"¡Quisiera agradecerte tantas cosas!".

"Ya lo has hecho".

El águila se acercó al rostro de Mía y bebió con su pico la lágrima que caía por su mejilla. Mía la acarició con ternura poniendo un beso en su cabeza y le dijo adiós. El ave dejó salir un fuerte graznido que se multiplicó rebotando por los muros de Xoxafí, abrió sus enormes alas y se elevó dejando caer junto a su compañera de vuelo otra de sus hermosas plumas. Mía levantó el preciado regalo y lo colocó entre su pelo, mientras con gran nostalgia veía al águila alejarse entre las bóvedas de la gruta.

Esa tarde, sin poder disimular la tristeza que le ocasionaba el adiós del águila, la joven aprendiz recibiría una nueva lección de los labios de Patli, que siempre procuraba dar respuesta a las interrogantes de aquella pupila adolescente que no cejaba en su deseo de aprender.

—Lo que sucederá ahora con el águila es una bella metáfora de nuestra propia vida —dijo Patli.

—Quiero entenderlo, porque sé que, a pesar de ser algo muy doloroso, nos dejará a ambas una lección.

—Mira, Mía, cuando los humanos decidimos arrancar de nosotros todo aquello que no nos sirve, aquello que nos hace daño y nos impide ser libres y fuertes de espíritu, entramos en un proceso como el del águila.

—¿Las cosas que nos hacen daño pueden ser por ejemplo… los vicios? —preguntó Mía con interés.

—Así es —respondió Patli—. También la falta de amor, las bajas pasiones, las malas costumbres, la materialidad, en fin, todas esas cosas superfluas que van en contra de las leyes divinas y que nos atan sin dejarnos crecer espiritualmente. Entonces pasamos por un proceso similar al de esa ave magnífica, quien, para poder renovarse y alcanzar una nueva oportunidad de vida, tiene que enfrentar un momento crítico y doloroso.

—¿Y por qué es tan doloroso?

—Porque implica un gran sacrificio y enfrentar decisiones muy difíciles. Mira pequeña, cuando el águila ha llegado a los cuarenta años, sus uñas se vuelven suaves y apretadas, lo que le impide capturar a sus presas; su pico que antes era largo y puntiagudo se encorva hacia su pecho, por lo que se vuelve casi imposible arrancar la carne de las presas de las que se alimenta; sus plumas se vuelven gruesas y sus alas, pesadas, de manera que le es muy difícil poder volar. Ante este terrible cuadro, al águila solo le quedan dos alternativas: dejarse morir o enfrentar el doloroso proceso de la renovación.

—Mi águila escogió la renovación, ¿qué pasará entonces?

—Tendrá que remontarse hacia lo alto de una montaña para hacer nido cerca de un muro donde no tenga la necesidad de volar, y tendrá que permanecer ahí, alejada de todo por ciento cincuenta días.

—¡Eso es mucho tiempo!

—Pero es el tiempo que necesita para renovarse —respondió Patli—. Una vez que haya encontrado un lugar seguro, tendrá que golpear su pico contra la dura roca hasta conseguir desprenderlo, y después del intenso dolor, tendrá que esperar a que crezca de nuevo; una vez que haya crecido, con ese pico fuerte y renovado desprenderá una a una las uñas de sus talones, y cuando hayan crecido nuevamente, comenzará a arrancar con ellas su viejo plumaje y esperará a que crezca uno nuevo.

—¡Pobrecilla, todo eso debe ser muy doloroso para ella! —dijo Mía llorando.

—Sí, así es; pero una vez que termine ese proceso de renovación que durará cinco meses, el águila podrá vivir sana y fuerte por treinta años más.

—¿Y entonces podrá volver a volar, la veré de nuevo? —preguntó Mía.

—Así lo creo —dijo Patli—. ¿Entiendes la metáfora?

—Sí... entiendo que a nosotros nos cuesta tanto tomar la decisión de quitarnos las malas mañas, que a veces preferimos no luchar contra todo eso que nos hace daño... pero si decidimos desprendernos de lo malo, debe ser como pasar por una renovación parecida a la del águila, y supongo que duele mucho porque enfrentar a la conciencia siempre es doloroso.

—¡Exacto! —exclamó el maestro, satisfecho por la madurez de Mía—. La diferencia entre el proceso del águila y el nuestro se da precisamente en el espíritu, en una oportunidad sin fin, porque tanto el águila como nuestro cuerpo, tarde o temprano, pagarán tributo a la tierra porque de ella brotaron, pero nuestro espíritu seguirá viviendo eternamente, renovándose las veces que sea necesario hasta llegar a la perfección.

—Ahora entiendo, es por eso que el águila me dijo que era tiempo de volar con mis propias alas.

—Así es, Mía, es tiempo de que eches a volar a tu espíritu.

Mientras Mía trabajaba en su propio proceso de renovación, no pasaron muchas lunas antes de que los habitantes de La Concepción notaran la ausencia del águila; especialmente Serafina y Eduviges Hidalgo, quienes se reunían con frecuencia a contemplar el atardecer, sabiendo que era la hora preferida del ave para acercarse a El Refugio.

—¿Por qué no habrá venido el águila últimamente? —preguntó Serafina angustiada.

—No lo sé, Serafina, esas aves viven muchos años, son muy fuertes y aquí todo el mundo ha aprendido a respetar al animal, así que no creo que le haya sucedido nada malo; pero, de cualquier manera, hay que estar muy pendientes de las señales —dijo Eduviges, mirando al horizonte.

—¿Y qué señales podrían ser esas?

—Pues... no sé... un fenómeno extraño... un sueño... una corazonada... cosas de esas.

—La última vez que la vi por aquí, estuvo graznando por un rato, cuando la escuché salí del granero, y entonces voló muy bajo y dejó caer una pluma que tengo guardada como un recuerdo. ¿Será que su intención era dejármela como un regalo? A lo mejor estaba tratando de despedirse. ¿Esa podría ser una señal?

—No lo sé, tal vez estaba tratando de decirle algo, pero la verdad no lo sé.

—No quisiera pensar que todo este tiempo hemos estado guardando una esperanza en algo que no fuera real —dijo Serafina afligida.

—No se me achicopale, mi querida amiga, que han sucedido ya demasiadas cosas desde que apareció el águila como para pensar que nada más han sido coincidencias. Seguramente hay una razón muy poderosa para que ese animal no se haya parado por aquí.

—¿Y no será que le ha pasado algo a mi hija?

—No pensemos en malos augurios, Serafina, no hay que perder la fe; seguramente pronto tendremos noticias.

Esa noche y otras más, Serafina lloró en silencio implorando al Cielo que le enviara una señal para saber que su hija seguía con vida, mientras que, en Xoxafi, Mía ejercitaba la potestad de su espíritu guiada por Patli.

—El cuerpo es solo un estuche, Mía, pero en su interior existe un frasco cuyo perfume o esencia es el espíritu; ¿no crees que es injusto que ese perfume esté encerrado, cuando su aroma podría perfumar toda una estancia? La estancia puede ser hoy Xoxafi, o el hogar de tu madre, mañana será el mundo, después el espacio sin fin.

—Será como cuando tuve la experiencia con el árbol, ¿verdad?

—Así es, tú ya lo has experimentado, pequeña, ya sabes cómo hacerlo; solo te faltan voluntad y fe en ti misma. Verás que cuando lo logres te volverás una con todo, sean espíritus, soles, astros, mundos, elementos, seres de toda especie, átomos, fuerzas, todo; desde el ángel más elevado hasta el más oscuro reptil. Será cuando comprendas que la distancia entre ti y todo lo demás en el Universo no se mide en metros o en espacios, sino en voluntad de amor. Entonces te sentirás cerca de tu madre todo el tiempo, y en la casa de Padre Dios también, porque entenderás que Él está en ti y todo está en Él.

Mía se quedó dormida meditando en las palabras de Patli y, evocando con amor la presencia de su madre, sin barreras de tiempo ni de espacio, tuvo la sensación de que la había visitado en sus sueños esa madrugada, aunque por más esfuerzos que hacía no podía recordar lo que había soñado.

Esa mañana, Teresa llegó a El Refugio, como cada mañana en que dejaba a Juanjo al cuidado de su madre mientras ella y Charito salían a trabajar el campo; pero ese día notó un brillo especial en los ojos de su madre y una alegría inusual en aquella buena mujer que reía poco desde la ausencia de Mía.

—Ven aquí, cariño —dijo Serafina, estirando los brazos para recibir al pequeño—. Hoy tú y yo haremos pan de natas para cuando llegue a visitarnos el abuelo.

—¡Qué bueno verte tan animada, madre! Hacía tiempo que no te veía así —comentó Teresa con alegría.

—Es que he tenido un sueño muy hermoso.

—Ah, ¿sí?, ¿y qué has soñado?

—Que venía Mía a visitarme y me daba un beso.

—Hm, qué bueno —dijo Teté sin querer ahondar en el asunto—. Pórtate bien con la abuela, granuja.

Teresa dio un beso a su hijo y se despidió de Serafina sin decir más. Caminó en dirección a los campos de cebada, pensando en que ella jamás podría parecerse a su madre, que jamás podría soportar el dolor si a Juanjo llegara a sucederle una tragedia, y de pronto, sin poder evitarlo, una fuerte congoja se apoderó de sus ojos recordando lo que ella y Charito habían hecho con su hermana menor. Cayó de rodillas en medio del camino y, mientras sus sollozos rompían el silencio del campo, con infinito dolor exclamó:

—¡Perdóname, Mía, perdóname!

Juanjo entró corriendo a la casa y, al pasar por la sala, se paró frente a una fotografía donde aparecía Serafina con sus tres hijas; era una imagen que había sido tomada por el doctor Aldana, una noche de fiesta cuando vivían en el Casino Español. El pequeño se recargó en la mesa y, señalando con toda naturalidad, dijo:

—Mía.

Serafina se acercó a él sorprendida y, tomando la fotografía en sus manos, le preguntó:

—¿Quién es esta?

—Mamá —dijo el pequeño.

—¿Y esta?

—Tía Charito.

—¿Y esta quién es?

—La abuela.

—¿Y esta que está aquí?

—Mía —respondió con seguridad.

—¿Y quién te ha dicho que se llama Mía? ¿Te ha dicho mamá? —preguntó Serafina con insistencia.

—No, Mía.

—¿Ella te ha dicho? ¡¿Pero cómo, cuándo te ha dicho?! —preguntó Serafina con urgencia.

—Cuando me duermo —respondió el niño sin más.

Juanjo corrió a la cocina, se trepó en una silla, tomó un tazón de la alacena y gritó:

—¡Abuela, vamos a hacer el pan de natas!

Patli

En los albores del año 1944, la humanidad seguía debatiéndose en medio del horror de la Segunda Guerra Mundial, en la que México participaba habiendo declarado estado de guerra contra Alemania, Japón e Italia, como consecuencia del hundimiento de varios barcos petroleros nacionales. Esto llevó al entonces presidente Manuel Ávila Camacho a expedir un decreto de emergencia a través del cual se suspendían las garantías individuales para todos aquellos ciudadanos que, por los delitos cometidos, se considerara que merecían la pena capital. A pesar de que todo este sobresalto de la vida en la superficie del planeta era casi imperceptible en Xoxafí, el deterioro de la sociedad humana tocaría de manera directa el corazón de Patli.

Ese día, después de un agradable desayuno compartido, de una meditación profunda y una práctica de facultades espirituales, Patli habló con su joven aprendiz de las razones que lo llevaban a ausentarse de su lado por unas horas, como había sucedido en repetidas ocasiones en los últimos meses.

—Tengo que ir a Pachuca con urgencia, Mía, pero ha sido un viaje tan de improviso, que no he tenido oportunidad de pedirle al abuelo Tekolotl que se quede contigo.

—Eso no importa, Patli. ¿No te has dado cuenta de que he crecido lo suficiente como para no necesitar niñera? —dijo Mía, mirándolo con orgullo.

—Sí, es verdad; te has convertido en una hermosa mujercita, pero es que jamás te he dejado sola desde que llegaste a Xoxafi.

—Pues ya va siendo hora de que lo hagas, ¿no te parece? —comentó Mía, abrazándolo con ternura—, tienes que dejarme demostrarte que puedes confiar en mí, además están Laila y los otros silfos, están mi ángel protector y todos los demás. ¿No eres tú el primero que me ha dicho que jamás estoy sola?

—Sí, tienes razón. ¡No cabe duda de que has crecido! —dijo el maestro satisfecho, poniendo un beso en su frente.

—¿Algún día me dirás por qué regresas triste y pensativo cuando vas a Pachuca?

—Ya veo que tu intuición también ha ido en aumento —observó el hombre, tratando de dibujar una leve sonrisa—. Quizá te lo diga después; ahora tengo que irme.

Patli bajó hacia el río subterráneo y subiendo a su barca desapareció de la vista de Mía, quien, tratando de adivinar lo que sucedía a su maestro y amigo, se quedó distraída contemplando las ondulaciones que se formaban en el agua.

En su trayecto hacia Pachuca, Patli pensó que su pupila tenía razón; una profunda tristeza embargaba su corazón, ocasionada por el decreto de aquella ley de emergencia que promovía la pena de muerte, y por la ignorancia de amados amigos de infancia que, atraídos por la tiniebla de un momento, se habían convertido en candidatos a sufrir la pena capital.

Encarnación Nieves y Felipe Mateos eran primos hermanos por parte de madre, oriundos de San Gabriel, un poblado perteneciente al municipio de Zempoala, en el que había nacido Patli también. Desde su más tierna infancia, los tres habían crecido juntos participando de los mismos juegos, ayudando a sus padres en las labores del campo y asistiendo a la misma escuela. Al correr de los años, Encarnación y Felipe siguieron dedicados a las labores del campo, mientras que Patli, escuchando una voz interior, decidió salir en busca de la verdad y la sabiduría, del crecimiento del espíritu y el desarrollo de dones y facultades.

De vez en cuando se reunía con sus amigos en San Gabriel para recordar los viejos tiempos o para pasar juntos un domingo en compañía de las familias.

Eran hombres rudos, pero buenos; campesinos humildes amantes de la tierra que sembraban, de sus padres, sus mujeres y sus hijos; pero al igual que sucedía en muchas otras comunidades mexicanas de los años cuarenta, en el municipio de Zempoala, además de existir una ignorancia casi total de las leyes y la moral, los hombres se reunían a beber pulque, lo que hacía que se encendieran los ánimos y las feromonas estuvieran con frecuencia a flor de piel trayendo como consecuencia, entre otras cosas, que la práctica de la violación en aquellos lugares fuera como el pan de cada día; algo intrascendente y cotidiano que no creaba nada más que pequeñas rencillas personales que jamás ameritaban la intervención de la justicia, pero en aquellos días de guerra y sobresalto, debido al decreto de la ley de emergencia, la violación se castigaba con la pena capital.

El 31 de octubre de 1943, una familia de México había ido a pasar el Día de Todos los Santos a su hacienda de San Mateo, en el municipio de Zempoala, y al atardecer de ese día, dos jóvenes de la familia, junto con sus cuatro hermanas, habían decidido ir caminando a San Gabriel, que estaba situado a escasos dos kilómetros de la hacienda, para comprar víveres y pulque.

Al llegar a San Gabriel, atravesaron la calle frente a un grupo de casi veinte hombres que platicaban compartiendo el delicioso manjar de los magueyes, los que, al ver pasar a las cuatro mujeres, comenzaron a murmurar entre sí. Los seis jóvenes entraron en la tienda, compraron sus provisiones y salieron sin dilación en dirección a la hacienda, prevenidos por la dueña del establecimiento de lo peligroso que era andar caminando por esos lugares después de la puesta del sol.

Pronto se darían cuenta de la razón de su advertencia, porque en el camino de regreso hacia San Mateo, fueron sorprendidos por aquel grupo de rancheros que, sin más, se abalanzaron contra ellos golpeando a los dos muchachos y abusando de las cuatro mujeres.

Entre aquellos atracadores estaban Encarnación Nieves y Felipe Mateos, quienes habían sido detenidos junto con nueve campesinos más que, al igual que ellos, se habían visto involucrados en la violación provocada por un machismo alcoholizado que había sido promovido por dos maleantes que ni siquiera eran del pueblo de San Gabriel, y que hasta ese momento aún no habían sido encontrados. Los llevaron a la cárcel de Pachuca y, durante el proceso y desahogo de pruebas, fueron puestos en libertad cuatro de los detenidos al demostrar que no habían sido parte del atentado, otros dos recibieron una condena de cinco años de prisión, pero el resto de los acusados –entre los que se encontraban los dos amigos de Patli– habían sido sentenciados con la pena de muerte.

Los abogados de los condenados solicitaron el indulto al presidente Manuel Ávila Camacho, argumentando que no se trataba de asesinos, sino de un grupo de campesinos ebrios que, ignorando las leyes, habían cometido un delito de violación que para los habitantes de aquellos pueblos no era comprendido como un delito mayor. El presidente, al final, decidió conmutar la pena capital por la de treinta años de prisión para tres de los sentenciados, entre los que estaba un hermano de Felipe, mas no para los amigos de Patli, los que, sin entender lo grave que era su falta en ese momento de la historia, habían sido los únicos en confesar desde el principio lo que habían hecho.

Cuando Patli llegó a la cárcel del estado ese 5 de enero de 1944, se encontró un alboroto tremendo en los alrededores de aquel sobrio edificio de cantera. Había grupos de curiosos en la calle y en el jardín que estaba frente al penal, periodistas y corresponsales extranjeros que hablaban en voz alta y familiares de los condenados que lloraban por un lado o celebraban por otro. Al verlo llegar, la madre de Encarnación corrió a su encuentro con enorme desesperación en el rostro y, sin poder contenerse, se abrazó de él mientras le decía entre sollozos:

—¡Les negaron el indulto, Patli, no hay perdón para Encarnación y Felipe! ¡Dicen que los van a ejecutar el día 18!

Patli la cobijó con ternura y puso un beso en su frente mientras la mujer se desahogaba con su abrazo. Después, buscó con la mirada a la esposa de Encarnación y la encontró a unos metros de distancia llorando en silencio con su hijo en brazos. Se acercó a ella en compañía de la madre de

Encarnación y, tomándolas por los hombros, les dijo:

—No se quedarán desamparadas, se los prometo. Juntos pasaremos esta prueba, no están solas.

La joven mujer hundió su rostro en el cuerpecito de su hijo y continuó llorando, tratando de ocultar su dolor de la vista de los curiosos.

Patli se despidió de ellas y se encaminó hacia la puerta del edificio, buscando entre la gente a los parientes de Felipe Mateos, pero no los vio por ningún lado. Saludó con familiaridad a los gendarmes que resguardaban la entrada y, después, ingresó en el lugar con premura.

Atravesó un largo pasillo y se detuvo frente a la oficina del alcalde del penal.

—¿Está adentro, Amalita? —preguntó a una chica que lo saludaba cordial desde un escritorio.

—Sí, señor, está con el secretario del juzgado, pero ahora le aviso que está aquí. —La mujer levantó el auricular y marcó un número de extensión, mientras sonreía a Patli—. ¿Licenciado? El señor Rivera está aquí… Sí señor, está bien… Puede usted pasar, señor Rivera, y por cierto… quería decirle que siento mucho lo de la sentencia.

—Gracias, Amalita, será un trago muy amargo para nuestra comunidad —dijo Patli con tristeza. Se acercó a la puerta y tocó con suavidad.

—¡Adelante! —exclamó una voz desde el interior de la habitación. Patli abrió la puerta y se encontró con el rostro cordial de aquel amigo que estiraba la mano para saludarlo.

—¡Pasa, Patli, pasa! Mira, quiero presentarte al licenciado Zarazúa, es el secretario del juzgado. Este es mi amigo y sanador Patli Rivera —dijo el hombre.

—¡Ah, el famoso sanador! —comentó el licenciado, dándole un apretón de manos—. Lamento mucho que las cosas no hayan salido como muchos quisiéramos, pero es que la ley de emergencia no nos da el arbitrio judicial.

—Sin embargo, a tres de los inculpados se les concedió el indulto, ¿por qué no se concedió a los otros dos? —preguntó Patli.

—Porque fueron los únicos que confesaron su falta desde el principio y desgraciadamente no hemos podido atrapar a los cabecillas del asalto; un tipo al que apodan “Tarzan” y otro al que conocen como “Bonifacio”. El señor presidente decidió no indultar a los que confesaron, porque sintió que esas ejecuciones eran necesarias para dar un ejemplo al pueblo.

—Sí, entiendo, pero no creo que sea una falta que amerite la pena de muerte.

—Mire, señor Rivera, yo sé que tiene usted toda la razón, el problema es que, en el momento actual, solamente podíamos decidir si el delito se había llevado a cabo en las condiciones que prevé esa ley de emergencia, la cual, por desgracia, nos permite aplicar una única pena posible, es decir, la capital.

El hombre se levantó de su asiento y encendió un cigarrillo mientras caminaba por la habitación, inhaló el humo del tabaco y, dejándolo salir de sus pulmones, miró de nuevo a Patli, diciendo:

—Voy a decirle algo muy confidencial, señor Rivera. Yo sé que en toda la región de Zempoala la violación es algo muy común, que no es considerado un delito que amerite cárcel; tan no lo es, que hace unos momentos la madre de uno de los condenados a muerte me ofreció que abusara de su hija de dieciséis años, "para que en ella nos cobráramos lo que hizo su hijo con las niñas de México".

—¡Pobre doña Amparo! —murmuró Patli con tristeza.

—¡Imagínese el absurdo! Si yo no conociera cómo piensa esta gente, me habría enfurecido, pero solo la despedí con su hija y la amenacé con encarcelarla si volvía a proponer algo semejante a cualquiera.

—Ahora entiendo por qué no encontré a la familia de Felipe allá afuera —comentó Patli.

—Lo siento, señor Rivera, de verdad lo siento mucho. Yo sé que es gente buena que no tiene por costumbre andar cometiendo atracos por cualquier lado, que mucho tuvieron que ver la mala influencia de gente extraña y el alcohol, pero delito es delito y ley es ley —dijo el hombre, bajando la cabeza.

—Lo entiendo, licenciado, no es su culpa; es que me duele que la humanidad siga erigiéndose en Dios para tomar la vida de sus semejantes en sus manos, repitiendo con su supuesta corrección un delito igual o mayor que el que intenta sancionar. En fin... solo nos queda trabajar para que algún día no haya ni culpables ni verdugos.

—Así sea, señor mío, así sea —dijo el licenciado, aspirando su cigarrillo nuevamente.

—¿Crees que pueda pasar a verlos un momento? —preguntó Patli al alcalde del penal.

—¡Por supuesto!, tu presencia siempre nos ayuda a calmar los ánimos de los internos.

El alcalde firmó un papel y le puso un sello, después lo entregó a Patli y, mientras le daba la mano para despedirse, le dijo:

—La sentencia se ejecutará en la madrugada del 18.

—Sí, lo sé.

Se despidió del licenciado Zarazúa y salió de la oficina en dirección a las celdas. Caminó por el largo pasillo, bajó unas escaleras, llegó frente a una reja y entregó el papel al celador que cuidaba la entrada, le abrieron el portón metálico y entró en un patio donde algunos de los internos deambulaban o platicaban sentados en los escalones de una fuente central. Siguió caminando y se detuvo frente a una galera donde, a lo lejos, escuchó la voz de su amigo Encarnación, que con enorme enojo gritaba:

—¡Que no quiero atole! ¡No estés fastidiando!

Patli enseñó el papel firmado por el alcalde al celador que vigilaba la entrada, y esperó a que le abrieran la reja mientras percibía dentro de la celda un tenso silencio. Entró en la galera en el momento en que Encarnación arrebataba de manos de uno de los presos que habían sido indultados el jarro con atole que le ofrecía, y lo estrellaba en el suelo con gran enojo.

—¡Que te digo que no quiero atole, carajo! ¿¡Que no entiendes!? —gritó Encarnación, que permanecía sentado en un rincón, mientras el jarro hecho añicos derramaba su contenido sobre la losa del piso.

El celador se puso alerta, poniendo la mano sobre el arma que llevaba consigo; Patli le hizo una seña indicándole que no había problema y se acercó en silencio a recoger los trozos de barro para ponerlos sobre una vieja mesa.

Cuando Encarnación descubrió la presencia de su amigo, ocultó el rostro entre su poncho amarillo y se quedó inmóvil, al tiempo que Felipe Mateos, levantándose del suelo, corrió a abrazarlo diciéndole con enorme desesperación:

—¡Nos negaron el indulto, Patli! ¡Nos van a fusilar!

Patli abrazó a su amigo y permaneció con él en silencio, mientras desahogaba su dolor; después pasó su brazo por detrás del hombro de Felipe, y juntos fueron a sentarse al lado de Encarnación, que permanecía escondido bajo su poncho amarillo.

Patli no dijo nada, abrazó a su amigo con ternura y se quedó junto a él mientras que Isaac Mateos, Juan Ortega y Agustín Galicia, los tres hombres que habían sido indultados, se sentaban en otro lado de la galera sintiendo, aliviados, que ellos pertenecían a un grupo de culpables diferente.

De pronto, Encarnación Nieves empezó a llorar sin importarle más la presencia de los otros reos; era un llanto desesperado en el que entre sollozos comenzó a preguntar en voz alta qué pasaría con su esposa y su hijo, y quién cuidaría de su parcela y de su madre.

—¡No somos hombres malos, Patli, tú nos conoces de toda la vida! ¡Somos campesinos honrados! —dijo, asomando su rostro moreno por entre el raído poncho—. No sé ni por qué estamos aquí. Nosotros nomás seguimos en la juerga a ese grupo que ni siquiera es de San Gabriel y de buenas a primeras los vimos que comenzaron a atacar a esos muchachos de México, y tal vez embrutecidos por el pulque al ver a esas mujeres extrañas con olores bonitos, se nos subió lo macho a la cabeza; pero tú sabes que no somos gente mala.

—Lo sé, Encarnación, y sé que en otras circunstancias el delito que cometieron no sería sancionado con la pena máxima, pero la situación del país no dejó otra alternativa a las autoridades.

—Pero ¿qué va a pasar con mi esposa? ¿Quién va a cuidar de mi hijo, de nuestras parcelas, de la madre de Felipe y sus hermanas? ¡¿Cómo vamos a soportar los días que nos quedan antes de que se cumpla la sentencia?! —preguntó el hombre con desesperación.

—Sí, ¿cómo? —repitió Felipe Mateos, que al igual que su compañero de destino empezó a sollozar.

—Amados amigos —dijo Patli con dolor—, quisiera tener las palabras justas para consolarlos en estos momentos, el poder para hacer que las cosas fueran diferentes, para lograr que todo esto no fuera nada más que un mal sueño y que, al despertar, se encontraran cobijados por el calor de sus hogares y sus familias, pero no es así; la realidad es que tendrán que pasar por una dura prueba que ha sido consecuencia de un error, de una mala decisión; de estar en el lugar equivocado con la compañía equivocada, y eso no lo puedo cambiar. Lo que puedo hacer es acompañarlos hasta que esto termine, ayudarlos a prepararse para ese trance final; preparar a sus espíritus, a sus familias, ayudarlos a tirar la venda del miedo y la ignorancia con respecto a la muerte, para que comprendan que no es más que un momento de transición, que no es el final de todo sino el principio de mucho más; que es precisamente ahí donde el espíritu abre los ojos a una vida superior. Pero, antes que nada, debo ayudarlos a entender que hubo una falta y que deben perdonarse por ello, aunque también deben pedir perdón a aquellas a quienes ofendieron, porque nadie tiene derecho de quitarle su virtud a una mujer sin su consentimiento, como si se tratara tan solo de deshojar una flor para arrebatarle su perfume. Mientras no comprendan esto, no podrán irse en paz.

Las palabras de Patli quedaron impregnadas en el corazón de Encarnación y Felipe, quienes, después de aquellos momentos difíciles en los que tuvieron que enfrentar la cruenta realidad, reconociendo que no quedaba otro camino, se dispusieron a prepararse para el momento final.

A partir de entonces y durante las casi dos semanas que quedaban antes de que se cumpliera la ejecución, Patli visitó a sus amigos en el penal de Pachuca, para prepararlos con dignidad y fortaleza. Ese lunes 17 de enero, día anterior a que se cumpliera la sentencia, aquel guía y maestro espiritual llegó desde temprano para estar con sus amigos. Al llegar a la galera, el celador en turno le dijo:

—¡Pobres!, no han querido comer nada.

Patli bajó la cabeza con tristeza y le pidió al hombre que lo dejara entrar. Se acercó a Felipe, lo abrazó con efusividad y le entregó un papel arrugado que contenía un mensaje que su madre había escrito para él, lo abrió con manos temblorosas y leyó:

"Hijo mío, resígnate. Ten fe en la Providencia Divina. No me pienses. Rézale a la Virgen".

Felipe apretó aquel papel contra su pecho y lloró en silencio. Patli, abrazando a su amigo, le dijo:

—Será como un breve sueño, Felipe, ya verás que, después del momento difícil, tu espíritu al liberarse de la materia sentirá como si un nuevo día empezara para él.

Encarnación se acercó a Patli y lo abrazó con la efusividad de un amigo que parte a un largo viaje del que no sabe cuándo regresará; después, ya sin lágrimas en sus ojos, metió la mano por debajo de su poncho amarillo y sacó del bolsillo de su pantalón un papel doblado, se lo entregó a su amigo y le dijo:

—Necesito que veas la forma de hacerles llegar esto a las mujeres de México, es una carta donde les pedimos perdón por la ofensa que les hicimos.

—Les prometo que se las entregaré personalmente.

Patli abrazó a sus amigos y se sentó con ellos recargándose en la fría pared de la galera. Oraron juntos en silencio y después, con inspiración, les dijo:

—La muerte es la llave que abre las puertas de la prisión en que la materia ha mantenido al espíritu, y es también la llave que abre la puerta de la eternidad, porque es desde ahí desde donde se contempla el horizonte infinito de la verdadera vida; no lo olviden en el último momento.

Se despidió de sus amigos con un fuerte abrazo y salió de la galera con el corazón oprimido, pero satisfecho por lo que juntos habían logrado en tan corto tiempo.

Nadie más entró a visitar a los reos ese día por órdenes del juez de distrito. Afuera del penal, los familiares, los amigos, las madres y esposas pedían a gritos verlos por última vez, pero el impasible magistrado lo impidió a toda costa "para no alterar el ánimo de los inculpados", sin importarle los gritos de la gente que a pulmón abierto lo llamaba desde afuera del penal "Torquemada, el inquisidor".

La noche fue tranquila para Encarnación Nieves y Felipe Mateos; no hubo más lágrimas, ni quejas, ni aspavientos. Platicaron juntos, comieron y durmieron con la paz que ya llevaban dentro.

Faltando diez minutos para las cuatro de la mañana de ese día 18 de enero de 1944, los reos salieron de la cárcel de Pachuca, en medio de una doble fila de soldados; era el pelotón de fusilamiento.

El primero en salir fue Felipe Mateos; llevaba las manos atadas a la espalda y una soga al cuello de donde se anudaban las manos de Encarnación que sobresalían de su sarape amarillo. Caminaron con pasos firmes, en paz, sin la más mínima demostración de miedo. Subieron a una camioneta que iba custodiada por varios soldados; delante de ella había otra camioneta donde estaba el capitán Francisco Legía, que era el comandante del pelotón de fusilamiento y, detrás de ellos, una tercera unidad donde iban los escoltas.

Los trasladaron hasta el cuartel de caballería del campo militar de Venta Prieta, a donde llegaron en medio de un aire helado y densa niebla. Los metieron en un anexo del cuartel y esperaron a que los primeros rayos del sol se asomaran en el horizonte para llevar a cabo el fusilamiento.

Encarnación y Felipe salieron erguidos, demostrando una entereza que sorprendió a todos los presentes. Llegaron ante el paredón y se quedaron parados con mucha firmeza mientras el capitán Legía les preguntaba cuál era su última voluntad.

Ninguno de los dos habló, solamente negaron con la cabeza.

—¿Quieren que les vendemos los ojos? —volvió a preguntar el capitán, pero hubo una nueva negativa por parte de ambos. En ese momento, Encarnación se quitó su entrañable poncho amarillo y, mirando al soldado con entereza, le dijo:

—Que le regalen mi poncho a don Jacinto, el de la cárcel, para que no tenga frío.

No hablaron más; el capitán Lejía se dispuso a dar órdenes con la espada en el aire, y en medio de un silencio sepulcral, a las seis y cuarenta y cinco horas exactamente, se escuchó su voz diciendo:

—¡Pelotón, en posición de tiradores! ¡Sobre los reos, apunten, fuego!

Se escuchó el tremendo estruendo de las armas rebotando por todas las paredes de Venta Prieta, mientras que los cuerpos de Felipe Mateos y Encarnación Nieves cayeron en el suelo como fulminados por un rayo, en medio de los gritos de los curiosos, el llanto de las madres y el dolor de las esposas; y mientras el capitán Legía concluía el rito mortal con el tiro de gracia, de entre aquella conmoción sobresalía la figura apacible de Patli, quien, con toda entereza y en profundo silencio, elevaba una oración por el espíritu de aquellos amigos y hermanos que, ante el asombro de todos los presentes, habían terminado sus días en el planeta con infinita paz.

Regalo Inesperado

Aquel domingo, Mía saltó de la cama más temprano que de costumbre; cumplía trece años, y Patli le había prometido llevarla de visita a Mineral del Chico para celebrar.

¡Por supuesto que le daba alegría visitar al abuelo Tekolotl, del que siempre aprendía algo importante!, pero lo que más la entusiasmaba de aquella visita era tener la oportunidad de encontrarse de nuevo con Itstli, aquel aprendiz que aceleraba el ritmo de su corazón y la hacía sentir mariposas en el estómago.

Dio gracias por el nuevo día, por el nuevo año; pidió por las necesidades del mundo y después, tomando la canasta en que guardaba sus utensilios de aseo personal, corrió hacia el río subterráneo para bañarse mientras pensaba: "¡Solo faltan dos años!". Se quitó la ropa de dormir y observó por un instante su hermoso cuerpo desnudo en el reflejo del agua. ¡Había crecido tanto!, de aquella tierna niña que había llegado a Xoxafi hacía poco más de cuatro años solo quedaba el recuerdo. Se metió en el agua fresca satisfecha y, mientras tarareaba una melodía, comenzó a enjabonar su pelo.

—¡Vaya, qué tristeza! —escuchó decir a sus espaldas—. Pareciera que la señorita ya no necesita de mi ayuda.

—¡Cállate, embustera! —respondió Mía, salpicando un poco de agua sobre el plumaje de Laila—. Bien sabes que siempre me haces falta. Lo que pasa es que hoy sentí como si tuviera mariposas en el estómago y no pude estar ni un minuto más en la cama.

—¡Hum! Me parece que yo sé de qué clase de "mariposas" se trata.

—No sé qué quieres decir —respondió Mía con disimulo.

—Que eso que sientes es lo que acostumbra pasarles a ustedes los humanos cuando están enamorados —dijo la sílfide, sonriendo con picardía.

—¡Pero qué atrevida! —exclamó Mía.

—¿Me vas a negar que estás emocionada porque irás a Mineral del Chico?

—¡Pero claro que estoy emocionada! —dijo la españolita—. Tú sabes que me encanta visitar al abuelo Tekolotl.

—Sí, claro, pero también a su aprendiz.

—¡Mira Laila, que si no te quisiera tanto, ya te hubiera arrancado todas las plumas!

—¡Qué horror! —exclamó la sílfide—. Te hubieran acusado de un *"plumicidio"*.

Las dos echaron a reír salpicándose con el agua la una a la otra. Mía salió del río y se enredó en una toalla, mientras Laila aprovechaba el momento de distracción para volar hacia una orilla y regresar cargando, en sus manitas azules, un pequeño envoltorio atado con una cinta amarilla.

—Toma, lo hice para ti —dijo emocionada—, ¡feliz cumpleaños!

Mía abrió el paquete con curiosidad y sacó de su interior un delicado collar hecho con semillas de colores y diminutos caracoles tornasolados. Lo acomodó alrededor de su cuello y, después, se miró en el pequeño espejo que guardaba en la canasta.

—¡Oh, Laila, es muy hermoso!

—¡Sabía que te iba a gustar! —dijo la sílfide satisfecha—. Me llevó mucho tiempo conseguir las semillas adecuadas, pero lo pude terminar a tiempo.

—¡Gracias, muchas gracias!

Mía abrazó al pequeño ser emplumado y puso un beso en su frente, después corrió hacia el baúl donde guardaba su ropa y sacó de su interior un sencillo vestido de algodón blanco con cenefa bordada, trenzó su pelo con la cinta en que venía atado el regalo de Laila y, mirándose en el espejo nuevamente, exclamó satisfecha:

—¡Lista!

—¡Te ves tan bonita! —exclamó Laila—. ¡Ya eres una mujer!

—En eso estamos de acuerdo —escucharon decir a Patli, que como tantas otras veces aparecía de pronto sin que Mía supiera bien a bien por dónde había llegado—. ¡Feliz cumpleaños, españolita! ¿Ya estás lista? —dijo el hombre, abrazándola con cariño.

—Pues tú dirás —respondió Mía, dando una vuelta para que Patli observara su arreglo.

—Más bonitas solo las flores del campo —dijo el hombre satisfecho, la tomó de la mano y bajó con ella hacia la barca, donde los esperaba un suculento desayuno.

Mía observó todos aquellos manjares y, relamiéndose los labios, comentó:

—¡Estoy tan hambrienta que podría comerme una vaca completa!

—Solo espero que dejes un poco para compartirlo con el abuelo al llegar al Chico —dijo Patli sonriendo.

Entraron en la barca y se sentaron a disfrutar de todas aquellas viandas tradicionales, entre las que había un tamal gigante de carne enchilada al que denominaban "zacahuil", había tlacoyos de alverjón, quesadillas de flor de calabaza, salsa de escamoles y algo que no podía faltar: pastes de carne picada, una especie de empanadas heredadas de las costumbres británicas, traídas por los mineros ingleses que habían llegado a Real del Monte muchos años antes.

Mientras Laila comía sus frutas y semillas, Mía y Patli disfrutaron del banquete hasta quedar totalmente satisfechos; guardaron los alimentos restantes para llevarlos al Chico y, diciendo adiós a la sílfide, iniciaron su recorrido por el río.

Como siempre, Mía se entretenía contemplando el paisaje, las ondulaciones del agua, metiendo su mano en el líquido para sentir su temperatura, y mientras tanto, como tantas veces, en su joven cabecita daban vueltas mil pensamientos al mismo tiempo, sin saber a cuál de ellos poner en ese momento especial atención. De pronto, miró a Patli y, con una enorme sonrisa, le dijo:

—¡Ya solo faltan dos años!

—¿Dos años para qué, pequeña?

—Para que se abra el portal y para que pueda regresar al lado de mi madre.

—Así parece —respondió Patli con nostalgia.

—¿Y de verdad crees que pueda lograrlo?

—No lo sé... ¿Tú qué crees?

—Pues... creo que ya no soy la chiquilla que llegó a Xoxafí hace más de tres años, he aprendido muchas cosas desde que estoy a tu lado, pero de eso a saber cómo hacer que funcionen los cristales pulsantes... no tengo ni idea.

—Ya lo sabrás cuando llegue el momento.

—Espero que así sea —dijo la niña detrás de un suspiro—, sería terrible haber trabajado tanto para nada.

—Sí, lo sé. Pero todo sucede en su tiempo. Cuando yo tenía tu edad, aún no sabía que dedicaría mi vida a ayudar a los demás, y de pronto se reveló mi misión.

—Pues ya va siendo hora de que me entere de algo, majo, que yo ya te siento como mi familia y ni siquiera sé por qué te llamas Patli.

—Tienes razón, casi no te he contado nada de mi vida. Pues tendré que empezar por decirte que mi verdadero nombre no es Patli sino Matías, que era el nombre de mi padre también.

—Y entonces, ¿de dónde te viene el sobrenombre?

—Pues verás —dijo Patli mientras dirigía su barca por la corriente del río—. Mi padre murió cuando yo era muy pequeño.

—¡Anda! Igual que el mío —interrumpió Mía.

—Así es, pequeña, pero mi padre no murió a causa de una bala, sino por un derrumbe que hubo en la mina en la que trabajaba.

—¡Jolines! —volvió a interrumpir la joven mujer—. Después de todo no sé qué habrá sido peor.

—Es simplemente lo que cada quien tenía que vivir, Mía. En fin, mi madre, a partir de ese momento, tuvo que trabajar muy duro para sostenerme, porque además de ser una mujer muy humilde que venía de un poblado llamado Jaltocan, donde la principal lengua es el náhuatl, jamás tuvo la oportunidad de estudiar más allá de la primaria, así que, con esos impedimentos, el único trabajo que pudo encontrar fue el de lavar y planchar la ropa de la gente acomodada que vivía en las haciendas cercanas a San Gabriel, y mientras ella trabajaba durante la semana, yo me quedaba bajo el cuidado del abuelo Tekolotl, que era el papá de mi papá.

—¿O sea que el abuelo es en verdad tu abuelo?

—Así es. Fue en esa etapa cuando nació mi interés en las plantas y sus facultades de sanación; pero cuando Tekolotl se quedó ciego, me sentí muy confundido porque no sabía para dónde seguir ni qué creer, hasta que después de un tiempo, cuando el abuelo me platicó la lección que había aprendido, me di cuenta de que la verdadera espiritualidad tenía otro sentido, que no bastaba con curar un cuerpo, sino que la verdadera curación venía de más adentro. Entonces empecé a interesarme en la curación espiritual más allá de la curación de la materia, y comencé a desarrollar mis dones y facultades hasta entender que la más grande fuente de salud está dentro de nosotros mismos, pero que esta se alcanza en la medida en que logras la armonía entre materia y espíritu, dándole a cada una de esas entidades el lugar que le corresponde —dijo Patli emocionado.

«Un día, mi madre tuvo un accidente cuando lavaba la ropa de unos hacendados; tenía las manos llenas de jabón y quiso agarrar un recipiente que contenía lejía, pero se le resbaló de las manos y, al golpear con la piedra del lavadero, el líquido salió disparado del recipiente y le cayó directo en los ojos, lo que provocó que perdiera la visión. Cuando se enteraron los dueños de la hacienda de lo que le había pasado a mi madre, la enviaron a un médico en Pachuca, pero era demasiado tarde; la lejía había causado abrasión en ambas córneas y le había provocado ceguera permanente.

«A partir de entonces, yo comencé a trabajar en lo que podía para sostenernos con mi trabajo y la ayuda del abuelo, pero no soportaba ver a mi madre siempre sombría y triste, siempre con lágrimas corriendo por sus mejillas porque se sentía inútil para cumplir con su papel de proveedora y madre. Entonces, un día, sintiendo un gran amor por ella me puse en oración y pedí con humildad que se me revelara la manera de curarla; de pronto, vi como si un rayo de luz saliera de la palma de mis manos, era como un rayo vivo que palpitaba; emocionado, me levanté de mi asiento y corrí hasta donde estaba mi madre sentada en un rincón. Sin saber por qué, escupí saliva en mis manos y después las coloqué sobre sus ojos por un momento, mientras pedía su curación. Cuando las retiré de su rostro, vi que tenía en mis palmas algo así como unas delgadas cáscaras de nuez de color blanquecino, y entonces comencé a escuchar la voz de mi madre que con emoción decía: "¡*No patli*! ¡*No patli*!", que quiere decir: "Mi medicina". Volví a mirar sus ojos y estaban vivos nuevamente, habían recuperado la visión. Mi madre empezó a besar mis manos y después salió corriendo del cuarto, diciéndole a todo el mundo que podía ver, que en mis manos estaba la medicina. A partir de entonces, todos comenzaron a llamarme Patli y se volvió una costumbre, porque muchos de ellos no entienden que los sanadores no somos nada más que conductos a través de los que Dios entrega según su voluntad.

—¡Qué gracioso! —dijo Mía—, de modo que te llamas “medicina”; pues ojalá y algún día yo pueda aprender para ser un conducto igual que tú.

—Todos lo somos, Mía, el secreto está en el amor y la entrega que pongas en ello; mientras más practiques, mientras más amor haya en ti, más se manifestará tu don.

—¿Y nunca intentaste usar tu don de curación para ayudar al abuelo? —preguntó Mía.

—El caso del abuelo es diferente, porque él no necesita la mirada de sus ojos materiales para ver en lo espiritual, él así lo ha decidido, y es ahí donde está el verdadero prodigio, pequeña. De nada te serviría sanar un cuerpo enfermo, si no sanas con él el espíritu que es la causa de que enferme la materia. Como ya te he explicado, todos los males que manifiesta nuestro cuerpo no son más que un reflejo de los males que aquejan al espíritu.

—Sí, entiendo; si curas un cuerpo sin curar el espíritu, tarde o temprano el mal regresará de la misma manera o disfrazado de otra cosa —dijo la joven aprendiz—. ¡Pero parece una tarea imposible a veces mantenerse sano de espíritu para ayudar a los demás!

—Depende de cómo lo tomes —respondió Patli—. Esa tarea nunca parecerá ardua si cuando la practicas tus obras van iluminadas por el amor; en cambio, si la practicas sintiendo que es como un deber o como una obligación, podrá parecerte una pesada cruz.

—¡Pero es que eso del amor a veces no es tan fácil, hombre! Eso de pensar en que debes tratar de hacer el bien todos los días es un poco agobiante.

—Será tan agobiante o tan fácil como tú lo quieras —dijo Patli sonriendo—. Mira, pequeña, voy a compartir contigo un sencillo conocimiento: cuando abras esos hermosos ojos azules por la mañana, después de dar gracias por el nuevo día y pedir por aquellos que necesitan de tu oración, haz en tu corazón el plan de levantarte a la lucha con fe ese día, solo ese día, y proponte ser fuerte sin faltar a la obediencia de la Ley y al amor a tus hermanos por tan solo esas veinticuatro horas. No voltees al pasado porque ya no puedes hacer nada para remediarlo, ni tampoco trates de ver el mañana porque ese aún no te pertenece, ya que estará definido por lo que hagas hoy. ¿Ves cómo son esos rollos de película que avanzan cuadro por cuadro?

—Sí, cuando veníamos en el *Sinaia* pude ver alguno —respondió Mía con interés.

—Pues la vida humana es como esos cuadros de película, momento por momento, día por día. Los que viven volteando hacia el pasado se quedan petrificados como la esposa de Lot, y quien vive preocupado por el mañana desperdicia el día de hoy, porque no comprende que hoy será mañana.

—Pues viéndolo así, no parece una tarea difícil.

—Así es, nosotros debemos aprender a ser como los lirios del campo, ¿recuerdas esa parábola?

—Ni jota —respondió Mía.

—Los lirios del campo no se preocupan por lo que se van a poner hoy o por lo que van a beber; no ven el mañana ni les preocupa, viven el hoy, y es hoy cuando reciben el agua, cuando reciben la buena tierra y cuando florecen. Así debemos de ser nosotros; debemos florecer cada día y en el lugar que Padre Dios nos ponga, porque ese es el lugar que nos corresponde; no debemos voltear a ver si hay mejores o peores lugares, como tampoco debemos voltear a ver si hay pasado o mañana, aquí o allá; todo debe ser aquí y ahora, porque es así como tu espíritu se desprende del tiempo y del espacio. Ya verás que, si lo practicas todos los días, te maravillarás de la fortaleza que tendrás y de los resultados que alcanzarás.

—Entiendo —dijo Mía, sonriendo a su maestro—. Es el truco del día a día; como el letrero que tiene mi amigo Edu en el tinacal de La Concepción: “Solo por hoy”.

—Sí, exactamente.

Cuando llegaron a Mineral del Chico, ya los esperaba el abuelo Tekolotl con algunos de los guías y aprendices que habían llevado un delicioso banquete formado por agua de tuna fresca, tortillas hechas a mano, barbacoa de carnero envuelta en pencas de maguey y tamales de maíz endulzados con piloncillo.

Mía se acercó al abuelo y lo abrazó con ternura; Tekolotl pasó sus manos por el rostro de la joven y, después, dijo con una enorme sonrisa:

—Hoy llegaste a la edad de la razón; ya eres una mujer.

Le dio un beso en la frente y luego le entregó un sencillo paquete envuelto en papel de estraza, diciendo:

—Es un regalo de todos los hermanos.

Mía abrió el paquete agradecida y sacó de su interior un hermoso rebozo de bolita tejido en telar de cintura, en colores azul y blanco, lo extendió y lo colocó sobre sus hombros con alegría para que todos pudieran verlo. Se acercó al abuelo Tekolotl y, poniendo un beso en su mejilla, exclamó:

—¡Gracias, abuelo, es muy hermoso! ¡Gracias a todos!

Comenzaron a compartir los alimentos satisfechos, en medio de risas y bromas, mientras Mía de vez en cuando volteaba hacia la entrada con disimulo, tratando de que nadie notara su inquietud; de pronto, sus ojos se iluminaron y su corazón empezó a latir con fuerza, al ver venir hacia ella al joven aprendiz que acababa de entrar y se acercaba con determinación, mirándola con sus enormes ojos de negro profundo.

—Felicidades, Mía. Toma, hice este regalo para ti —dijo, colocando una hermosa corona de flores sobre la cabeza de la joven.

—Gracias —contestó Mía, sin poder levantar la mirada del suelo—, está muy bonita.

—¿Así se llega a esta casa, cabeza hueca? ¿Sin saludar a nadie? —preguntó el abuelo.

—Perdón abuelo Tekolotl, es que venía muy distraído —respondió Itstli, mientras empezaba a saludar a todos los presentes.

—Qué, ¿ya comiste? —volvió a preguntar Tekolotl.

—La verdad no, es que tenía que acabar el regalo de Mía y no me dio tiempo.

—¡No te preocupes, abuelo! —dijo Mía con premura—. Yo le sirvo.

Tomó al muchacho de la mano y lo llevó hasta la mesa donde estaban las viandas; le sirvió un abundante plato y, después, se sentó junto a él en un lado del patio para platicar. Itstli comenzó a degustar con agrado lo que Mía le había servido, mientras Patli los observaba en silencio desde lejos.

Una vez satisfecho, el muchacho se levantó y dejó el plato sobre la mesa, se acercó de nuevo a Mía, que jugueteaba nerviosa con los flecos de su nuevo rebozo, y después de decir algo a su oído, se dirigieron juntos hasta donde se encontraban sentados Patli y Tekolotl.

—Abuelo, maestro Patli —dijo el muchacho con seriedad—. Quería pedirles permiso para que Mía me acompañe al Chico, necesito llevarle a don Manuel los remedios que me encargó y pues… así la llevo de paseo por ser su cumpleaños.

—Pero… ¿cómo piensas llevarla? —preguntó Patli con premura.

—Allá afuera tengo a Camila, mi yegua, es muy segura porque conoce los caminos de memoria —dijo

Itstli con firmeza—. Nada más vamos hasta El Cedral, que no queda a más de diez kilómetros.

—Pues yo digo que no hay problema —dijo el abuelo Tekolotl tras una sonrisa—, pero el que decide es Patli.

—Pues... no sé... —dudó el hombre.

—¡Anda, guapo! Di que sí, que me hacen falta un poco de sol y aire fresco —pidió Mía, haciendo arrumacos a su maestro.

—Bueno, está bien, pero que no sea un paseo muy largo.

Se acercó a Itstli y, poniendo las manos sobre sus hombros, le dijo:

—Que conste que te hago responsable de Mía.

—No te preocupes, Patli, yo te respondo por ella; a más tardar en dos horas estaremos de regreso —aseguró el muchacho contento.

Mía dio un efusivo beso a su maestro y otro lleno de ternura al abuelo, se envolvió en su rebozo y salió de la casa a toda prisa siguiendo al muchacho, mientras Patli los veía alejarse sin poder disimular su preocupación.

El abuelo, percibiendo lo que pasaba por la mente de su nieto, le dijo sonriendo:

—No hay nada que podamos hacer al respecto, Patli, tú y yo bien sabemos el futuro de esa amistad.

—Lo sé —asintió el guía en medio de un profundo suspiro—, pero no quisiera que nada distrajera a Mía hasta que llegue el día de cumplir su misión.

—Por eso mismo es mejor que nos tengan confianza, porque así los tendremos cerca; de lo contrario, sería peor.

—Como siempre tienes la razón, abuelo —dijo Patli, dando unas palmadas en el hombro del anciano—. Bueno, pues mientras esperamos te sirvo un agua de tuna.

—No, mejor un curado —respondió Tekolotl sonriendo.

Los jóvenes aprendices llegaron al Parque Nacional El Chico, montados en Camila, la yegua de Itstli; atravesaron por caminos rústicos de terracería y se detuvieron en un paraje desde donde se contemplaba una vista de espectacular belleza.

Abajo, en una hondonada, se veía la hermosa presa de El Cedral, la que desde arriba parecía un gigantesco espejo rodeado por bosques de cedros y oyameles donde la gente disfrutaba de un agradable domingo pescando truchas o remando; corriendo en bicicleta, montando a caballo, compartiendo un rico almuerzo o simplemente gozando de un descanso a la orilla del agua, mientras que en el horizonte, formando parte del grandioso paisaje, emergían las montañas cubiertas por un mar de pinos de intensos verdes, de donde surgían increíbles formaciones rocosas de caprichosas siluetas.

Itstli ayudó a Mía a bajar de la yegua y, tomándola de la mano, subió con ella a una planicie de piedra para disfrutar del espectáculo. El muchacho respiró profundamente y después, con gran emoción en la mirada, dijo:

—¡Mira qué magnífico es todo lo que nos rodea, Mía! Las montañas que parecen altares que le dan homenaje al Creador; el sol como si fuera una inmensa lámpara alumbrando la vida de todos los seres, el agua que refresca y recrea, y el canto de los pájaros que se escucha por todos lados como si fueran plegarias.

—¡Anda, hasta poeta me has salido! Pero tienes razón majo, la Naturaleza siempre cumple con su misión de dar —respondió Mía emocionada—. Los elementos, los astros, los animalitos, las plantas; todo, desde lo más grande hasta lo más pequeñito, y en cambio nosotros no hacemos más que dormir la mona; ¡tremendos tontos de capirote a los que, a pesar de haber sido mayormente dotados, nos parece la mar de difícil dar lo que nos corresponde!

—¡Ay, güerita! —dijo Itstli riendo—. La mitad de las veces no entiendo lo que quieres decir, pero tú igual me gustas mucho.

Itstli se acercó a Mía y, fuera de preámbulos, puso un tímido beso en sus labios sin darle tiempo a reaccionar. Mía abrió sus enormes ojos claros con gran sorpresa, mientras sus mejillas comenzaban a teñirse de un rosa intenso. Se separó del muchacho sorprendida y, sin saber qué hacer, dijo:

—¡Anda, esto no lo había visto venir!

—¿Te molesta? —preguntó Itstli.

—Bueno, no… Pero es que… me has pillado por sorpresa.

—Pero… ¿tú querías que pasara?

—No sé... supongo que sí —dijo Mía, bajando la mirada—. ¿Y tú?

—¿Yo qué?

—¿Tú querías que pasara?

—Desde la primera vez que te vi en Xoxafi.

—¡Pero de eso hace más de dos años! —dijo Mía—. Entonces no era nada más que una chiquilla.

—Sí, pero con un enorme potencial para el futuro —respondió Itstli sonriendo.

—Bueno, ¿y qué se hace ahora en estos casos? —dijo Mía, clavando sus azules pupilas en el rostro del muchacho.

—Pues, no sé... supongo que lo que hacen todas las parejas después del primer beso... Nos volvemos novios, nos enamoramos y... después Dios dirá.

—Y mientras tanto, ¿qué dirán Patli y el abuelo?

—Bueno —respondió Itstli con premura—, yo creo que por el momento debe ser nuestro secreto.

—Yo no sé si soy buena para guardarle secretos a Patli —comentó Mía con un poco de preocupación.

—Pues yo pienso que tendremos que intentarlo, porque si Patli se entera, ya no dejará que nos sigamos viendo. Él no quiere que nada distraiga tu aprendizaje.

—Sí, creo que tienes razón —dijo Mía tras un suspiro—, creo que por el momento será mejor guardar silencio.

—¿Entonces qué, quiere decir que ya eres mi novia? —preguntó Itstli contento.

Mía dijo que sí con un movimiento de cabeza y, cerrando los ojos, le ofreció sus labios como un símbolo del pacto que hacía con él. Después se tomaron de la mano, y juntos se sentaron sobre la enorme roca para contemplar el hermoso paisaje.

Permanecieron por un rato disfrutando de la apacible quietud del lugar sin percatarse del tiempo, hasta que las voces de unos ciclistas que pasaban por el camino hicieron que Itstli regresara del ensueño. Miró a Mía con enorme ternura y, acomodando la corona de flores que adornaba su pelo, exclamó:

—¡Qué hermosa eres, Mía!

Puso un beso en su frente y, ayudándola a levantarse, le dijo:

—Creo que debemos bajar a entregarle los remedios a don Manuel para que no se haga tarde.

—Sí, tienes razón; Patli nos estará esperando.

Subieron a la yegua y bajaron por un camino de terracería hasta la orilla de la presa, donde se encontraba una cabaña de vigilancia. Itstli bajó del caballo y estiró los brazos para ayudar a su flamante novia, pero Mía se había quedado petrificada, con los ojos húmedos clavados en la distancia.

—¿Mía? —preguntó el muchacho—. ¿Qué te pasa?

—¡Es mi madre! —exclamó la joven, sin poder voltear a mirarlo—. ¡Ahí está mi madre!

Itstli volteó hacia la presa y descubrió a una mujer mayor que, a unos metros de distancia, perseguía a un niño diciendo:

—¡Ven aquí, Juanjo! ¡No te acerques al agua, granuja, que es muy peligroso!

—¡Pero yo quiero ir con papá y mamá!

—Ahora vienen, cariño; se fueron con el abuelo y el tío Esteban a pescar unas truchas para el almuerzo. Ven, que tú y yo esperamos con la tía Charito para que no se quede sola.

Tomó al niño entre sus brazos y, dándole un beso en la mejilla, regresó con él hacia un espacio en el que, recargada sobre el tronco de un frondoso árbol, descansaba su hermana Rosario sentada sobre una cobija. Las lágrimas comenzaron a correr por las mejillas de Mía sin control, mientras nerviosa apretujaba entre las manos su rebozo.

Itstli la ayudó a bajar del caballo y luego, abrazándola, le dijo:

—¿Quieres acercarte?

—¡No puedo! —exclamó la joven con desesperación—. ¿No ves que ellas creen que estoy muerta? ¡No puedo revelar ese secreto!

Itstli se quedó pensativo por un momento y, después, con una enorme sonrisa, dijo:

—¡Ya sé! ¡Se me ocurre una idea!

Sacó de la bolsa de cuero que colgaba del lomo de la yegua unos pequeños frascos que contenían aceites medicinales con extractos de plantas y flores, y los puso en las manos de Mía; le quitó la corona de flores y le cubrió la cabeza con el rebozo, lo cruzó sobre sus hombros de modo que apenas se descubriera su rostro y le dijo:

—¡Listo! Así no podrán reconocerte, tú nomás agacha la cabeza y no digas una sola palabra, que yo me encargo de todo.

Caminó en dirección a las mujeres seguido por Mía, que no alcanzaba a comprender el plan del muchacho, pero era tan grande la ilusión de poder estar cerca de su madre, aunque fuera tan solo por un momento, que decidida siguió caminando.

—Buenos días, patroncitas —dijo Itstli a las mujeres que voltearon a verlo con curiosidad—. Perdonen ustedes el atrevimiento, mi... hermana y yo venimos vendiendo aceites esenciales para ayudar a nuestros padres con los gastos de nuestra humilde familia. Nosotros mismos los preparamos con mi abuelo que sabe mucho de sanación. Usamos extractos de plantas naturales y sirven para varias cosas, como fortalecer los órganos, incrementar el sistema inmune; otros tienen propiedades regenerativas y pueden ser calmantes del sistema nervioso; también hay relajantes y antisépticos, y pueden ayudar a mejorar el estado de ánimo. Se pueden usar inhalando sus fragancias o aplicándolos sobre la piel. ¡De verdad que son muy efectivos y curativos!

—Pues no sé qué tan efectivos sean, pero lo que sí sé es que eres un buen vendedor —comentó Rosario, tratando de incorporarse con dificultad, a causa de un vientre abultado por un embarazo bastante avanzado.

—¡Gracias, señito! —dijo Itstli satisfecho, tomando los frascos de manos de Mía, que permanecía muda ocultando la cara dentro del rebozo—. Mire usted, este aceite de lavanda tiene muchas propiedades curativas; se puede aplicar sobre quemaduras y heridas leves porque además de ser antiséptico es cicatrizante. También es un analgésico que puede quitar los dolores de cabeza y si lo usa como aromatizante puede curar el insomnio, los mareos y también calma el nerviosismo.

—¡Hum, huele delicioso! —exclamó Charito, poniendo una gota del aceite en la palma de su mano—. Este me lo llevo yo.

—A ver, hermanita —pidió Itstli, dirigiéndose a Mía—, frótale a la señora un poco de aceite de almendras dulces en las manos para que vea que funciona de inmediato; este aceite es emoliente, ayuda a que la piel respire mejor, la suaviza, le da elasticidad y reduce el envejecimiento.

—¡Precisamente lo que necesito! —dijo Serafina amablemente.

Mía abrió el pequeño frasco que le dio Itstli y, poniendo un poco de su contenido sobre las manos de su madre, comenzó a darles masaje con inmenso amor, mientras hacía un enorme esfuerzo por contener las lágrimas que amenazaban con caer de sus ojos.

—Tienes unas manos muy suaves y muy blancas —dijo Serafina con dulzura—, seguramente tú usas el aceite todos los días.

Mía no respondió nada, solamente asintió con la cabeza mientras Itstli decía:

—Disculpe a mi hermanita, es que es muy tímida y le da mucha pena hablar.

—Pues no tienes por qué sentir pena con nosotras, si somos gente humilde igual que ustedes —comentó Serafina.

—¿Y no traes algo más para el cuidado de la piel? Ahora lo necesito más que nunca —dijo Charito, acariciando su abultado vientre.

—Sí, señito, para eso es el óleo de rosa mosqueta —respondió Itstli, tratando de desviar la atención de Serafina, que seguía fascinada disfrutando de la caricia de Mía—. También es curativo y antiséptico, ayuda al cutis y al cabello; regenera la piel, aminora las arrugas y reduce estrías o cicatrices.

—¡Ah!, ¿ya ves? ¡Es justo lo que necesito ahora! ¡Entonces nos lo quedamos también!

Serafina dio las gracias a la joven por su delicioso masaje y, después, buscó su bolso para pagar al muchacho.

—¿Y cuánto les vamos a deber por estas maravillas?

—Pues... para ustedes será precio especial, señito —dijo Itstli—. Que sean dos pesos por todo.

—¿Pero estás seguro?

—Seguro, doñita. Hermanita, recíbele el dinero a la señora.

Serafina puso el dinero en las manos de Mía y, sosteniéndolas entre las suyas por un momento, le dijo amablemente:

—Gracias por el delicioso masaje, ya siento mi piel más suave desde ahora. Estoy segura de que vamos a disfrutar mucho de sus productos.

—¡Gracias a ustedes, patroncita! —exclamó Itstli, tomando a Mía de la mano—. Si llegan a necesitar más aceites o remedios para enfermedades más serias, ¡que Dios no lo quiera!, le pueden decir a don Manuel, el de la cabaña de vigilancia. Mi abuelo es un hombre que tiene el don de curación muy desarrollado y puede hacer remedios para casi todo; nosotros con mucho gusto se los llevamos a donde los necesiten.

—Hombre, pues muchas gracias —dijo Serafina, dando la mano al aprendiz para despedirse.

Itstli y Mía comenzaron a caminar hacia el lugar donde estaba la yegua, cuando, de pronto, el pequeño Juan José corrió hacia ellos y, sin darles tiempo de reaccionar, se abrazó a las piernas de la joven exclamando:

—¡Mía!

La muchacha se quedó petrificada sin saber qué hacer, pero Itstli, reaccionando con rapidez, tomó de la mano al pequeño Juanjo y, mientras lo llevaba de regreso hacia Serafina, le dijo:

—No, ella es mi hermana y se llama... Camila.

Entregó al pequeño en las manos de Serafina y, despidiéndose de nuevo, regresó al lado de Mía, que seguía sin moverse. La ayudó a subir a la yegua y, montando también, se alejó por el camino de terracería diciendo adiós, mientras Serafina comentaba:

—Qué chico más simpático, lástima que su hermana sea tan tímida.

—Sí —respondió Charito—, la pobre no pudo ni asomar la cara fuera del rebozo, es una pena.

Cuando estuvieron suficientemente lejos del alcance de las miradas de su familia, Mía respiró profundamente, se abrazó a la espalda de Itstli y, sin poder ocultar la alegría de ese encuentro, le dijo:

—¡Gracias, gracias!

—¡Qué bueno que todo salió bien! Por un momento, pensé que el chamaquito lo iba a echar todo a perder, pero por suerte no alcanzaron a escucharlo. Lo que no entiendo es ¿cómo supo que eras tú?

—No lo sé —contestó Mía—. Tal vez ha sido por el contacto que he tenido con él cuando estamos dormidos, porque varias veces he soñado que platicamos.

—Pues espero que ahora comiences a soñar conmigo también —dijo Itstli riendo.

—¡Olvidaste dejarle a don Manuel los aceites que te encargó! —exclamó Mía preocupada.

—Pues no es que lo olvidara, güerita; lo que pasa es que los aceites que le vendí a tu mamá eran los de don Manuel —explicó el muchacho en medio de una carcajada—. Pero no importa, se los repongo mañana. Valió la pena conocer a tu familia; se ve que tu mamá es una señora muy buena.

—¡No te imaginas cuánto! —respondió Mía, sin poder contener su emoción—. ¡Gracias, Itstli, nunca olvidaré lo que hiciste por mí! ¡Ha sido mi mejor regalo de cumpleaños!

—¡Vaya! —dijo el muchacho en sentido de broma—. Yo pensé que el mejor regalo era el que yo te había hecho.

—Precisamente, este ha sido tu regalo también —contestó Mía, recargando su cabeza sobre la espalda de aquel muchacho, al que, a partir de ese momento, le había entregado para siempre su corazón.

El Perdón

Cuando Patli llegaba por las mañanas al salón de la piedra triangular y no encontraba a Mía estudiando, nadando en el río o platicando con la sílfide acaloradamente, y en su lugar la encontraba muy quieta sentada sobre la roca gigante del salón de las ruedas, era porque algo estaba perturbando a su joven corazón; pareciera que el profundo silencio del lugar, el contacto con el musgo húmedo y aquellos delgados rayos de sol que se filtraban por la bóveda la hacían entrar en una profunda meditación que la ayudaba a tener claridad en las ideas, para tratar de encontrar respuesta a sus interminables interrogantes.

La viva intuición del maestro le hacía percibir que el día anterior, durante su visita al Parque El Chico, había sucedido algo de gran importancia en la vida de su pupila, quien, contrario a su costumbre, había permanecido más callada y distante que nunca, la mayor parte del trayecto de regreso a Xoxafí.

Patli, incapaz de violar su intimidad, estaba dispuesto a esperar paciente a que Mía decidiera contarle por propia voluntad aquello que causaba su desasosiego, confiando en la gran amistad que había crecido entre ellos con el correr de los años. Así que, haciendo caso a su intuición, subió en silencio a la roca circular y, sentándose junto a la joven, se dispuso a acompañarla en su meditación.

Cuando Mía se percató de la presencia de su maestro, abrió sus enormes pupilas y, sonriendo, le dijo:

—Siempre me da un gran gusto verte, pero cuando necesito de tu ayuda y tu consejo, ese gusto se desborda en felicidad.

—Tú sabes que siempre podrás contar conmigo —dijo Patli.

—¿Aun cuando ya no esté en Xoxafí?

—Aun cuando tú o yo ya no estemos en el planeta. Ya sabes que las distancias físicas no importan.

—¿Aun cuando lo que tenga que contarte pueda no gustarte mucho?

—No "tienes" que contarme nada que no quieras —dijo Patli, poniendo un beso en su frente—, pero si decides hacerlo, debes aprender que jamás debe ser condición para amar a alguien el que te guste o no lo que quiere decirte.

—¿Ya lo ves? —exclamó Mía tras un profundo suspiro—. ¡Cuando tú dices las cosas, todo parece tan fácil!

—Vamos a ver, ¿qué es lo que tanto angustia a tu corazón?

—Es que… ayer que fui al Parque El Chico con Itstli, sucedió algo que jamás me imaginé y que me ha dado una enorme alegría, pero al mismo tiempo me ha dejado algo aquí dentro que no sé cómo remediar.

—Pues como dicen aquí en mi pueblo: "Desembucha, que pa' luego es tarde".

—¡Es que he visto a mi madre, Patli, he visto a mi hermana Rosario y al chaval de Teté! ¡Y he estado cerca de ellos y he acariciado las manos de mi madre! ¡Y Charito está esperando un crío que seguramente no debe tardar mucho en nacer! ¡Y Juanjo me ha llamado por mi nombre, y…!

—Aguarda un momento —interrumpió Patli sorprendido—. ¿Me estás diciendo que los viste de verdad? ¿Que no fue en un sueño o una evocación?

—¡Que no, hombre, que no! ¡Que los tuve tan cerca como te tengo a ti! ¡Y acaricié las manos de mi madre y les puse aceite de almendras para suavizarlas! Y…

—Mía, lo que me estás contando es muy grave, puede cambiar todos los planes de tu misión en Xoxafi.

—No, majo, no te preocupes que ellos no tienen la menor idea de que era yo. Itstli se encargó bien de que no se dieran cuenta porque ni siquiera pudieron ver mi cara.

—Pero ¿no dices que hasta el hijo de tu hermana te llamó por tu nombre?

—Sí, fue algo que me sorprendió mucho, pero mi madre y Charito no lo escucharon, además Itstli habló con él y lo convenció de que estaba equivocado, que mi nombre era Camila como el de su yegua. Él solo me ha visto en sueños, no sabe en realidad quién soy.

—No sé, Mía...

—De verdad, Patli, no tienes que preocuparte por eso; estoy segura de que ellas no tienen la menor idea de quién era esa pobre muchacha que estaba escondida dentro del rebozo. En realidad, no es eso lo que me inquieta.

—Entonces, ¿qué es? —preguntó Patli.

—Lo que me preocupa es no poder vencer a esta fiera que llevo por dentro.

—¿Por qué lo dices?

—Porque ver a Charito a punto de parir me ha causado una ternura que no esperaba, pero cuando pienso en todo lo que me ha hecho, se me borra el buen sentimiento y no hago más que recordar todo su odio. Lo mismo me pasa con Teté; ¡su chaval es tan hermoso y simpático, que me dan ganas de abrazarlo y comérmelo a besos!, pero cuando pienso que es el hijo de Teresa se me quitan las ganas y empiezo a sentir un nudo en la garganta que me provoca llorar. Yo no sé si algún día voy a ser capaz de perdonar todo el daño que me hicieron, y lo mucho que mi madre debe haber sufrido por lo que pasó. Aún no puedo entender que puedan vivir tan tranquilas sabiendo que su hermana menor está muerta por su culpa.

—Tú no puedes juzgar lo que hay en su corazón, Mía, no sabes lo que habrá sucedido con el reclamo de su conciencia después de lo que ocurrió.

—En eso tienes razón.

—¿Recuerdas esa plática que tuvimos aquí mismo hace más o menos un año, cuando una serpiente iba a morder a tu sobrino? —preguntó Patli.

—Sí, perfectamente —respondió Mía.

—¿Recuerdas lo que te dije al final de nuestra charla?

—Sí, que "nada de lo que hacía en aquel momento ni en el futuro tendría sentido si no aprendía lo esencial: amar y perdonar".

—¿Y no crees que ya es tiempo de que pongas en práctica esas dos cosas fundamentales? El mérito no está en amar a aquellos que nos aman, sino en dar amor aun a aquellos que nos han causado dolor, a aquellos que no nos aman igual.

—Es que lo intento, ¡pero es tan difícil!

—Mira, Mía —dijo el maestro, tomándola de las manos—, hasta el día de hoy yo he sido tu tutor, tu consejero, tu maestro y tu amigo; he sido responsable de lo que aprendes o dejas de aprender, de nutrir a tu espíritu y a tu materia tratando de darte el mejor alimento y la mejor enseñanza, y por lo mismo he sido responsable también de las decisiones que debías tomar, porque siendo aún niña necesitabas de un guía. Pero a partir de ahora ante la Ley Divina ya eres una mujer, y te corresponde hacerte responsable de tus propias decisiones y de tus propios actos. Yo seguiré siendo tu maestro, tu consejero si tú quieres, y por supuesto tu amigo para toda la vida; pero las decisiones y la responsabilidad ahora son tuyas. El conocimiento ya lo tienes, ahora te corresponde ponerlo en práctica.

—Es que no sé por dónde empezar —dijo Mía.

—Empieza por tender un velo de indulgencia hacia tus hermanas, porque ignoran que el mal que te han causado se lo han hecho a sí mismas.

—Sí, eso ya lo entiendo ahora.

—Pues precisamente porque ya tienes el conocimiento, es a ti a quien toca perdonar, porque sabes que aquellos que cometen una ofensa contra los demás lo hacen porque carecen de luz, y lo único que puede hacer luz en esos corazones es el perdón.

—Sí, de nada me ha servido guardar rencor a mis hermanas; lo único que ha hecho es aumentar el dolor que me comía por dentro.

—En todo hay un aprendizaje, Mía, tú has vivido en carne propia el mal efecto que producen la ira y la violencia.

—Sí, es algo en lo que estaba meditando hace un momento, cuando me estaba enfrentando a la voz esa que siempre te dice la verdad.

—¡Ah! ¿Te refieres a la conciencia?

—Sí, hombre, que no me deja tranquila... Y es que he pensado que tal vez, si aquel día no me hubiera empecinado en hacer enojar a mis hermanas, no me hubieran encerrado en el granero, y entonces no se hubiera incendiado. He estado recordando que muchas veces en que terminamos en pleito, fue porque veían que yo tenía la mecha muy corta y sabían cómo encenderla; como bien dice el dicho: "El que tiene rabo de paja, que no se arrime a la llama".

—¿Lo ves?, ya has comenzado a avanzar en el camino del perdón, porque para llegar a él es necesario aprender primero a ser dócil y manso de corazón, y el reconocimiento de los propios errores es el primer paso.

—Sí —dijo Mía pensativa—, creo que empiezo a comprender. Yo pude haber evitado muchos de nuestros malos momentos.

—Tampoco debes vivir lamentándote por los sucesos del pasado, eso ya lo hemos hablado; debes aprender a aceptar los acontecimientos de tu vida con alegría y sobreponerte a las adversidades, porque tú sabes que todas tienen el propósito de enseñarte, de volverte fuerte, de hacerte evolucionar.

—Sí, creo que las pruebas son las que están perfeccionando a mi corazón; y creo que estoy aprendiendo a ser mejor después de todo lo que he vivido —respondió Mía.

—Pues si comprendes eso, debes también ver, en los actos equivocados de tus hermanas, la oportunidad que te han brindado para poner en práctica tus virtudes, y saborear cuán dulces son el perdón y la reconciliación.

—¡Debe ser maravilloso poder vivir en paz, sin cargas ni resentimientos! —dijo Mía con un suspiro.

—Tú debes luchar por ello, porque tú tienes la potestad para lograrlo, llevas en ti la herencia de la gran verdad, y sabes que el propósito de toda la Creación es aprender a amarnos los unos a los otros. Debes pugnar porque en tu corazón y en el de tus hermanas haya fraternidad.

—¿Y cuándo sabré que lo logré?

—Cuando no permitas que te alegren sus fracasos ni sus momentos difíciles; cuando sientas su tristeza como tuya y estés dispuesta a tenderles la mano si tropiezan para ayudarlas a levantarse. Entonces habrás triunfado, porque estarás dando la oportunidad a tus hermanas de redimirse moral y espiritualmente a través de tu ejemplo.

—Pues ni hablar —dijo Mía—. "A lo hecho, pecho".

Se abrazó a Patli con emoción y, recargando su cabeza sobre su hombro, exclamó:

—¡Tú nunca vas a dejar de ser mi maestro! Siempre aprendo algo nuevo contigo.

—Ya pronto llegará el momento en que tú también te conviertas en maestra de otros.

Mía se quedó recargada sobre el hombro de Patli muy pensativa; después de un instante, levantó la cabeza y, respirando profundamente, le dijo:

—Hay algo más que quiero contarte...

—Soy todo oídos —respondió Patli mirándola a los ojos, adivinando de alguna manera lo que le iba a decir.

—Es que... no sé cómo explicarme, pero... creo que estoy enamorada.

—Ah, ¿sí? ¿Y por qué lo crees?

—Porque... siento mariposas en el estómago y Laila dice que es así como sentimos los humanos cuando estamos enamorados, y suspiro como una tonta, y no me concentro en nada, y... pienso en él todo el día y...

—Pues para alguien que no sabe explicarse, lo haces bastante bien —dijo Patli—. ¿Y se puede saber quién es el afortunado?

—Creo que tú lo sabes bien.

—Itstli, el aprendiz revoltoso —dijo Patli.

—El mismo —asintió Mía.

—¿Y él lo sabe?

—Sí.

—¿Y crees que te corresponde?

—Pues eso me ha dicho... Ayer que fuimos a El Chico me dio un beso y me pidió que fuera su novia.

—¿Y qué le contestaste?

—Pues... le he dicho que sí. Pero no quería guardarlo en secreto porque eso me sabe muy mal. A ti siempre te he contado todo.

—Y yo te agradezco la confianza, pero ¿cómo puedes estar segura de que lo que sientes por Itstli es amor, si no has tenido la oportunidad de conocer a nadie más estando en Xoxafi?

—Bueno... Conozco a los otros aprendices que se reúnen en las prácticas, pero... lo que me sucede con Itstli es algo muy especial.

—¿Por qué lo dices?

—Porque desde la primera vez que lo vi sentí como si lo conociera de toda la vida, es como si, después de haber estado mucho tiempo juntos, un día nos hubiéramos ido de viaje por diferentes caminos y ahora estuviéramos de regreso. Siento que Itstli es el compañero de mi corazón, no sé si me entiendes.

—Perfectamente —respondió Patli.

—No parece sorprenderte lo que te estoy contando, siento como si tú ya lo supieras.

—El abuelo Tekolotl y yo teníamos una fuerte intuición de que esto iba a suceder; solo que yo no pensé que sucediera tan pronto.

—¿Eso quiere decir que no estás molesto conmigo por haberle dicho que sí, que quiero ser su novia? —preguntó Mía aliviada.

—No, Mía, la llegada de Itstli ya estaba escrita en tu destino, lo que me preocupa es que su presencia pueda distraerte para llegar bien preparada a la misión que aceptaste cumplir, y que no seas una mujer con un poco más de experiencia y madurez para saber manejar esta relación tan temprana.

—Por mi misión no te preocupes, que yo sé lo importante que es, y te prometo que trabajaré incluso con más ahínco para estar bien preparada, pero por lo que se refiere a mi juventud tienes toda la razón; soy muy joven para saber cómo debe comportarse una verdadera mujer.

—Mira, Mía, espiritualmente todos somos iguales; en el espíritu no existen sexos ni diferencias, todos hemos sido heredados con los mismos dones, todos fuimos formados a imagen y semejanza del Creador; lo único que nos distingue a unos de otros espiritualmente son nuestros actos, el uso que hagamos de nuestro libre albedrío; pero ya estando encarnados, hombres y mujeres tenemos distintas misiones.

—Eso lo comprendo perfectamente; me imagino que si no tuviéramos misiones diferentes no habría sido necesaria la creación de dos sexos.

—Sabia deducción —comentó Patli—. Incluso en este tiempo, pese a la modernidad en que estamos viviendo y a que muchas mujeres han tenido que abandonar su misión de custodias del hogar y de madres, para salir a cubrir los puestos de trabajo que sus maridos han dejado abandonados en las fábricas por ir a la guerra, ante los ojos de la Ley Divina las misiones de ambos no han cambiado.

—¿Y cuál es entonces mi misión como mujer?

—Debe estar acorde con tu esencia femenina; la mujer debe ser el corazón del hombre, por ello, en ti debe manifestarse la ternura, la fortaleza, la paciencia, la intuición, la paz, la fraternidad, el amor; tú debes ser siempre la consejera del bien, la que evite la confrontación o la discordia.

—¡Vaya paquete! —exclamó Mía—. Pues entonces tengo mucho que aprender, porque eso de la paciencia y la ternura no se me dan con facilidad.

—Mira, Mía, voy a decirte algo que tal vez muchos no comprendan, pero yo sé que por el avance de tu espíritu tú lo podrás entender: en la mujer está la promesa de la redención humana, en ustedes está la esperanza de una vida mejor en el planeta.

—Eso suena demasiado importante y comprometedor, ¿por qué crees que sea así?

—Porque en la mujer está el secreto de la regeneración del hombre; es por eso que la mujer lo pare y es por eso que se le ha confiado la misión de formarlo moralmente durante los primeros años de su vida. Del ejemplo que reciba en esos primeros años de aprendizaje dependerá en gran medida su desarrollo moral y espiritual en el futuro.

—Es verdad, nunca pensé que fuéramos tan importantes —dijo Mía con asombro. Después, guardó un instante de silencio y, bajando la mirada, preguntó nerviosa—: Y... ¿cómo sabré que estoy lista para dar ese paso? Tú sabes... ¿cómo sabré cuando estoy lista para entregarme como mujer?

—Lo sabrás, cuando seas libre en el pensamiento, en la acción y en las obras, cuando estés libre de prejuicios e ignorancia y tengas un amplio criterio; entonces poseerás la verdadera libertad, porque tendrás el control de tus emociones, de tus actos, de tu verdadera feminidad, y surgirá en ti el poder de decidir y hacer que llegan con el verdadero conocimiento.

—¿Es así cuando usas el libre albedrío de una manera sabia?

—Así es, Mía. Mira, voy a revelarte algo más: todos los frutos son para nosotros, mas no hay que probarlos antes de tiempo, cuando aún no están maduros, ¿comprendes? Si actúas con sabiduría, con paciencia y respeto, todo fruto te será amable y bueno.

—Entonces, ¿no estará mal el que yo decida algún día explorar mi sexualidad?

—La virtud de la sexualidad es, en primer lugar, el crear la manera para facilitar que encarnen en el planeta nuevos espíritus que vengan a evolucionar, a corregir errores o a cumplir misiones, por eso la primera Ley que se le entregó al hombre fue la de "Creced y multiplicaos", pero mientras tengas claro este propósito, podrás disfrutar de tu sexualidad con toda libertad. Lo importante es que comprendas que esa libertad debe estar siempre regida por la conciencia, de esa forma no dañarás a nadie ni permitirás que nada te dañe a ti, porque, de otro modo, serías como esas aves que mueren en sus nidos antes de aprender a volar.

—¿Y qué tengo que hacer para que ese amor que estoy dispuesta a darle a Itstli sea para toda la vida?

—El espíritu se sirve del corazón para amar a través de la materia, Mía, pero cuando amamos tan solo por la ley de la materia, nuestro amor no deja de ser un amor pasajero, porque esa materia es limitada y perecedera; en cambio, cuando amamos desde el espíritu, ese amor es eterno, perfecto e inmutable, porque trasciende el tiempo y el espacio. El amor verdadero, Mía, es el que está más allá del corazón, porque es el fruto de la sabiduría, y ese amor es eterno.

—¡Gracias por todos tus consejos! —dijo la discípula, poniendo un beso tierno en la frente de su maestro.

Salieron juntos del salón de las ruedas y, mientras caminaban, Mía dejó salir un profundo suspiro del fondo de su corazón, se abrazó a su maestro y, emocionada, le dijo:

—¿Sabes?, ya empiezo a sentir lo dulce que es el sabor del perdón.

Isabel

En la madrugada del 15 de agosto de ese año 1944, nació Isabel, la hija de Rosario y Esteban Santos; una hermosa niña de piel blanca, cabello trigueño y grandes ojos de color azul intenso.

Cuando Rosario vio por primera vez a su hija, las lágrimas brotaron copiosamente de sus ojos, al notar el increíble parecido que aquella recién nacida tenía con su hermana desaparecida.

—¡Debe ser un castigo del Cielo! —dijo Charito a su hermana Teresa, cuando llegó a conocer a su sobrina—. Es para que no podamos olvidar nunca lo que hicimos con Mía.

—Vamos, Charito, no digas tonterías. Bien sabe Dios lo mucho que nos hemos arrepentido tú y yo de lo que pasó; más bien debes pensar que a través de Isabel nos va a dar la oportunidad de hacer las cosas de manera diferente.

—Sí, tal vez tengas razón —dijo Charito, dando un beso a su hija—. Lo que me preocupa es qué va a pasar con nuestra madre cuando la conozca.

—Pues quizás al principio sea un poco difícil, pero estoy segura de que, después de la primera impresión, sentirá como si de alguna manera le regresaran a Mía de nuevo.

—Sí, es verdad. Espero que se sienta muy feliz —dijo Charito.

Serafina llegó a conocer a su nieta una hora más tarde, sin imaginar la alegría y, al mismo tiempo, la profunda añoranza que le ocasionaría encontrarse con esa pequeña criatura que tanto se parecía a su hija desaparecida. Cuando la tomó en sus brazos por primera vez, la llevó a un rincón de la casa lejos de las miradas de sus hijas, para que no se percataran del llanto que estaba a punto de arrancar de sus ojos aquel ser tan pequeñito, y, sin poder contenerse, dejó salir un mar de sus pupilas en silencio, dando gracias al Cielo por la llegada de aquel ser, mientras pedía fuerzas para seguir sosteniendo la fe de que volvería a ver a Mía algún día.

La noticia del nacimiento de Isabel no tardaría mucho tiempo en llegar a Xoxafí a pesar de las circunstancias. Dos semanas después de la llegada de su pequeña sobrina al planeta, Mía sabría de su existencia como consecuencia de aquel encuentro inesperado con su familia unos meses antes en el Parque El Chico.

Serafina, desesperada por un extraño mal que aquejaba a su nieta, después de intentar todo lo que los médicos opinaban acerca del padecimiento de la pequeña sin ningún resultado, recordando las palabras de Itstli decidió regresar a El Cedral con la esperanza de encontrar al aprendiz. Ese mañana muy temprano, entró en la cabaña de vigilancia del parque en compañía de su yerno y preguntó por aquel muchacho que vendía remedios medicinales.

—¡Ah, sí! —dijo Manuel, el vigilante de El Chico—. Seguramente a quien buscan es a un muchacho de melena larga y ojos negros muy grandes.

—¡Sí, el mismo! —exclamó Serafina esperanzada.

—Es Itstli, el aprendiz de un sanador que vive en el pueblo de Mineral del Chico que está como a veinte minutos de aquí. Su casa está muy cerca de la Iglesia de La Concepción, pero ahí todo el mundo lo conoce; nomás pregunte por el abuelo Tekolotl.

—Muchas gracias, señor, Dios se lo pague.

Subieron a una vieja camioneta y siguieron el camino hasta Mineral del Chico, encontraron la casa del abuelo y, al ver la puerta abierta, entraron preguntando por Itstli. Tekolotl, que maceraba unas plantas en un enorme mortero de piedra, levantó la cabeza y, con curiosidad, dijo:

—No se encuentra en este momento, fue a entregar unos remedios, pero ¿puedo ayudarlos en algo?

—¿Es usted el abuelo Tekolotl? —preguntó Esteban Santos.

—Para servirles. ¿Qué puedo hacer por ustedes?

—Verá usted, señor —se adelantó a decir Serafina cuando notó que el hombre era invidente— . Hace dos meses, mi familia y yo fuimos al Parque El Chico a pasar juntos un domingo, y estando ahí, se nos acercaron un joven muy amable y su hermana, ofreciéndonos unos remedios para la piel que en verdad nos han hecho mucho bien.

—Me alegra saberlo —respondió Tekolotl, estando al tanto de quién era aquella mujer por advertencia de Patli—. ¿Necesitan más remedios? Yo se los prepararé con gusto.

—Muchas gracias, buen hombre —respondió Serafina—, pero es que ahora se trata de algo mucho más delicado.

—Verá usted —dijo Esteban—. Se trata de Isabel, mi hija nacida hace dos semanas. No sabemos qué es lo que le pasa, hemos consultado varios médicos y todos nos han dado opiniones distintas sobre su enfermedad, pero hasta ahora ninguno ha podido ayudarla.

—¡Estamos desesperados, señor! —exclamó Serafina—. La pobrecilla llora todo el tiempo y tiene una granuja permanente en todo el cuerpo, sus deposiciones a veces son con sangre y no ha podido ganar ni un poco de peso. Temo que si sigue así pueda hasta morirse.

—Mi mujer le tiene mucha fe, porque los productos que le compró al muchacho le han hecho mucho bien, y pensó que tal vez usted pudiera ayudarnos a saber qué le pasa a mi Isabel —dijo Esteban con tristeza.

—Si Padre Dios así nos lo permite, encontraremos una cura para la niña, mañana estaré con ustedes donde me indiquen para llevarles los remedios.

—Pero ¿no necesita usted revisarla primero para saber qué tiene? —preguntó Serafina confundida.

—Como usted podrá notar, señora, el sentido de la vista escapó de mis ojos desde hace mucho tiempo, pero me ha sido concedida por caridad de mi Señor otra mirada que es mucho más perspicaz y aguda que la que perdí, y esa puede ver a distancia.

—Creo que le entiendo, algo me ha explicado un buen amigo —dijo Serafina—. Entonces, ¿nos hará usted el favor?

—Nomás dígame a dónde tengo que llevar los remedios —respondió Tekolotl.

—Es en El Refugio, un pequeño rancho que está dentro de los terrenos de la hacienda de La Concepción —dijo Esteban.

—Sí, conozco el lugar —asintió Tekolotl—. Ahí estaré mañana sin falta.

Itstli, que llegaba en ese momento cargando unas cubetas con plantas, se quedó petrificado en la entrada del patio al reconocer a la madre de Mía que, al verlo, se acercó a saludarlo con alegría.

—¡Hola, muchacho!, ¡qué bueno que tuve la oportunidad de saludarte antes de irnos! —dijo Serafina, dándole unas palmadas en el hombro—. Mira, él es mi yerno, el esposo de mi hija Rosario, la que estaba conmigo en el Parque El Chico hace dos meses, cuando tú y tu hermana nos vendieron sus maravillosos remedios, ¿lo recuerdas?

—¡Por supuesto que lo recuerdo, doñita! Mucho gusto, señor —saludó Itstli, estirando la mano hacia Esteban—. Ustedes fueron muy amables conmigo y con mi... hermana. ¿Vino a buscar más remedios?

—Sí, pero ahora se trata de un remedio mucho más importante —comentó Serafina con tristeza—. Ya te explicará este buen hombre de qué se trata. Espero verte mañana en mi humilde casa.

—Pues si el abuelo me lleva con él, pa' luego es tarde, señito.

—Bien, pues muchas gracias, saluda a tu hermana de mi parte —dijo Serafina, despidiéndose del aprendiz.

Después se acercó a Tekolotl y, tomando su mano, le dijo:

—¡Quiera Dios que pueda ayudarnos!

—Él siempre quiere, señora, somos nosotros los que debemos mantener la fe.

Salieron de la casa del abuelo, y mientras Itstli vaciaba el contenido de las cubetas sobre la mesa de madera tratando de evadir las preguntas del abuelo, este se acercó a él y, dándole un fuerte manotazo en la nuca, le dijo:

—¡¿Ves lo que provocas, cabeza hueca?!

—¡Órale, abuelo! ¿Y ahora qué fue lo que hice? —exclamó el aprendiz, sobándose la cabeza.

—¡¿Cómo que qué?! Si no hubieras andado de donjuán con Mía, esto no hubiera sucedido.

—Pues es que la pobrecita se puso como loca cuando vio a su mamá, no pude evitar ayudarla para que estuviera cerca de ella —dijo Itstli—. Pero bueno, ¿cómo sabes tú lo que pasó?

—Porque entre mi nieto y yo no hay secretos, y él me contó lo que había sucedido.

—Así que Mía ya fue de chismosa.

—No fue un chisme, fue una manera honesta de actuar con alguien a quien sabe que le puede confiar sus cosas, lo que tú no tenías intención de hacer conmigo.

—No es eso, abuelo —dijo el aprendiz—. Es que esa güerita me trae de un ala, yo creo que lo que siento por ella es para toda la vida, y pues... tenía miedo de que me prohibieras verla de nuevo si te enterabas.

—¿Y tú crees que Patli y yo nacimos ayer? ¡Si no has podido disimular tu cara de idiota cada vez que la ves! Nosotros ya sabíamos que esto iba a suceder.

—¿Y tú cómo sabes qué cara pongo si no puedes ver?

—Pero puedo escuchar, y para mí escuchar y ver son casi lo mismo. ¿De qué te sirve ver si no escuchas?

—No, pos eso sí —dijo Itstli, rascándose la cabeza—. ¿Pero entonces por qué tanto alboroto?

—Porque no podemos permitir que nada impida que Mía cumpla con lo que tiene que hacer, eso debe ser antes que cualquier otra cosa, y el hecho de que su familia esté tan cerca puede ser muy peligroso, podrían echar todo a perder si descubrieran la verdad.

—¿Y entonces qué piensas que debemos hacer? —preguntó Itstli con preocupación.

—Tendremos que hacer que esa muchachita no salga de Xoxafi hasta que todo esto haya terminado.

—¿Eso quiere decir que ya no vendrá al Chico? ¿Pero yo podré ir a visitarla a las grutas, no es cierto?

—Eso depende.

—¿Depende de qué?

—De que te comportes como un caballero y de que no cometas ninguna otra estupidez que la ponga en riesgo.

—Te lo prometo, abuelo, puedes confiar en mí.

—Bien, pues entonces acompáñame a Xoxafi, que tenemos que avisarle a Patli lo que está sucediendo; además, necesitaremos la fuerza de todos para poder ayudar a esa criatura.

—¿A cuál criatura?

—Deja de hacer preguntas y vámonos; en el camino te explico.

Llegaron a Xoxafi y entraron al salón de la ventana triangular ante los sorprendidos ojos de Mía, que no pudo disimular su alegría al ver a Itstli de nuevo. Sin perder tiempo, se sentaron todos en círculo, y Tekolotl comenzó a explicarles la razón de aquella reunión. Los ojos de Mía empezaron a nublarse ante la noticia del padecimiento que aquejaba a su sobrina y, por primera vez en mucho tiempo, sintió compasión por lo que estaba sucediendo a su hermana Charito.

—Vamos, Mía, tú debes demostrar tu fortaleza. Estos momentos son precisamente los que templarán a tu espíritu —dijo Patli—. La serenidad es una de las virtudes que debemos tratar de poner en práctica en los momentos de prueba, porque si la tristeza y la desolación se apoderan de nuestro corazón, ¿cómo vamos a poder ayudar a aquellos que nos necesitan?

—Patli tiene mucha razón, pequeña —agregó Tekolotl—, además creo que debe ser una oportunidad para que juntos practiquemos el don de curación y te dispongas a convertirte en un instrumento para que la Caridad Divina se derrame a través de tu amor.

—¡Ánimo, Mía! —le dijo Itstli, tomándola de los hombros—. Ya verás que uniéndonos todos en el mismo propósito lograremos ayudar a Isabel.

Mía secó sus lágrimas y después, acariciando la mano del abuelo Tekolotl, anunció:

—Estoy lista.

—Bien —dijo el abuelo—, entonces les voy a pedir que me acompañen a hacer un pequeño ejercicio. Para ello, necesito que concentren su pensamiento, y les pido que en este momento no se vean más como un cuerpo, no se sientan como una carne; siéntanse como... una cuerda de un instrumento musical que se encuentra vibrando, que se encuentra sonando con un sonido dulce; imaginen que ustedes son esa cuerda, y así como se propagan las ondas en el agua, traten de ver con su mente cómo se propagan las ondas que salen de esa cuerda que está vibrando. Pongan en su mente la imagen de esa cuerda en vibración, traten de ver que esas vibraciones, esas emanaciones, esas ondas que se propagan en el aire tienen un color; identifiquen ese color y conviértanlo en un color dorado que se asemeje al color de los rayos del sol, pongan toda su intención en ello. Vean cómo van teniendo control sobre esas vibraciones y háganlas un poco más amplias, pero también un poco más lentas. Vean cómo se expanden esas ondas de una forma muy visible y clara. Ahora, enfoquen esas vibraciones, esas emanaciones, para que fluyan únicamente en una sola dirección; enfóquenlas hacia El Refugio. Sientan cómo sale de ustedes esa fuerza y concéntrenla; a mayor fuerza, más amplia la vibración. Déjense llevar por ella hasta que logren dominarla y modularla. Ahora es el momento de poner en su mente, frente a ustedes, la silueta de la pequeña Isabel, y hagan que sus vibraciones se enfoquen en la parte de su frente y de su cabeza; enfoquen toda esa fuerza vibratoria en ese punto y vean lo que sucede cuando llega a la pequeña.

Cuando Tekolotl llegó a esa parte del ejercicio, Mía dejó salir de su ser un profundo suspiro, y un llanto silencioso comenzó a rodar sobre sus mejillas.

—Sientan cómo los inunda una emoción muy grande —continuó diciendo el abuelo—, déjense llevar por ella, no teman, no fuercen nada; déjense llevar por ese sentimiento y dense cuenta de la enorme fuerza que llevan. Vean cómo ante ustedes brotan con toda claridad los puntos donde deben enfocar su fluido y su fuerza espiritual, y déjenla transformarse en lo que haga falta: en curación, en intuición, en un pensamiento que proyecte una idea, un sentimiento de amor y compasión que les permita comprender lo que necesita Isabel, y entréguenselo a través de ese fluido que emana de ustedes; porque eso es el fluido, lo que saliendo de nosotros fluye y llega hacia aquellos que necesitan.

Tekolotl guardó silencio, disfrutando con emoción de la energía que percibía en el ambiente, esperó paciente a que todos terminaran aquel ejercicio de curación y entonces preguntó:

—¿Alguien quiere compartir lo que haya recogido en su ejercicio?

—Bueno… —dijo Itstli con su acostumbrada naturalidad—, a mí me parece haber intuido que lo que le pasa a Isabel tiene que ver con una intolerancia a la leche.

—No, no exactamente —se apresuró a decir Mía, abriendo sus enormes pupilas que no podían ocultar la emoción que le causaba el resultado de aquel ejercicio que había practicado con tanto amor.

—Explícate, pequeña —dijo Tekolotl, satisfecho por el logro de aquellos muchachos.

—Creo que no se trata de una intolerancia precisamente, sino más bien de una alergia.

—¿Alergia a la leche materna? —preguntó Itstli—. Eso sí es algo extraño.

—No —volvió a corregir Mía—, no es a la leche materna, sino a una enzima que contiene la leche de vaca que está tomando Charito.

—¿Cómo?, no entiendo —dijo Itstli—. ¿Tu hermana se la toma y a Isabel le hace daño?

—Yo tampoco lo entiendo, guapo —respondió Mía—, pero trato de explicar lo que recibí: Isabel es alérgica a la proteína que hay en la leche de vaca. Cuando Charito la toma o come cualquier otro producto derivado de la leche de vaca, produce esa sustancia que es como veneno para la cría, entonces, cuando le da el pecho, sin querer le está dando también esa proteína que le hace daño.

—Es seguramente por esa razón que los médicos no han podido encontrar la causa de su padecimiento —comentó Patli—, deben estar buscando en el lugar equivocado. ¡Bien hecho, Mía! ¿Ves los alcances que tienen nuestros dones cuando los usamos con amor por el bien de los demás?

—¡Jamás me imaginé que fuera algo tan maravilloso! —dijo Mía emocionada—. He podido hasta ver su cuerpecito hinchado y lleno de manchas rojas.

—Es que los dones no tienen límite, Mía, especialmente cuando los usamos en bien de los demás, y ahora que saben lo que pueden lograr, les voy a dar un consejo a ambos —expresó Patli, mirando a la joven pareja—: Que su don de curación no se limite a curar a las personas, o únicamente a aquello que crean que es digno de ser curado; porque está bien que se cure a la materia en la que encarnan tantos espíritus que necesitan esa luz, pero también pueden dar curación a las estrellas, al aire, al agua, a la misma tierra, y en general, a todo aquello que participa de la Creación. La potestad del espíritu no tiene límites; Padre Dios no ha dicho: "Curarás nada más hasta acá", Él simplemente nos pide curar.

—Sí, maestro, no lo olvidaremos nunca, ¿verdad, Mía? —dijo Itstli, tomando la mano de la joven discípula.

—¿Cómo olvidarlo después de lo que he visto y sentido el día de hoy? ¡Y por si fuera poco, pude darme cuenta de que se parece mucho a mí la pobrecilla Isabel!

—¡No digas eso, mi güerita! —se apresuró a decir Itstli—. ¡Si tú eres la mujer más bonita del planeta! ¡Qué mejor que se parezca a ti!

—¡Bueno, basta de pláticas! —dijo Tekolotl, buscando el brazo de su aprendiz—. Vámonos, muchacho, que aún tenemos que preparar remedios para quitarle a esa pequeña la erupción que tiene en el cuerpo y la irritación del estómago.

—Ni modo —contestó Itstli—. "Donde manda capitán no gobierna marinero".

Se acercó a Mía y le dio un beso en la mejilla, mientras, como ya era su costumbre, discretamente ponía un papel doblado en su mano. Mía ocultó la nota y se despidió del abuelo Tekolotl diciendo:

—¡Qué pena que no pueda acompañarlos!

—Ahora menos que nunca podemos arriesgarnos —respondió el abuelo—, pero ya falta menos tiempo para que puedas volver con tu familia.

La mañana siguiente, muy temprano, Tekolotl y su aprendiz llegaron a El Refugio como habían prometido, para llevar los remedios a la recién nacida. Los recibió Serafina, que, aunque parecía cansada, tenía una luz de esperanza en la mirada.

—Por favor, pasen ustedes a su humilde casa.

—Muchas gracias, señora —dijo el abuelo.

Entraron en la sala y tomaron asiento, mientras Serafina salía de la habitación para avisar a su hija Rosario que habían llegado. Itstli, siguiendo su habitual instinto de curiosidad, comenzó a echar un vistazo a la estancia y, de pronto, sus ojos se toparon con una fotografía que estaba sobre la chimenea. Parecía ser una imagen bastante reciente, porque aparecían en ella la madre de Mía y Eduviges Hidalgo sentados en ese mismo sillón en que ellos esperaban, y a los lados de ambos, los yernos y las hijas de Serafina con sus respectivos retoños.

Sin poder resistir la tentación y aprovechando la invidencia del abuelo, se levantó muy despacio sin hacer ruido, para que Tekolotl no se diera cuenta, y, sin pensarlo dos veces, tomó de prisa la fotografía, para esconderla dentro del morral que llevaba colgando.

—Vamos, muchacho, siéntate, no seas impaciente —dijo Tekolotl.

Itstli volvió a sentarse a su lado sintiendo que su corazón latía con fuerza por lo que acababa de hacer, pero tratando de aparentar calma, comentó:

—A veces me parece que eso de que eres invidente es pura mentira.

Tekolotl iba a contestar a su aprendiz, cuando fue interrumpido por Serafina y su hija Charito, que entraba a la habitación cargando entre sus brazos a la pequeña Isabel.

—Disculpen ustedes la espera —dijo Charito apenada—, estaba cambiando el pañal de mi hija; como tiene la piel tan delicada por el mal que la aqueja, no puedo dejarla húmeda por mucho tiempo.

—No se preocupe, señora, que apenas pasaron unos minutos —contestó Tekolotl.

—Supongo que mi madre ya debe haberles explicado la situación desesperada que vivimos; hemos intentado todo, pero ni aun el doctor Aldana, que es un buen amigo de la familia, ha podido ayudar a mi Isabel. Yo le pedí a mi madre que fuera a buscarlos porque ustedes son nuestra última esperanza.

—Sí, nos explicó el problema, pero en realidad es algo muy fácil de resolver.

—¿De verdad lo cree así? ¿Pero cómo puede saberlo si ni siquiera ha visto a la niña? Bueno, ¡perdón! —dijo apenada por lo que acababa de decir, al notar la invidencia de Tekolotl—. Quiero decir si...

—No se disculpe usted —repuso Tekolotl sonriendo—, sé bien lo que quiso decir. Como le expliqué a su señora madre el día de ayer, muchas veces se puede ver más con los ojos del espíritu que con los del cuerpo.

—La verdad no entiendo muy bien.

—Lo que trata de explicarle mi maestro es que, así como existen los sentidos para la materia, existen los dones para el espíritu. La diferencia es que los de la materia son locales y limitados, pero los del espíritu son infinitos, el don de curación es uno de ellos, ¿no es cierto, abuelo?

—Mejor no lo pude haber dicho —dijo Tekolotl satisfecho.

—Bueno, pues no lo entiendo muy bien, pero deseo creer en cualquier cosa que pueda ayudar a Isabel. Y según su don de curación, ¿qué cree usted que es lo que tiene mi hija?

—No es un privilegio mío, señora; es algo que se nos ha dado a todos —corrigió Tekolotl—, lo que la niña tiene en realidad es una alergia que está causada por la leche de vaca.

—Pero... ella no toma leche de vaca, solo se alimenta de mi pecho —dijo Charito confundida.

—Eso yo tampoco lo entendía —interrumpió Itstli—, pero resulta que si usted toma leche de vaca eso afecta a la chamaquita.

—Permítame explicarle —dijo el abuelo con paciencia—. En la leche de vaca existe algo que se llama "proteína", y cuando una persona es alérgica a ella, al ingerirla el cuerpo produce anticuerpos y otras sustancias a nivel inmunológico. Es decir, el cuerpo comienza a defenderse de algo que le está ocasionando un daño, y entonces afecta al aparato digestivo ocasionando cólicos, dolor, a veces hasta sangrado del intestino que se detecta en las heces; otras veces puede provocar un lagrimeo constante, problemas respiratorios o secreciones nasales.

—¡Todo eso lo tiene mi hija! —exclamó Charito sorprendida viendo a Serafina—. ¿Pero cómo puede pasar eso si ella no ha probado la leche de vaca?

—Es que usted le transmite esa proteína a través de la leche materna que ella ingiere.

—Es algo increíble, ¿verdad? —comentó Itstli emocionado—. Pero así de conectados estamos con nuestras mamás cuando nos amamantan.

—Ya no interrumpas, muchacho —dijo el abuelo—. La solución en realidad es muy sencilla; basta con que usted deje de consumir productos lácteos por un tiempo. Conforme la criatura vaya creciendo, irá creando sus propias defensas y superará la alergia, pero mientras la amamante, sería conveniente que evite la leche y sus derivados.

—¿Y eso es todo? —preguntó Serafina con asombro.

—Eso es todo —respondió Tekolotl con una dulce sonrisa—. He preparado de cualquier manera un aceite que la ayudará a calmar la erupción en su piel y unas gotas que harán que desaparezca la irritación del estómago. Pero en cuanto deje de recibir la proteína de la leche, no necesitará de estos remedios.

—De verdad que no sé qué decir —comentó Charito—. ¿Cómo es que los médicos no saben que se trata de algo tan simple como eso?

—Lo sabrán cuando llegue su tiempo. La razón por la que a veces los médicos no encuentran el porqué de un mal o de una enfermedad es que, en la mayoría de los casos, esperan encontrar la respuesta en sus conocimientos científicos, en las moléculas que ven a través de un microscopio, pero se olvidan de lo que es esencial —respondió Tekolotl.

—¿Y qué es eso? —preguntó Charito con sincero interés.

—Se olvidan de que hay algo que es superior, algo que está más allá de la inteligencia y de la ciencia humana, es decir, el conocimiento que viene del espíritu.

—Así es, porque toda la ciencia viene del que nos creó, ¿verdad, abuelo? —preguntó Itstli.

—Así es, muchacho.

—Es verdad —dijo Charito—. Jamás lo había visto de esa manera.

—¡Qué hermosos conceptos! —dijo Serafina emocionada—. En verdad ha sido un gusto conocerlo.

—El gusto ha sido mío, señora, y estamos a sus órdenes para lo que se les ofrezca.

—Pues muchas gracias, me ha dejado sin habla —declaró Charito—. ¿Y cuánto le debemos por su visita y por los remedios?

—No es nada —dijo el abuelo—. Nos bastará con saber que Isabel está bien.

—Pues de verdad que no sé qué decirles ni qué hacer —contestó Rosario—, es demasiada bondad de su parte.

—¡Dios los bendiga, señor! —dijo Serafina.

—Eso lo hace todos los días, mi buena señora, todos los días. Cualquier otra cosa que necesiten, ya saben dónde encontrarnos. Vamos, muchacho.

—Un favor nada más —se adelantó a decir Itstli—. ¿Me podría dejar conocer a Isabel antes de irnos? Tengo curiosidad por saber cómo es.

—¡Claro! —dijo Charito, levantando la cobija que cubría a su hija—. ¡Qué torpeza de mi parte! Vienen a curar a mi hija y casi se van sin conocerla.

Itstli se quedó mirando a la pequeña y sin poder evitarlo comentó:

—¡Ah, caray, pues sí que es igualita!

—¿Igualita a quién? —se adelantó a decir Serafina.

—A... su mamá, igualita a su mamá.

—No —respondió Charito con nostalgia—, ¡qué más quisiera! En realidad, es igualita a mi hermana menor, pero ella murió hace varios años.

—Lo sentimos mucho —dijo Tekolotl, apretando con fuerza el hombro del muchacho, para que no fuera a cometer alguna indiscreción que pudiera revelar su secreto—. Vámonos, Itstli, que tenemos un largo camino por recorrer.

—Gracias nuevamente por todo —dijo Serafina mientras los acompañaba a la salida de la casa—. Por favor, Itstli, envíale mis saludos a tu hermana.

—Con gusto, doñita, con gusto.

Serafina cerró la reja de la entrada y se quedó parada junto a ella por un momento mientras en silencio daba gracias por la ayuda del sanador. Después, levantó los ojos al Cielo y, con emoción en la voz, dijo muy quedo:

—Por favor, Señor, yo sé que tal vez te pido demasiado, pero por favor, concédeme la curación de mi nieta porque sé que mi Charito no podría soportar una prueba como las que yo he vivido. Concédemelo, te suplico, Señor, que me dará las fuerzas para conservar esta fe que mantiene viva en mí la ilusión de que mi hija continúa con vida.

Muchas Vidas

Como un milagro inexplicable, la vida seguía sucediendo en el planeta Tierra, ante la mirada atónita de sus habitantes, que, con cada acontecimiento, se convertían en espectadores, víctimas o autores de las atrocidades que la guerra y el odio iban dejando a su paso, en medio de una estela de muerte y destrucción; pero a pesar de tanto malo, entre todo lo bueno estaba la recuperación de Isabel que día a día recobraba la salud, y mientras en El Refugio crecían los ánimos y la esperanza, en Xoxafí crecía el hambre de saber y entender de aquella joven mujer, que esperaba con ansias las noticias de lo que había sucedido en la casa de su madre durante la visita de Tekolotl y de su amado aprendiz.

Sentada a la orilla del río subterráneo en compañía de su alada amiga, Mía le narraba con detalle los acontecimientos de los días anteriores, mientras Laila trenzaba una parte de su pelo, adornándolo con un cordón que llevaba hermosas plumas donadas por los silfos y la que el águila le había regalado a Mía años atrás.

—¿Pero entonces aún no sabes cómo se encuentra la pequeña? —preguntó la sílfide emocionada, mientras trenzaba el pelo de Mía.

—No, no he podido hablar con ninguno de los dos desde ese día —respondió—. Y ahora que ya no puedo visitarlos por lo que pasó en El Cedral, tengo que esperar a que ellos vengan para traerme noticias.

—Pues yo estoy segura de que las noticias serán muy buenas, porque a través de los siglos he podido ver lo que sucede cuando las cosas se hacen con fe y amor —dijo Laila satisfecha—. Y hablando de amor... ¿cómo van las mariposas de tu estómago?

—Peor.

—Hum, ¿así que Itstli ya hizo casa en tu corazón?

—Sí, una mansión.

—Espero que dure para siempre.

—Espero que así sea... Si es que vuelvo con bien después de entrar al portal.

—¿Eso te preocupa?

—¿A ti no? —preguntó Mía—. Ni siquiera sé si podré entrar en él, no tengo idea de cómo usar los cristales, ni dónde buscar, ni cómo hacerlo.

—Eso lo sabrás en su momento, no debes preocuparte —dijo Laila.

—Lo sé, todos me dicen lo mismo, pero a veces pienso que no soy la indicada para cumplir con esa misión.

—¡Qué tontita! ¿Por qué piensas eso?

—Porque a ratos siento que en lugar de avanzar voy para atrás como un cangrejo.

—¿De dónde sacas esas ideas? —dijo la sílfide, recargándose en su hombro—. ¿No te has dado cuenta de todo lo que has aprendido desde que llegaste a Xoxafí?

—Sí, sé que he aprendido mucho —respondió Mía con añoranza—. Pero... ¿entonces por qué antes me era fácil comunicarme con los elementales, por ejemplo, y ahora siento que ya no puedo hacerlo?

—Eso es porque los estás buscando de la manera equivocada —dijo Laila tras una sonrisa.

—No te entiendo —contestó Mía.

—Cuando los conociste se manifestaban a ti como personajes salidos de un cuento, porque era un disfraz que creaba tu mente para poderlos percibir con tu imaginación infantil.

—Creo que eso ya me lo había dicho Tlalli.

—Seguramente —comentó Laila—. Es algo así como... el amigo imaginario que tienen los niños cuando son pequeños, y que parece que con el pasar de los años fuera desapareciendo.

—¿Y no es así?

—Lo que sucede es que, cuando ustedes los humanos son pequeños, conservan la inocencia de sus materias; aún son dóciles y entonces al espíritu encarnado le es fácil percibir lo que está en otros planos. Pero conforme crecen sus materias y comienzan a estar en contacto con el mundo, sus defectos se van volviendo más... mundanos y van perdiendo esa facultad de estar en contacto con lo espiritual o con otros espacios.

—Sí, es verdad; hasta dejamos de ver las maravillas que hay en la Naturaleza.

—Sip, y entonces, en lugar de vivir en armonía con ella, se sienten amedrentados cuando perciben su fuerza, y de príncipes de la Creación se convierten en esclavos.

—¿Y qué puedo hacer entonces para recuperar esa facultad que tenía para comunicarme con los elementos? —preguntó Mía.

—Lo que has estado haciendo hasta ahora: trabajar en el desarrollo de tu espíritu para expandir tus dones y facultades; ese es el camino correcto, pero no esperes que sea de la misma manera.

—¿Cómo será entonces?

—Entonces podrás controlarlos o dominarlos, para usarlos con amor y para el bien; recuerda que los elementos solo obedecen a la voz del espíritu elevado; entonces podrás por ejemplo llegar a una zona donde no ha llovido en mucho tiempo y pedir que llueva, o hacer que pare la lluvia cuando ha llovido demasiado.

—¿De verdad yo podría pedirle a Atl que hiciera eso? —dijo Mía asombrada.

—Siempre y cuando lo hagas con tu espíritu elevado, y en armonía con la materia en un propósito de hacer el bien.

—Sí, entiendo.

—Podrás entonces pedirle a Tlalli la curación de una tierra agotada, por ejemplo, y a través de la curación de esa tierra, hacer que de ella broten nuevos frutos y grandes cosechas; podrás parar una fuerte tempestad o un huracán, o apagar un incendio.

—¡Debe ser maravilloso tener esa potestad!, aunque la verdad pareciera que estamos hablando de algo sobrenatural.

—Es curioso a qué le llaman ustedes los humanos "sobrenatural" —dijo Laila.

—¿Por qué lo dices?

—Porque todo en la obra del Creador es natural; lo sobrenatural son más bien las obras imperfectas que hacen los humanos, porque lo natural sería que obren bien procediendo de quien proceden. Lo que pasa es que ustedes llaman "sobrenatural" a todo aquello que no entienden o desconocen, o que miran envuelto en misterio; pero cuando hagan méritos para conquistar la elevación de su espíritu, se darán cuenta de que todo en la Creación es natural.

—Sí, tienes razón; definitivamente parece que hemos perdido la brújula —dijo Mía.

—Sí, pero ustedes tienen la potestad de regresar al planeta a su estado original —afirmó Laila—. ¡El pobrecito está tan disturbado por tanto mal uso que han hecho de él! Y la verdad es una pena, porque esa potestad de dominar a los elementos con la fuerza del espíritu no es nueva en ustedes; cuando encarnaron, los primeros humanos tenían incluso la potestad de dominar a los animales.

—Algunos ahora siguen pensando que los dominan —dijo Mía—, pero entiendo que no se trata de una obediencia por el reconocimiento a una potestad, sino por la fuerza y el miedo.

—¡Exacto! Los animales que ahora los humanos llaman "salvajes" hace mucho tiempo eran mansos, porque reconocían en aquellos hombres la voz del espíritu; pero cuando la materia empezó a hablarles en lugar del espíritu, ellos se negaron a obedecer, porque las órdenes venían de una materia como la de ellos.

—Sí, entiendo, es lo que sucedió con el águila cuando por fin pude comunicarme con ella; tuve que trabajar mucho para recuperar la armonía entre mi espíritu y mi materia.

—Así es, hasta que se vuelva algo natural como fue en el principio. Ya verás que, cuando la humanidad les hable a los elementos y a los animales con la voz del espíritu elevado, todos volverán a ser mansos, obedientes y dóciles —explicó la sílfide—. Las fuerzas que los hombres han desatado de una manera insensata deben volver a ser sujetas para que, a través de ello, se recuperen el balance y la armonía materiales, pero esto se dará cuando el espíritu restablezca su reinado.

—Sí, será maravilloso cuando suceda —dijo Mía reflexiva—. Creo que se necesita de una gran voluntad para lograrlo.

—Faltan muchas auroras, pero está escrito que así ha de ser —comentó la sílfide, sentándose sobre una roca.

—Entonces podremos convivir de nuevo con las fieras y jugar con los reptiles, ¿verdad?

—Eso y más —dijo Laila reflexiva—. ¿Sabes qué es lo absurdo de todo este asunto?

—¿Qué?

—Que ustedes han llegado a tener miedo a las fieras y a los reptiles, pero a través de las eras yo he conocido muchos humanos que son más feroces que los tigres y tienen más ponzoña que las cobras —respondió la sílfide, riendo a carcajadas—. ¡Esos sí que dan miedo!

—Sí, supongo que tienes razón.

—Y yo supongo que ya llegó tu visita —dijo Laila, levantando el vuelo—. Se acerca una barca.

La sílfide se alejó, elevándose por sobre la cascada que caía desde la ventana triangular, mientras Mía veía con ansiedad la lancha que se acercaba.

"¡Es Itstli!", pensó, reconociendo aquella emoción extraña que se producía en su interior cada vez que el aprendiz se acercaba hacia ella.

Se quedó parada en la margen del río mientras su corazón comenzaba a latir con fuerza; dibujó en su rostro una enorme sonrisa imposible de disimular y empezó a mover los brazos, saludando desde lejos al anhelado navegante que estaba por llegar.

Itstli detuvo la barca con maestría frente a su amada y, con gran agilidad, bajó de un brinco ante los sorprendidos ojos de Mía, que no dejaba de sonreír. Puso un dulce beso en sus labios y, mirándola enamorado, le dijo:

—Me gusta tu peinado, te ves muy linda.

—Ha sido un regalo de Laila, mi amiga la sílfide —dijo Mía, agradeciendo el comentario.

—Pues no me voy a quedar atrás, porque yo también tengo un regalo para ti —anunció el aprendiz, caminando hacia la habitación de la joven. Recorrió el sitio con la mirada y por fin exclamó—: ¡Aquí!, este es el mejor lugar.

—¿El mejor lugar para qué? —preguntó Mía intrigada, mientras el muchacho reacomodaba las cosas que había sobre un nicho de piedra que estaba junto a la cama de plumas.

—Cierra los ojos, que es una sorpresa.

Mía cerró los ojos emocionada, sin imaginar lo que tendría frente a sus pupilas un instante después. Con gran esfuerzo mantuvo los ojos cerrados, tratando de dominar su natural curiosidad por ver lo que el muchacho estaba haciendo. Tras unos momentos de difícil espera, por fin escuchó a Itstli decir:

—Está bien, ahora ya puedes abrirlos.

Mía abrió sus enormes pupilas y miró hacia el nicho, en donde descubrió la fotografía que Itstli había extraído clandestinamente de la casa de Serafina en su visita a El Refugio. La joven mujer se acercó despacio y, sin poder hilar una sola palabra, tomó la imagen en sus manos, se sentó sobre su lecho y la contempló en silencio, mientras sus ojos se humedecían por la emoción. Por fin, después de un momento, levantó el rostro y, mirando a Itstli con profundo amor, le dijo:

—¡No tengo idea de cómo obtuviste esta fotografía, pero no me importa! ¡Es la mejor sorpresa que podías darme!

—Bueno... la "tomé prestada" de la casa de tu mamá para que te sintieras más cerca de ellos; además, podrás devolvérsela cuando regreses a La Concepción —dijo el muchacho sonriendo.

Mía lo abrazó emocionada dándole las gracias y puso un beso en su mejilla; después, le pidió que se sentara junto a ella y, enseñándole la imagen, le explicó:

—Mira: esta es mi hermana Teresa, este es su esposo Braulio, pero le dicen "el Conde", y este es su hijo Juanjo...

—Sí, lo recuerdo; ese es el chavito que por poco y te delata cuando estuvimos allá en El Cedral —interrumpió Itstli riendo—. ¿Y quién es ese señor que está junto a tu mamá, es tu papá?

—No, a mi padre lo mataron cuando todavía vivíamos en España, este es mi amigo Edu, el tinacalero de La Concepción.

—¡Ah, ya! Y este es tu otro cuñado, el papá de Isabel; lo conocí en la casa de Tekolotl cuando fueron a pedir su ayuda para curarla.

—Sí, se llama Esteban.

—Aquí no se alcanza a ver bien a Isabel en los brazos de tu hermana Rosario, pero en serio que es igualita a ti.

—¿De verdad lo crees? ¿Y cómo está? ¿Has sabido algo desde que fuiste con el abuelo a llevarle curación?

—Por eso me mandó Tekolotl a traerte noticias; ayer que pasé a saludarlas para ver cómo va, me dijo tu mamá que Isabel ya estaba sana y que por eso ya se habían regresado a su casa. Por cierto, tu mamá me encargó que le diera sus saludos a mi "hermana" Camila.

—¡Qué afortunado eres al poder estar cerca de ella! —dijo Mía con nostalgia.

—Ya te falta menos tiempo, güerita —la consoló Itstli, acariciando su pelo—. Además, tengo que ir cultivando su cariño, porque quiero que me acepte cuando le digas que estamos comprometidos.

—¿Lo estamos? —preguntó Mía con premura.

—Tú sabes que sí, y que no es nuevo.

—Entonces, ¿a ti te pasa lo mismo?

—¿Lo mismo de qué? —preguntó Itstli—. ¿De sentir que nos conocemos desde antes?

—Sí, eso... Desde el día que te vi por primera vez. De seguro que tiene que ver con otras vidas, ¿verdad? ¿Y tú crees que podremos saberlo algún día? —preguntó Mía con curiosidad.

—¿Saber qué? —dijo Patli, que entraba en ese momento cargando una canasta con frutos.

—Saber sobre otras vidas maestro —respondió Itstli sorprendido, haciendo una seña a Mía para que ocultara la fotografía.

—Si es algo que puede ayudar al adelanto de su espíritu, se les revelará en su momento, cuando estén listos para recibirlo; mas, si quieren saber por simple curiosidad, el Arcano permanecerá cerrado, a menos que ustedes entren en él sin permiso. Pero entonces tendrán que afrontar las consecuencias de saber lo que en ese momento no les era conveniente.

—¿Y por qué podría ser inconveniente saber quién fuiste antes? —preguntó Mía, mientras ayudaba a su maestro a guardar las viandas que había traído.

—Sí, buena pregunta —dijo Itstli, sentándose frente a ellos.

—Miren, muchachos —respondió Patli—, a pesar de que todo en la Creación está saturado del Amor Divino y sabiamente hecho para el bien y la felicidad del hombre, el tener una materia constituye una prueba para el espíritu, porque viene a habitar un mundo al que no pertenece, y en una naturaleza que es diferente a la suya.

—¿Es entonces por eso que olvidamos el pasado? —preguntó el aprendiz.

—Así es —dijo el maestro—. Desde el instante en que el espíritu encarna en una criatura inconsciente, recién nacida, y se funde en ella, inicia una vida junto con aquel ser; del espíritu solo quedan dos atributos presentes: la conciencia y el libre albedrío; pero la identidad esencial, las obras hechas, el pasado y el recuerdo de personalidades anteriores temporalmente quedan ocultos.

—Al decir “temporalmente”, ¿quieres decir que algún día podremos recordar?

—En la medida en que los espíritus vayan evolucionando, así será. Para las nuevas generaciones, cada vez irán siendo más claros esos recuerdos. Cuando lleguen los hijos de sus hijos, empezarán a dar testimonio de ello.

—Pues a mí me encantaría saber quién fui antes —comentó Itstli.

—Ah, ¿sí? ¿Estás seguro?

—Pues... no sé... supongo.

—Pues supones mal —dijo el maestro tajante.

—¿Por qué lo dices, Patli? —preguntó Mía, sentándose junto a él.

—Porque si aún no se les ha revelado nada de su pasado, es porque todavía existe fragilidad en el espíritu y más aún en la materia.

—Pero ¿qué tan grave puede ser saber quién fuiste? —insistió el muchacho.

—¿Sabes qué pasaría si de pronto supieras que en vidas pasadas faltaste y ofendiste? ¿Qué harías si supieras que fuiste un asesino o un violador, o que fuiste el causante de la desgracia de algún semejante, de un pueblo o de una nación completa? Créeme, no tendrías fuerzas para resistir el arrepentimiento ni el reclamo de tu conciencia.

—Bueno... sí, si me lo pones así de difícil, puede que tengas razón —dijo Itstli pensativo.

—Ahora, supongamos que supieras que fuiste

un hombre poderoso e importante, que tuviste enormes fortunas y viviste como un rey; ¿sabes qué pasaría entonces?, que te llenarías de vanidad y soberbia, y te sentirías mejor o más grande que los demás. Pero si por el contrario supieras que fuiste pequeño y vejado, que fuiste humilde y que hubo quienes te hicieron de menos o se aprovecharon de tu condición de pobreza, te sentirías humillado y en tu corazón nacería el ansia de venganza. Es por eso que Padre Dios, que es sabiduría perfecta, no ha querido revelarnos todavía a través de la materia el pasado del espíritu.

—Sí, ya entiendo, sería muy difícil poder manejarlo si no estás preparado para ello.

—Miren, muchachos, es muy sencillo —dijo Patli—. Así como ven desarrollarse el cuerpo del ser humano, también en él se va desarrollando el espíritu; mas el cuerpo encuentra un límite a su desarrollo, mientras que el espíritu requiere muchas materias y la eternidad para alcanzar su perfección. Esa es la causa de nuestras reencarnaciones; nacimos de la mente paterna y materna de Padre Dios, puros, sencillos y limpios; semejantes a una semilla, mas no se confundan porque no es lo mismo ser puros y sencillos que ser grandes y perfectos.

—Claro —asintió Mía—, no es lo mismo ser semilla que ser árbol.

—Así es, Mía. El espíritu es como una simiente, es como la semilla –hablando en sentido figurado–. También germina, echa raíces y crece, florece y fructifica. Pero no todos los espíritus germinan al mismo tiempo, ni fructifican en tiempo determinado. De la misma manera, a algunos espíritus les son reveladas verdades de su pasado antes que a otros, pero eso depende estrictamente de la evolución de ese espíritu, o de la madurez que tenga para encontrar la lección necesaria para su evolución en esas vidas anteriores.

—Entonces —dijo Itstli—, ¿es como si olvidáramos nuestro pasado temporalmente?

—Sí, pero como bien dices es algo temporal, lo recordarás cuando sea necesario; lo único que permanece claro y latente en el espíritu en cada una de esas reencarnaciones son la conciencia, la intuición y el libre albedrío.

—¿Es por esa intuición que Itstli y yo sentimos que ya hemos estado juntos en otras vidas?

—Precisamente, aunque aún no les ha sido revelado cuándo ni cómo, el espíritu intuye que así fue, y si es importante para la tarea o misión que han traído sus espíritus, algún día les será revelado. Pero recordando o no, el avance que ustedes logren en esta encarnación servirá de preparación para las generaciones venideras, porque a ellos sí les será dada la facultad de recordar sus vidas anteriores, de conocer su pasado, ya que ese conocimiento no hará mella en ellos, sino que por el contrario les servirá como experiencia para la evolución de su espíritu.

—¿O sea que nuestros chavitos a lo mejor ya van a saber quiénes fueron? —preguntó Itstli con naturalidad, mientras a Mía se le encendían las mejillas.

—Es probable que así sea, o quizá sean los hijos de sus hijos los que tengan ese privilegio de recordar —contestó Patli—. Como les digo, dependerá de la evolución de sus espíritus y del aprendizaje que obtengan de ustedes en sus años de desarrollo.

—¡Qué maravilloso es saber esto! —dijo Mía.

—¡Pero qué difícil hablar de ello! —respondió Itstli—. Cuando allá afuera mencionas la palabra "reencarnación", todo el mundo sale corriendo o te tilda de hechicero.

—Sí, tienes razón —dijo Patli—. Pero para las nuevas generaciones será diferente, porque ellas entenderán que la reencarnación es un don que Dios ha concedido a nuestro espíritu.

—¡Es emocionante saber que podemos vencer a la muerte!

—¡Exacto, Itstli! Por ese don, el espíritu demuestra su inmensa superioridad sobre la carne, sobre la muerte y sobre todo lo terrestre, sobreviviendo a un cuerpo, a otro y a cuantos le sean confiados, volviéndose vencedor del tiempo, de los escollos y de las tentaciones; es la forma cn que puede aprovechar la experiencia recogida en su peregrinaje.

—Eso sí me parece verdadero amor —dijo Mía—, darte las oportunidades que necesites para corregir los errores. ¡Creo que yo voy a necesitar veinte por lo menos!

—Pues yo muchas más —añadió Itstli riendo—. Pero... ¿no te parece que conocer esa verdad puede provocar en algunas personas más mal que bien?

—Interesante —dijo Patli—. ¿Por qué crees que pudiera ser así?

—Pues... no sé... Si ahora que la mayoría piensa que solo tiene una vida, hay tanta maldad en el mundo, ¿cómo sería si esos que causan tanto daño supieran que jamás se les acabarán las oportunidades?

—Es verdad —reconoció Mía—. De seguro que también muchos se echarían a dormir la mona y no se preocuparían por mejorar sabiendo que podrán hacerlo en otra vida.

—Sí, seguramente hay muchos que podrían pensar así, pero se olvidan de un pequeño detalle: cada vida humana que se concede a un espíritu tiene un valor incalculable, representa una oportunidad para su progreso, y el hecho de desaprovecharla o de emplearla mal implica que la Justicia Divina, siempre inexorable, se manifieste en el sendero de quien profana ese don tan sagrado, no con el afán de castigarlo, porque en Dios no existe el castigo, ese es estéril; en Él existe la justicia que enseña a través de las lecciones que nosotros mismos vamos forjando.

—¡Ah, ya entiendo! O sea que "si no quieres taza, vas a tener taza y media" —comentó Mía.

—Ahora sí que no te entendí, güerita —dijo Itstli, rascándose la cabeza.

—Creo que entiendo lo que Mía trata de decir —explicó Patli sonriendo—. La finalidad de la reencarnación es que el espíritu se perfeccione, que evolucione, que no se pierda jamás. Si no aprovechas una vida, lo que no hayas hecho bien en ella o la misión que hayas dejado de cumplir, lo tendrás que reparar o terminar en una nueva oportunidad; pero la carga será cada vez más grande, porque tendrás que recuperar el tiempo perdido y tendrás que sumar, a tus actos de ahora, las consecuencias buenas o malas de tus actos anteriores, pero siempre, detrás de esas lecciones, está la Caridad Divina, la que pone a nuestro paso todos los medios y oportunidades necesarios para cumplir y restituir.

—Debe ser por eso que la conciencia nunca nos abandona, para que sepamos siempre en qué la regamos y qué tenemos que corregir —dijo Itstli.

—Así es; es la Ley de Evolución. Y después de perdernos en los pecados, después de tantas luchas y vicisitudes y de tanto caminar, llegarán nuestros espíritus ante Padre Dios llenos de sabiduría por la experiencia, purificados por el dolor, elevados por los méritos, fatigados por su largo peregrinaje, pero sencillos y gozosos como niños.

—Como esos niños que vendrán y serán más avanzados que nosotros —dijo Mía.

—Lo serán, pequeña, pero recuerda que es con nuestro esfuerzo y aprendizaje del día de hoy que estamos empezando a abrir las puertas para esas nuevas generaciones.

Al finalizar la lección, vino el almuerzo, seguido por una caminata de la joven pareja por la orilla del río subterráneo; después, sentados sobre la piedra circular, Itstli y Mía hicieron una recopilación de sus recuerdos de infancia; rieron de buena gana con las travesuras de ambos y también se abrazaron con ternura, buscando el consuelo del uno en el otro tras los recuerdos que entristecían al alma.

Con el atardecer, llegó la despedida y aquel momento temido que siempre dejaba a Mía con un nudo en la garganta, mientras, oculta tras una aparente sonrisa, decía adiós al dueño de su corazón preguntando en silencio: "¿Cuándo te volveré a ver?".

Birkenau

El viernes 6 de octubre de 1944, Mía brincó de la cama sobresaltada; se vistió rápidamente y corrió hacia el río subterráneo a esperar la llegada de su maestro, mientras ansiosa caminaba de un lado a otro sin que su amiga emplumada pudiera entender la razón de su actitud.

Laila la observó ir y venir durante un buen rato en silencio, hasta que su natural impaciencia la llevó a preguntar:

—Qué, ¿hoy no vamos a desayunar?

—Anda tú, que ahora yo no tengo apetito.

—¿Te pasa algo? —preguntó la sílfide.

—¡Es que no llega!

—¿No llega quién?

—¡Pues quién ha de ser! —respondió la joven mirando a lo lejos—. ¡Patli!

—¡Ah! Es que como últimamente tienes otras visitas...

—¡Creo que allá viene! —exclamó la joven, sin tomar en cuenta el comentario de su amiga alada.

—Sí, ya se siente en el agua —dijo la sílfide, sentándose sobre una roca.

Mía esperó impaciente a que se acercara la barca y, antes de que Patli pudiera pisar tierra firme, saltó al interior de la lancha, puso un beso apresurado en la mejilla de su maestro y comenzó a buscar ansiosa entre los objetos que había dentro de la embarcación.

—¿Lo trajiste? —preguntó—. ¿Trajiste el periódico?

—Como todas las mañanas lo traigo —dijo Patli—, aquí está.

Mía se acercó para tomar el diario de la mano de su maestro, quien, al ver la ansiedad de la joven, lo ocultó, poniéndolo tras de su espalda.

—Un “Buenos días” estaría muy bien.

—Sí, perdona —respondió Mía, poniendo otro beso en su mejilla—. Buenos días.

—Así está mejor —dijo Patli satisfecho—. ¿Y por qué tanta ansiedad por leer el periódico el día de hoy?

—Es que necesito buscar algo.

Mía brincó hacia afuera de la barca y, sentándose en el suelo, comenzó a pasar las páginas del diario como esperando encontrar un artículo específico.

—¡Nada, no dice nada! —exclamó, después de merodear un rato entre las noticias.

—Tal vez si me dices lo que estás buscando, yo pueda ayudarte.

—Eso estaría muy bien —dijo la sílfide—. Porque hoy amaneció muy rara.

Patli miró a Laila y, sin tener que decir una sola palabra, le indicó que los dejara solos.

—Sí, está bien, ya entendí el mensaje, ya me voy —murmuró el ser emplumado y, levantando el vuelo, desapareció de su vista.

—Es que... no sé exactamente lo que esperaba encontrar... —dijo Mía—. Esta madrugada tuve un sueño... pero fue terrible y muy real.

—Bueno; recuerda, mi amada pupila, que hay diferentes tipos de sueños. Están aquellos que soñamos por una impresión causada por algo que vimos o escuchamos; están los que se presentan como pesadillas y que no son nada más que el resultado de una indigestión por haber comido demasiado antes de dormir; también hay otros que son consecuencia de preocupaciones o ansiedades, y están aquellos que son comunicaciones espirituales verdaderas y pueden ser incluso proféticos, es por eso que hay que analizar con cuidado todos sus elementos, para saber de qué tipo de sueño se trata.

—Pues... el mío fue uno de esos sueños que tengo en el momento en que casi voy a despertar; en el momento de la "ensoñación", como yo le llamo, porque no sé si estoy dormida o despierta, por eso a veces me cuesta trabajo distinguir si es un sueño o si se trata de algo que estoy viendo o imaginando —dijo Mía.

«Me veía con un periódico en las manos y, al abrirlo, de ambos lados veía unas fotografías grandes que ocupaban toda la página. En la fotografía del lado izquierdo, veía muchos cuerpos muertos, eran hombres y mujeres y estaban apilados uno sobre otro, pero en la fotografía del lado derecho, eran niños, muchos cuerpos apilados de niños muertos, y en el centro de las dos fotografías, como entremezcladas con los cuerpos, se veían una especie de insignias; eran como telas que tenían dibujado algo como un escudo... La del lado izquierdo parecía algo así como... como esa estrella que está formada por dos triángulos, era de color amarillo y en el centro de la estrella aparecían unas letras muy raras que parecían decir "*Jude*". La insignia que estaba en la fotografía del lado derecho tenía un solo triángulo con la punta hacia abajo, era de color marrón y creo que tenía una letra zeta, pero no estoy segura —contó Mía, estrujándose las manos impresionada por las imágenes que recordaba.

—Está bien, Mía —le dijo Patli abrazándola—. ¿Recuerdas algo más?

—No... nada más... pero sentí en ese momento que lo que estaba viendo era algo muy reciente.

—¿Por qué crees que sentías eso?

—Porque los cuerpos que veía no estaban descompuestos como muchos que vi con mi padre cuando pasábamos por las fosas comunes allá en Bilbao; estos no se veían descompuestos, me daba la impresión de que acababan de morir —explicó Mía, y luego cayó en el silencio.

Patli se quedó pensando por un momento y después, tras un profundo suspiro, dijo:

—Tú sabes que el mundo está librando una terrible guerra en este momento. Desde hace algunos meses han comenzado a llegar noticias que han recorrido el planeta, en las que se habla de terribles atrocidades que están sucediendo en la Alemania nazi, y pienso que tu sueño podría tener referencia a esto, pero empecemos por analizar el primer elemento que aparece en él.

—¿El periódico? —preguntó Mía.

—Así es. ¿Qué significa para ti un periódico?

—Pues... supongo que lo mismo que significa para el resto de la gente —contestó Mía—. Es un medio para enterarte de lo que pasa en el mundo.

—Sí, para ti significa eso, porque te apasiona leer el diario para enterarte de lo que vive el resto de la humanidad, pero te puedo asegurar que, para aquellos que no saben leer, el periódico puede ser solamente un papel que sirve de entretenimiento por las fotografías o los dibujos que tiene en su interior.

—Claro; y para una persona que duerme en la calle, puede significar una especie de cobija que le da calor por las noches, ¿no es cierto? —dijo Mía, comprendiendo la idea.

—¡Exacto! —respondió Patli—. Lo importante es el significado que esas visiones o elementos tienen para aquel que los ve.

—Ya entiendo —afirmó Mía—. Pues siguiendo esa visión de las cosas, supongo que, para mí, el que las imágenes ocupen toda la plana del periódico significa que son noticias tan importantes, que no pueden pasar desapercibidas y que las sabrá todo el mundo.

—Parece que así será, buen análisis —dijo Patli, satisfecho por la interpretación de la joven—. Ahora bien, al parecer se trata de dos eventos diferentes, aunque el resultado sea el mismo.

—Ya, ¿por eso lo veo en dos páginas distintas?

—Así es, pero quizá sucedan con poco tiempo de distancia porque las dos noticias están en un mismo diario, definitivamente hay cierta relación entre ellas.

—¿Lo dices porque en los dos casos se trata de pilas de gente muerta? —preguntó Mía, recordando las imágenes de su sueño.

—No es solo por eso; lo digo también porque en ambos casos aparecen esa especie de insignias en las imágenes.

—¿Qué significa la estrella amarilla?

—Es la estrella de David, un símbolo muy importante para el pueblo judío, que trata de expresar de un modo simbólico la relación que existe entre Dios y los hombres, pero en esta Segunda Guerra Mundial, desde el año 1939 ha sido usado por la Alemania nazi con fines segregacionistas y discriminatorios.

—Entonces, ¿esa palabra que veo escrita en el triángulo tiene que ver con el pueblo judío?

—Así es; de hecho, la palabra "*Jude*" quiere decir "judío" en idioma alemán.

—Y el triángulo marrón con la letra zeta, ¿qué puede simbolizar?

—Supongo que, al igual que sucede con la estrella de David, se trata de un símbolo discriminatorio para distinguir a otro pueblo o raza, pero en este momento no podría decirte de quién se trata con seguridad —dijo Patli pensativo.

—Aun no entiendo cuál es el propósito de que yo haya tenido ese sueño —comentó Mía con los ojos húmedos.

—Un sueño puede tener muchos propósitos, Mía, ya que puede tratarse de una profecía, de una revelación o de una advertencia. En el caso de este sueño específico, podría tratarse de una profecía o de la revelación de algo que ya ha sucedido, pero en cualquier caso, el propósito de los mensajes espirituales a través de los sueños es mantenernos velando, es conmover a nuestro corazón para que estemos alerta, para que elevemos nuestras oraciones por el espíritu de aquellos seres que puedan estar pasando o que vayan a pasar por una prueba semejante, como también su propósito es que sigamos orando para que la luz llegue a aquellos que son autores de esas atrocidades y sean capaces de escuchar a la voz de su conciencia. Es también pedir con verdadera fe, para lograr que esa barbarie que puede estar ocurriendo en algún lugar del planeta se detenga o no suceda más.

—¿De verdad crees que nuestra oración puede tener esos alcances? —volvió a preguntar Mía.

—La oración es el arma más grande y poderosa que existe en nosotros. Pero no me refiero al rezo maquinal que se repite como una letanía, sino a esa oración que brota de lo más íntimo de nuestro ser, la cual ni siquiera necesita de palabras para ser escuchada por el Creador; porque la oración verdadera es el idioma de los ángeles, es el idioma del espíritu. Cuando nuestra oración lleva una fe grande y firme, y la caridad y el amor son la esencia de esa plegaria, no hay nada que no podamos lograr.

—¿Aunque sea algo que parezca tan imposible como un milagro?

—Mira, Mía, eso que la gente llama "milagros" no son más que el resultado de un verdadero acto de amor y fe; todos los que han alcanzado lo que llamamos "milagros", todos los que han dado pruebas de ese poder espiritual, han orado de esa manera —dijo Patli—. Así oraban los patriarcas de los primeros tiempos: de espíritu a Espíritu; así oró Moisés en el desierto y Daniel en el foso de los leones cuando iba a ser devorado. Así oraba el profeta Elías para dominar a los elementos, y José o Salomón para lograr la sabiduría. El que sabe orar es un soldado de Dios, y la fuerza de esa oración sutil y callada te vuelve invencible, porque las armas del que ora trabajan sin que el mundo se dé cuenta; su luz ilumina las tinieblas, y su poder destruye las malas intenciones.

—¿Eso quiere decir entonces que realmente podemos comunicarnos con Dios, que realmente nos escucha y nos contesta cuando le hablamos?

—Es curioso que tú preguntes eso después de todos los testimonios que has tenido hasta ahora, Mía.

—Sí, tienes razón, pero a veces me parece que soy demasiado pequeña para que Dios se comunique conmigo directamente.

—Entonces, ¿te es más fácil darles crédito a los hombres que al mismo Dios?

—¿Por qué lo dices?

—Porque supongo que te es fácil y natural creer en la capacidad de los hombres para inventar aparatos que permiten la comunicación entre unos y otros a grandes distancias, pero te parece difícil o imposible de creer que el Señor, siendo Todopoderoso, se comunique contigo.

—Sí, es verdad, no lo había pensado así.

—Negar que Dios se comunica por medio de nuestro entendimiento o de nuestro espíritu, Mía, es como negarnos a nosotros mismos. ¿Por qué no pensar que, si somos hijos de ese Padre, lo más natural es que se comunique con nosotros que somos sus hijos? Decir que Dios está infinitamente alto para aproximarse a los hombres y hablar con ellos es como decir que es demasiado grande para fijarse en criaturas tan pequeñas como nosotros, y eso no nos demuestra nada más que la ignorancia de aquellos que piensan así, porque están negando lo más hermoso que el Espíritu Divino nos ha revelado.

—¿Y qué es eso? —preguntó Mía.

—Humildad y amor —respondió Patli.

—Ahora lo entiendo.

—Pero también debes comprender otra cosa. Nunca esperes que el resultado de tus oraciones sea inmediato. A veces tendrás que esperar un poco, a veces tendrás que esperar mucho, y en ocasiones, ni siquiera podrás ver la realización de aquello que pediste, pero debes tener la confianza de que tu misión quedó cumplida —dijo Patli—. Es como lo que sucede con el buen sembrador, que no espera ver el resultado de su siembra en el instante en que deposita la semilla en la tierra.

—Eso lo sé bien, recuerda que vengo de una familia de campesinos —comentó Mía.

—Pues con más razón lo debes comprender. La simiente espiritual, al igual que la semilla que sembramos en la tierra, no tiene el mismo plazo para germinar. Si la semilla material germina en siete días, la espiritual puede nacer lo mismo en siete segundos, que en siete etapas de la eternidad; nosotros solo debemos sembrarla y cultivarla con amor, y un día nuestro espíritu, que pertenece a la vida eterna, gozará contemplando la germinación de la semilla que sembró, su crecimiento, su florecimiento y fructificación, y no solo esto, sino que podremos ver la multiplicación de ese fruto.

A partir de entonces, comprendiendo la lección que había recibido de su maestro, Mía empezó a practicar ese amor sin palabras con especial ahínco, no solo por lo que había visto en su sueño, sino porque ella había vivido en carne propia el profundo dolor que la guerra y la falta de caridad de los unos a los otros dejaban en el interior del ser humano.

Como testimonio para aquella joven mujer, no pasaría mucho tiempo antes de que conociera los sucesos que habían sido causa de su sueño.

A finales de noviembre de ese mismo año 44, Patli ponía en las manos de su pupila un diario que transmitía las noticias que llegaban del otro lado del mundo exterior. Era un artículo que había sido publicado originalmente en Suiza y los países aliados, y posteriormente en Washington, el cual estaba basado en un boletín informativo proveniente de mensajes secretos que, en forma de textos codificados, habían sido publicados por miembros de un grupo clandestino del Movimiento de Resistencia Polaca AK (ArMía Krayowa) (Ejército Nacional) y por el ZWZ (Zwiazek Walki Zbrojnej) (Unión para la Lucha Armada), los que recibían la información de grupos de conspiración retenidos en Birkenau, conocido como Auschwitz II, uno de los campos de exterminio más inhumanos que habían sido construidos por la Alemania nazi.

Mía, con los ojos bien abiertos, leía aquel artículo que decía:

“La mañana del sábado 7 de octubre de este año 1944, en el campo de concentración de

Auschwitz-Birkenau, la unidad de inteligencia de la organización clandestina se enteró de que el último grupo del Sonderkommando que había sobrevivido después del exterminio del 29 de septiembre de 1944 estaba programado para su exterminación en los próximos días. Se trataba del Sonderkommando que trabajaba en el crematorio 4, el que se pretendía que fuera asesinado por las SS (*Schutzstaffel*, organizaciones militares y de seguridad al servicio de Adolfo Hitler), debido a que la 'carga de trabajo' de las cámaras de gas disminuyó después de ser intensamente utilizadas contra judíos húngaros. Al enterarse de esta información, los prisioneros se amotinaron y dieron comienzo a la única rebelión a gran escala de la que se tienen noticias en Birkenau, apoyados por prisioneras que sacaban pólvora de contrabando de las fábricas cercanas para dársela a los miembros del Sonderkommando.

Armados con piedras y herramientas improvisadas, atacaron a los guardias de las SS y prendieron fuego al crematorio. Algunos prisioneros pudieron escapar, aunque la mayoría fueron capturados y asesinados. Doscientos cincuenta murieron en la lucha, junto a tres miembros de las SS, y doscientas personas más fueron asesinadas después. Las fuentes informaron también que miles de familias de gitanos habían sido encerradas en una sección especial del campo y habían pasado por las cámaras de gas en julio de este mismo año. El 10 de octubre, tres días después del levantamiento de los prisioneros, se procedió a la exterminación de los niños gitanos restantes en Birkenau".

Mía soltó el periódico y se refugió en los brazos de su maestro, sin poder evitar que las lágrimas corrieran por sus mejillas.

—¡Sucedió el día siguiente de que yo lo soñé! —exclamó con enorme dolor.

Patli la abrazó con ternura y, acariciando su pelo, le dijo:

—Sé que todo esto es muy doloroso, Mía, que resulta incomprensible y difícil de creer el grado de barbarie al que ha llegado una parte de la humanidad, pero precisamente por eso debemos prepararnos más en hacer el bien, porque no debes olvidar que si no somos causantes de la guerra, somos responsables de la paz.

—Pero, ¡¿cómo podemos lograr algo si la vida es tan cruel?! —dijo Mía desconsolada.

—La vida no es cruel con el hombre, pequeña, es el hombre el que es cruel consigo mismo.

—¿Y por qué somos tan tontos entonces?

—Porque hemos querido vivir sin Dios, hemos querido vivir sin Ley, sin percatarnos de una sencilla verdad.

—¿Y cuál es esa verdad? —preguntó Mía, limpiándose las lágrimas.

—Que nuestra vida y la de nuestro Creador es una sola, y tarde o temprano tendremos que reconocerla y vivirla como debe ser —dijo Patli.

—Pero mientras llega esa comprensión, ¡pensamos y actuamos tan distinto!

—Así es, porque ahora todos somos distintos en nuestra imperfección, Mía, pero en nuestra perfección todos seremos iguales algún día.

—¿Aun aquellos que están haciendo tanto daño?

—Aun aquellos, pequeña, porque en cada espíritu existe el germen divino, puesto que de Él brotamos todos; y así como nuestros hijos humanos heredan los rasgos o el carácter de sus padres, también los espíritus revelarán al fin lo que de su Padre han heredado, es decir, el bien y el amor.

—Me parece imposible creer que quienes han quitado la vida a tantos seres humanos de manera tan despiadada lleguen a ver la luz.

—Te voy a dar un consejo, jovencita: no juzgues, no sentencies, no desees ni con el pensamiento que la Justicia Divina caiga sobre aquellos que causan derramamiento de sangre entre los pueblos. Piensa tan solo que ellos, como nosotros, también son hijos de Dios, sus criaturas, y que tendrán que lavar sus grandes faltas con grandes restituciones —dijo Patli—. Y te voy a decir algo más: esos mismos que sin misericordia han destruido la paz y nos han conducido al caos, esos mismos serán los que en los tiempos venideros se constituirán en los grandes sembradores de la paz, en los grandes benefactores de la humanidad, porque, tarde o temprano, hablará en ellos la voz de la conciencia, ese juez interno que todos llevamos, y créeme, será una voz implacable, porque ese juez no se deja sobornar.

—"Con la vara que midas serás medido", ¿verdad? —dijo Mía.

—Y por esa medida, precisamente, todo aquel que haga daño a un semejante tendrá que pasar por la misma senda por donde hizo cruzar a sus víctimas, a sus pueblos, sin tener razón para quejarse o sorprenderse de que se lo mida con la misma vara, cuando en el espíritu de cada uno de nosotros Dios ha depositado una parte de cada una de sus potencias, virtudes y atributos; cuando nos ha hecho llegar su Ley desde el principio de nuestra creación como humanidad y nos ha dado el tiempo suficiente para nuestra comprensión, evolución y desarrollo. Es por eso que, tarde o temprano, aquellos que tanto daño han hecho alcanzarán la pureza espiritual para poder volver a la Tierra a restaurar, a reconstruir todo lo destruido, a restituir todo lo perdido.

—¿O sea que al final nadie se pierde? —dijo Mía con una sonrisa.

—¡Exacto! Eso es lo más importante de la Justicia Divina, en ella no hay vencidos, sino vencedores; no hay esclavos u oprimidos, sino liberados y redimidos. Al final, el único que saldrá derrotado será el mal, porque el triunfo será de la verdad, de la luz, de la justicia y del amor; y precisamente en esa derrota estará nuestro triunfo.

Noche Buena

El mundo seguía su curso, entre el agitado devenir de acontecimientos que afectaban de una manera u otra la vida de todos los pueblos del planeta, en medio de un año 1945 pintado de sangre, dolor y luto, matizado por pequeñas pinceladas de mínima esperanza. De manera que mientras Mía y muchos otros seres humanos celebraban que el ejército soviético hubiera liberado en el mes de enero a los cerca de siete mil prisioneros que quedaban en los campos de concentración de Birkenau y Monowitz, en febrero muchos otros sufrían las tres mil toneladas de bombas que los aliados habían lanzado sobre Berlín; y mientras Benito Mussolini era ejecutado en Italia en el mes de abril y el presidente Roosevelt moría en la Casa Blanca en el mismo mes, los Estados Unidos lanzaban sus bombas atómicas sobre Hiroshima y Nagasaki en agosto del mismo año.

En medio de tanto caos y hedor de muerte, surgía la Organización de las Naciones Unidas para fomentar la cooperación internacional y prevenir nuevos conflictos al declarar terminada la Segunda Guerra Mundial. Pero como bien había dicho Patli, "no sería la segunda, ni la última" y como aseguraba aquella perceptiva joven de escasos catorce años y medio, "sobre los escombros que había dejado esa guerra, se comenzaría a construir otra, porque muchos de los humanos solo tenían ambiciones de poder y venganza".

A pesar de todo, esa raquítica calma que se respiraba en el planeta le dio a Serafina la oportunidad de tener una de las alegrías más grandes de su vida, aunque llegara también teñida de profunda tristeza.

En diciembre de 1945, llegó hasta la puerta de El Refugio una visita inesperada, mientras Serafina y sus hijas Teté y Charito se esmeraban en preparar los platillos que degustarían con su familia esa Nochebuena.

La campana de la entrada sonó con insistencia, mientras Juanjo y la pequeña Isabel, sentados frente a la mesa de la cocina, disfrutaban de los mazapanes de almendra que había hecho su abuela. Teresa se quitó el delantal y corrió hacia la entrada para abrir la puerta; después de un rato, regresó con los ojos húmedos y al mismo tiempo llenos de alegría. Tomó a su madre por los hombros y, mirándola a los ojos, le dijo:

—Madre, tienes visita.

—¿Ahora? —preguntó Serafina apurada—. Pero si todavía no estamos listas. Si es Eduviges, dile que se deje de formalidades y que venga a ayudarnos a la cocina, que ahora no tengo tiempo de atenderlo.

—No se trata de Eduviges —dijo Teresa con la voz entrecortada—. Será mejor que vayas a la sala.

Serafina se lavó las manos un poco malhumorada y se quitó el delantal con la ayuda de Teté, que hacía lo posible por contener la emoción, mientras mirando a su hermana decía:

—Será mejor que vengas tú también, Charito.

Rosario siguió a su hermana con curiosidad y, junto con su madre, entró a la sala donde las esperaba el doctor Aldana en compañía de un hombre que permanecía de espaldas, mirando las fotografías que había sobre la chimenea.

—¡Qué gusto verlo, doctor Aldana! Qué bueno que aceptó la invitación para pasar la Nochebuena con nosotros. Le pido me disculpe por no estar lista para recibirlo como merece, pero con tantos preparativos, se me ha ido el santo al Cielo —dijo Serafina, estirando la mano para saludar al médico.

El hombre que estaba de pie volteó al escuchar la voz de la mujer y, mirándola emocionado, exclamó:

—¡Madre!

Serafina lo miró y se quedó petrificada, mientras Charito se llevaba las manos hacia la cara por la impresión. El hombre se acercó a ella y comenzó a llenarla de besos, diciendo:

—¡Mi madre bendita, mi vieja amada!

Serafina puso sus manos sobre el rostro de su hijo y empezó a besarlo con ternura, al mismo tiempo que decía:

—¡Toñín, mi Toñín!

Rosario se acercó a su hermano y lo abrazó con efusividad, mientras Teresa aprovechaba el momento para ir a la cocina a buscar a Isabel y a Juanjo para que conocieran a su tío Antonio.

Después del reencuentro y el llanto, de las presentaciones de los nuevos integrantes de la familia y los abrazos, estando más tranquilos se sentaron todos en la sala para escuchar de labios de Antonio las noticias agridulces que traía desde su entrañable España; pero como era de esperarse, antes de comenzar con la crónica, Antonio preguntó por su hermana menor.

—Y Mía, ¿dónde está? ¡Anda, Charito, dile que venga, que me muero por verla! Ya debe estar hecha toda una mujer.

Se hizo un profundo silencio que nadie se atrevía a romper, mientras Serafina volteaba hacia el doctor Aldana como preguntándole por qué no le había dicho nada de lo sucedido.

—Lo siento, Serafina —dijo el médico, entendiendo su mirada—. Creí que lo adecuado era que ustedes le contaran lo que ha pasado.

Serafina respiró profundamente y después, tomando la mano de su hijo, le contó lo que había sucedido con su hermana menor.

—Lo lamento mucho, madre —murmuró el hombre consternado, abrazando a Serafina—. Me imagino lo mucho que debes haber sufrido.

—No te imaginas cuánto —respondió—, pero aún conservo la esperanza de que la volveré a ver algún día, porque no encontraron ningún rastro de ella entre los escombros.

—¡Ya basta, madre! —exclamó Teté—. No puedes seguir guardando una esperanza en algo que sabes que no puede ser.

—¡¿Y tú qué sabes Teresa?! Siempre pensamos que no volveríamos a ver a tu hermano y míralo, aquí está.

—Vamos, Teté, déjala en paz. Si ella se siente bien guardando la esperanza, ¿a ti qué te va? —le dijo Antonio.

—Bueno, pero ahora cuéntanos, ¿cómo están todos en España?, ¿cómo está Rafa? —preguntó Serafina.

—Madre... Lamento tener que darte esta noticia después de lo que ha sucedido con Mía, pero es mi obligación decirte lo que ocurrió en el frente en junio del 37 —dijo Antonio con tristeza.

–Dime lo que sea Toñín –dijo Serafina con valentía, adivinando lo que su hijo tenía que decirle–. Después de todo el dolor que he vivido, no he tenido más remedio que volverme un muro de fortaleza.

—Rafa y yo estábamos incorporados al mismo batallón —comenzó a decir Antonio, sosteniendo la mano de su madre—, y el día 5 nos dirigimos de noche a una posición del Cinturón de Hierro que estaba en Fica, a la que llegamos alrededor de las siete de la mañana para reforzar las filas, pero el enemigo ya tenía localizada nuestra posición y, en cuanto llegamos, comenzaron un ataque furioso por la retaguardia con cañones, ametralladoras y bombas de la aviación, que duró hasta las nueve de la noche. Cuando hubo un momento de calma, atravesé por la zanja en la que nos encontrábamos escondidos para buscar a Rafa, pero un compañero me dijo que lo habían herido y lo habían llevado a una caseta de pinos donde llevaban a los que caían en el combate para curarlos. Cuando llegué al lugar donde se suponía que estaba la caseta, no encontré nada; había sido incendiada y destruida por la aviación durante el ataque, y ninguno de los que estaban dentro se había salvado. Desesperado, quise buscar entre los escombros, pero en ese momento comenzó el ataque de nuevo, y tuvimos que salir corriendo de ahí, porque, de habernos quedado, hubiéramos muerto sin remedio los que aún estábamos vivos.

—¡Mi hijo! —exclamó Serafina con profundo dolor—. ¡Mi Rafaelillo! ¡Que Dios lo tenga en su gloria!

Charito se acercó y abrazó a su madre, mientras dejaba caer sus lágrimas. Antonio la abrazó también y, después de tomar un sorbo de vino, continuó diciendo:

—Salimos corriendo hacia la carretera y en el camino nos encontramos por suerte un refugio bajo tierra, que seguramente había sido hecho por los zapadores que estuvieron construyendo el Cinturón. Nos quedamos ahí ocultos durante dos días en que no pararon los ataques, y yo tuve que aguantar las ganas de llorar por mi hermano para que los otros no dijeran que era un gallina.

«A las cuatro de la tarde del día siguiente, nos dieron la orden de seguir a Zamudio, y de ahí hasta Santo Domingo para incorporarnos a ese batallón. El 12 de junio, como seguramente ya sabéis, el intenso bombardeo por parte de la aviación y la artillería sublevadas abrió una brecha y penetró el Cinturón sin que pudiéramos hacer nada para evitarlo. En unas cuantas horas nos obligaron a retroceder hasta Bilbao para preparar la defensa en las calles, porque no nos quedaba otro camino. La moral de las tropas estaba por los suelos, pero, a pesar de ello, esa noche del 13 tuvimos que evacuar a gran parte de la población para que se fuera a Santander. Yo recordé que ese día era el cumpleaños de Mía, y quise aprovechar para darle un beso y ayudaros en lo que pudiera, porque sabíamos que iban a comenzar los bombardeos muy pronto; así que salí de Bilbao y me fui caminando hacia Sopuerta, pero una bomba me alcanzó en el camino y… ya no supe más…

—¡Basta, Toñín! —dijo Serafina, acariciando a su hijo—. Ya no nos cuentes más… Lo importante es que tú estás aquí.

—Sí, Antonio, no te tortures más —agregó Teté.

—¡Es que tengo que contaros, porque después de eso han sucedido muchísimas cosas importantes! —dijo Antonio, sacando de su billetera una fotografía—. Mira, madre, ellas son mi esposa Marie, mi hija Gabrielle y mi hija Elouan.

—¡Qué guapas están! —comentó Serafina, tomando la fotografía en sus manos—. ¿Qué edad tienen tus crías?

—Gabrielle tiene siete y Elouan acaba de cumplir los cinco; las dos han nacido en Francia.

—Ah, ¿sí? ¿Y por qué en Francia? —preguntó Rosario, viendo la fotografía.

—Cuando desperté luego de la explosión, habían pasado catorce semanas y estaba en un hospital en Burdeos, Francia, al que me había llevado una ambulancia de la Cruz Roja que me recogió en el camino, cuando estaban llevando heridos a la frontera después de los bombardeos.

«Cuando volví a tomar consciencia, me explicaron que había estado en coma todo ese tiempo, pero yo no sabía de qué me hablaban, porque a causa del traumatismo me atacó una amnesia que no me dejaba recordar quién era, cómo me llamaba ni de dónde venía; y no tenía ningún papel que me identificara. Pasé varios meses sin saber quién era, como si estuviera en un limbo, y fue entonces cuando conocí a Marie, que era voluntaria del hospital. Al enterarse de mi historia me agarró cariño y, por varios meses mientras me curaba de las heridas causadas por las bombas, se dedicó a hacerme compañía y a buscar algún indicio de quién era, pero no logró nada.

«Dejé el hospital después de varios meses, y me fui a vivir con ella porque ya nos habíamos involucrado en lo sentimental, y comencé la tarea de tratar de recordar, pero no tuve éxito, hasta que, por una de esas "casualidades" del destino, un día me topé con un paisano que decía conocerme, que habíamos estado en el mismo batallón. Poco a poco, con su ayuda, empecé a reconstruir los pedazos de mi memoria, y paso a paso fui recordando, pero para entonces ya había transcurrido más de un año y mi corazón ya le pertenecía a Marie. No podía regresar a Bilbao porque había orden de aprehensión en contra de los que habíamos luchado en el Ejército Republicano, y muchos de los que se atrevían a regresar eran capturados y fusilados.

—¡Dios, qué desgracia! —dijo Serafina.

—No tenía idea de cómo ponerme en contacto con el resto de la familia, porque muchos de los hermanos se habían movido de lugar o se habían ido a vivir a otras provincias donde se sentían más seguros, y cuando por fin recordé la dirección de Sopuerta, envié cartas, pero me las devolvieron diciendo que ya no se encontraba esa familia en dicha dirección.

—Y entonces, ¿cómo supiste dónde estábamos? —preguntó Serafina.

—Fue gracias a Marie, ¡bendita mujer! Cuando se dio cuenta de la angustia que sentía por no saber nada de mi familia, atravesó la frontera y se fue a buscarlos a Sopuerta, y fue así como, indagando con algunos vecinos, se enteró de que mi padre había muerto y que vosotras os habíais ido a Francia a un campo de refugiados. Gracias a su trabajo como voluntaria y a las conexiones que había logrado en sus años de servicio, consiguió a través de amigos que están en la Cruz Roja las listas de refugiados de los campos, y así supimos que te habías ido con mis hermanas al campo de Argelès-sur-Mer y que de ahí habían salido en un barco hacia América —dijo Antonio, sin poder disimular la emoción—. Encontraros en México fue cuestión de seguir indagando. Me fue difícil localizar a todo el resto de la familia, porque solamente Álvaro y Mercedes regresaron a Bilbao después de los bombardeos. El resto de la familia se ha ido a diferentes provincias, pero he podido por fin dar con todos y recolectar cartas y fotografías que aquí os he traído.

Antonio sacó un atado de cartas que guardaba en el bolsillo de su saco y las puso en las manos de su madre, quien con gran emoción desató el paquete para abrir cada uno de los sobres en donde había cartas cariñosas de los hijos y los nietos, fotografías de cada uno de ellos, e incluso varios recuerdos, como una medallita, un premio del colegio o algún dibujo de los más pequeños.

Teté y Charito se compartían las cartas pasándolas de la una a la otra, y les enseñaban a sus hijos las fotografías de la familia ausente con enorme nostalgia, mientras Serafina se limpiaba las lágrimas que le impedían leer con claridad.

Esa fue una Nochebuena inesperadamente feliz para aquella familia que, después de tantos años, reabría su corazón y alzaba la voz para hablar ilusionada de todos aquellos seres queridos que jamás se mencionaban, por no sangrar las heridas que había dejado su ausencia.

Sentada a la cabecera de la mesa en compañía de Braulio, Esteban y Antonio, de Eduviges Hidalgo y el doctor Aldana, de sus hijas y nietos, aquella estoica mujer compartió las deliciosas viandas que habían preparado y, alzando su copa emocionada, se levantó para decir:

—¡Por Rafa y Mía!

—¡Por Rafa y Mía! —respondieron todos.

Antonio permaneció con su madre y hermanas por un mes completo que pasó para todos como el agua entre los dedos; días felices que aprovecharon al máximo para abrir el baúl de los recuerdos, para escribir cartas interminables y cariñosas, y tomar un sinfín de fotografías que tejieran un nuevo lazo de amor con la familia que, llena de esperanza, esperaba noticias en su bendita España.

El Pacto

Mía veía cada vez más cercana la fecha en que tendría que entrar al portal, sin poder descubrir aún cuál era el secreto para activar los cristales pulsantes de Nibiru, y mientras más se acercaba aquel momento tan ansiado y a la vez temido, su corazón enamorado se recreaba con la compañía de aquel gallardo aprendiz que, al igual que ella, soñaba con el momento en que pudieran gritarle al mundo que se amaban, sin tener que vivir ocultos entre las cavernas de Xoxafí.

Ese era un día especial para ambos, porque, además de que comerían juntos a la orilla del río subterráneo los manjares que Itstli llevaría para compartir con ella, habían pactado jurarse amor por el resto de sus vidas en una pequeña ceremonia íntima, en la que no habría más testigos que el Señor que los había creado.

Aprovechando la ausencia de Patli, que la mañana anterior había ido a Jaltocan a visitar a su madre por un par de días, Mía se preparaba para aquella celebración con especial esmero, poniendo velas encendidas alrededor de todo el lugar y pétalos de flores que Laila había recolectado para la ocasión. Dispuso una jarra con néctar de frutas rojas y miel de abeja, se perfumó con el extracto de jazmín que Itstli había preparado para ella, y adornó su cuello con el collar de cuentas y caracoles que la sílfide le había regalado hacía casi tres años. Estaba tan convencida de que su amor por aquel muchacho, desde el día en que se conocieron, había crecido tanto y era tan profundo y vital, que, al no tener la seguridad de volver de aquel viaje al pasado que debía emprender tres días después, decidió en su corazón que era ese el momento de prometerle a Itstli fidelidad para siempre, entregándose a él en cuerpo y alma por lo que le quedara de vida.

Lo vio llegar apuesto en su pequeña barca, con sus ojos tan negros y enamorados, como si fuera un caballero que en blanco corcel llegara ante su dama; lo besó en los labios apasionada y, entrando en la barca, tomó las viandas que Itstli había comprado para la celebración. Las colocó sobre el mantel que tenía preparado a un lado del río y después, tomando a Itstli de la mano, lo condujo al hermoso rincón que había arreglado para su ceremonia de amor. Se sentaron uno frente al otro en medio de las luces tintineantes de las velas ambarinas, se tomaron de las manos y, elevando el espíritu, pidieron al Hacedor de Todo que bendijera su unión. Después, se miraron a los ojos y, en medio de sonrisas, se juraron su amor.

—Mía, mi amada —dijo Itstli con profunda emoción en la voz—. Te tomo como mi esposa, mi compañera, como la dueña de mi hogar y no como mi esclava; tú serás mi corazón, la tierra fecunda en la que se multiplique mi amor, serás mi complemento. Yo seré tu escudo, tu guardián, tu fuerza; quien cuide dignamente nuestro hogar. Prometo poner mi virtud y mi talento para afrontar las pruebas, para seguir la Ley, para vivir en la fe y en la virtud, y hago pacto contigo y ante Dios, para amarte y respetarte en lo humano y en lo espiritual, para que, en armonía formemos una sola carne, una sola voluntad y un solo ideal.

—Itstli, mi amado —dijo Mía con los ojos húmedos—. Te tomo como mi esposo, mi compañero y mi señor. Tú serás mi simiente, mi guía, mi ejemplo; yo seré tu ternura, tu regazo, tu manantial, y pondré mi virtud para velar por la paz de nuestro hogar, para que siempre encuentres en él dulzura y respeto; para que siempre haya bendiciones en nuestra mesa y amor en nuestra alcoba, y hago pacto contigo y ante Dios, para hacer de nuestro hogar un templo donde te amaré en lo humano y en lo espiritual para que, en armonía, formemos una sola carne, una sola voluntad y un solo ideal.

Mía vertió un poco del néctar de frutas en un vaso, lo dio a beber a Itstli y después ella bebió un sorbo, dejó el vaso en el suelo y, acercándose a su compañero emocionada, le ofreció sus labios diciendo:

—Soy tuya para siempre.

Se unieron en un beso prolongado y tierno, y luego se quedaron abrazados sin decir palabra.

—¡Esto es lo más hermoso que he visto en mucho tiempo! —dijo la sílfide, aplaudiendo con sus diminutas manitas de color azul, escondida entre las rocas. Después, armándose de valor, se acercó al lugar donde estaban los manjares y, sentándose en el suelo, dijo—: ¿Ya podemos comer?

—Está bien —dijo Mía, sonriendo a la pequeña intrusa—, ya puedes.

Se sentaron junto a ella y probaron las deliciosas viandas entre melosas miradas llenas de amor. Después se tomaron de la mano y, despidiéndose de Laila, se levantaron para ir juntos a dar un paseo por la orilla del lago.

—¿No puedo ir con ustedes? —preguntó Laila con ansiedad—. No me gusta dejarte sola cuando Patli no está en Xoxafi.

—Ya no está sola, sílfide —respondió Itstli—, ahora me tiene a mí.

Mía dio un beso a Laila en su pequeña frente y, sonriendo con dulzura, le prometió:

—No te preocupes, vuelvo pronto.

Se fueron caminando por la orilla del lago hasta el salón de los secretos, aquel hermoso espacio conformado por estalagmitas y estalactitas, que lucían aún más bellas que antes a los ojos de Mía, iluminadas por su amor y por aquellos farolitos de luz artificial que los silfos mantenían encendidos por todos los rincones de la gruta.

—Creo que este es uno de mis lugares favoritos en Xoxafí —dijo Mía, contemplando la belleza del lugar.

—Sí —asintió Itstli—, también el mío.

Se acostaron en medio de una planicie rodeada por aquellas hermosas y puntiagudas formaciones calizas, para contemplar las increíbles salientes rocosas que apuntaban hacia ellos desde la cúpula de la gruta; después de un rato de contemplación, comenzaron las caricias y los besos, para culminar en una entrega de amor virgen y manso, en el que Mía y el aprendiz se ofrecieron el uno al otro en cuerpo y alma sin temores, sin dudas, suavemente, sin prisas, con un amor inocente y tierno, arrullados por el sonido apacible del río subterráneo.

Mía se quedó recargada en su pecho, intentando guardar en su ser todos los recuerdos del glorioso momento; después se incorporó satisfecha y, cubriéndose con las escasas ropas que usaba siempre dentro de la cueva, estiró la mano decidida y le dijo a su compañero:

—Ven, quiero enseñarte un secreto.

Itstli se levantó y la siguió con curiosidad hasta el lugar donde estaba la estalagmita que resguardaba la razón de su estancia en Xoxafí. Le pidió que la ayudara a mover la enorme columna caliza y después, introduciendo sus manos en el interior del hueco, sacó el estuche que contenía el maravilloso secreto.

—Son los cristales pulsantes —dijo Mía, dejando al descubierto aquellas hermosas piezas de cristal de roca.

—¿Son los que abrirán el portal? —preguntó Itstli, mirándolos con asombro.

—Sí, pero aún no tengo la menor idea de cómo va a suceder. Sé que tiene algo que ver con el eclipse de luna y también con algo que se supone que yo sé, pero hasta ahora no veo claro. A veces me parece que ha sido una equivocación, que yo no soy la indicada para una tarea semejante.

—No te preocupes, rubita amada —dijo Itstli, acariciando su mejilla—, ya lo sabrás cuando llegue el momento.

—Eso es lo mismo que me ha dicho Patli todo este tiempo, pero faltan tres días para que suceda y a veces me alcanza la duda.

—¿Puedo tocarlos? —preguntó el muchacho con curiosidad.

—No veo por qué no.

Itstli pasó su mano con suavidad por encima de los cristales, asombrado por la tersura de las piezas, después pasó sus dedos por las orillas dentadas y dijo:

—Pareciera que embonan a la perfección.

—Así es —dijo Mía—, pero aún no entendemos para qué, porque al ponerlas una sobre otra no se mueven ni hacen nada.

—Tal vez tenga que ver con los rayos de la luna.

—Tal vez —respondió Mía, mientras volvía a guardar las piezas en el estuche y las colocaba dentro de su escondite—, eso es lo que dice la tablilla.

Sacó con mucho cuidado el envoltorio que permanecía cubierto con el paño rojo y le mostró a su compañero la delicada pieza de arcilla.

—¿Esta eres tú, la que sostiene los cristales?

—Eso dicen Patli y Tekolotl, pero no lo sé... ¡Falta tan poco tiempo para que llegue el momento...!

—Estoy seguro de que estarás lista, has trabajado mucho para lograrlo, tu espíritu ha avanzado un gran trecho desde que llegaste a Xoxafí, y detrás de todo el misterio estoy seguro de que hay una razón para que seas tú la elegida.

—Si todo esto termina bien, se acabará el misterio, y entonces podremos gritarle al mundo que nos amamos —dijo Mía, mirándolo con ternura.

—¡De verdad que no veo la hora de que llegue ese momento! —exclamó el muchacho—. Cada vez me cuesta más trabajo separarme de ti.

Se dieron un beso dulce y prolongado, y después de guardar la tablilla en el hueco, ayudada por Itstli, Mía volvió a colocar la estalagmita en su lugar, miró a su compañero con seriedad y le dijo:

—Tienes que prometerme que no vas a decirle a nadie que te enseñé el lugar donde están guardados los cristales, ese debe ser nuestro secreto.

—Lo prometo —respondió Itstli, poniendo un beso en su frente. Después, la tomó de la mano y, mirándola con picardía, le dijo—: Yo también tengo un secreto que voy a compartir contigo; ven, acompáñame.

Itstli regresó con ella por la orilla del río hasta el salón de la ventana triangular, la cargó en sus brazos y con agilidad la subió a su barca, luego subió él y empezó a buscar dentro de la embarcación unas lámparas de mano, le dio una a Mía y él tomó la otra mientras decía:

—¡Con esto será suficiente!

Encendió el farol que colgaba en la punta de la barca y empezó a navegar por la corriente del río, desviándose, después de una hora aproximada de navegación, por uno de los canales que Mía no conocía; atravesó laberintos de cuevas y túneles, hasta llegar a una explanada pulida desde donde se contemplaban formaciones rocosas de caprichosas figuras. Ancló la barca en la orilla, tomó a la joven por la cintura y bajó con ella a tierra firme.

—Ven, sígueme, es por aquí —dijo, encendiendo su linterna. Mía encendió la suya y comenzó a seguirlo mientras decía:

—No entiendo de qué hablas, ¿a dónde quieres que vayamos? La verdad que esto no me está gustando, Itstli.

—Está bien, te explico —respondió el muchacho—. Hace algunos meses, una mañana que vine a visitarte, mi instinto aventurero me llevó a querer saber qué había más allá de Xoxafi, entonces me subí a la barca y navegué por un buen rato por otros canales del río hasta que, al pasar por aquí, me pareció ver a alguien que caminaba entre las rocas. Desembarqué y comencé a seguirlo –según yo–, bajando por un sendero perdido entre las piedras, hasta que llegué a un lugar que despertó mi curiosidad por su paisaje impactante de estalactitas y estalagmitas gigantes y densas, parecidas a las que hay en el salón de los secretos, pero no fue eso lo que llamó tanto mi atención, sino lo que encontré más adentro.

—¿Y qué encontraste? ¡Anda, guapo, dime ya, que me tienes con el alma en un hilo!

—Pues al fondo de la gruta, confundidas entre las estalagmitas gigantes, me encontré unas figuras que miden más de dos metros de altura, están talladas en algún tipo de piedra, pero no se parece a la que hay en estas grutas que es rojiza, o como la que hay fuera de las grutas que es de color gris oscuro o negro, esas figuras están hechas con una piedra de color como hueso... parecen de arena compactada pero muy dura, y son muy extrañas.

—Pero, ¿qué tienen de extrañas? —preguntó Mía con enorme interés.

—Pues... que no son cualquier clase de figuras que puedas imaginar —dijo Itstli—, porque son figuras con cuerpos humanos, pero tienen cabeza de reptil; parecen cabezas de serpientes, o iguanas, o algo así, pero con manos, pies y cuerpos como los nuestros, y eso no es todo: muy cerca de ahí encontré la huella de un pie, pero no era un pie normal, porque era como dos o tres veces más grande que el pie más grande que hayas visto en tu vida.

—¡Por Dios, Itstli, que me estás asustando! Mejor regresamos a Xoxafi.

—¡Vamos, españolita! —dijo el muchacho, tomándola de la mano—. ¿Dónde está el espíritu aventurero que has tenido siempre? ¿O me vas a decir que no quieres verlo con tus propios ojos?

—Bueno... sí... pero...

—¡Pero nada! Yo te prometí compartir mi secreto contigo, así que ándale, sigue caminando que ya no estamos muy lejos.

Mía obedeció a su compañero y continuó caminando guiada por él, bajando por un intrincado sendero que los condujo a un lugar que, al igual que a Itstli, le llamó la atención por sus formaciones rocosas y gigantescas pilastras de formas caprichosas; por estalagmitas y estalactitas que con el paso del tiempo se habían convertido en gruesas columnas de imponente belleza, y más abajo, al fondo de la gruta, descubrió las extrañas figuras de las que le había hablado el aprendiz.

Eran de gran altura y estaban separadas por una distancia como de dos metros una de la otra, dando la impresión de ser centinelas que custodiaban una puerta de entrada, pero solamente había un muro de roca detrás de ellas. Eran de piedra de color claro perfectamente bien pulidas y trabajadas, y, como le había descrito Itstli, tenían cuerpos humanos, pero con fisonomías de reptil del cuello hacia arriba. Ambas estaban en cuclillas y tenían un adorno circular en la parte alta de la cabeza, y en las manos sostenían una especie de vasijas.

Mía pasó su mano curiosa sobre las figuras, siguiendo el contorno de sus rostros reptiloides, y asomó sus enormes ojos sobre las vasijas que sostenían, mientras decía:

—¡Vaya, esto sí que es interesante! ¿Quién crees que las habrá puesto aquí?

—No tengo la menor idea, se supone que esta parte de las grutas y del río subterráneo solo la conocemos unos cuantos —respondió Itstli, mientras buscaba el lugar donde había descubierto la huella gigante—. ¡Mira, aquí está; acércate!

Mía se acercó y se agachó para palpar aquella enorme pisada, cuando de pronto, escucharon un ruido a unos metros de distancia, detrás de las formaciones rocosas que había frente a ellos.

—¿Escuchaste? —preguntó Itstli.

—Sí —dijo Mía en voz baja—. Será mejor que nos vayamos.

—¿Y perdernos la oportunidad de investigar de qué se trata todo esto? ¡Ni lo pienses!

—Vamos, Itstli, lo importante era que me enseñaras tu secreto y ya has cumplido —insistió Mía, en el momento en que volvieron a escuchar un ruido frente a ellos.

—Espérame aquí —le pidió el muchacho, hablando casi en secreto al oído de su amada—, ahora regreso.

Mía trató de detenerlo, pero el instinto intrépido del joven lo empujó hacia la aventura.

—¿Hola?, ¿hay alguien ahí? —dijo Itstli, mientras Mía permanecía agachada y muerta de miedo entre las rocas.

De pronto se hizo un silencio que duró unos segundos de torturante espera, y después de eso, Mía escuchó una especie de lamento apagado al que siguió un sonido seco que produjo el cuerpo de Itstli al caer desplomado en el suelo a poca distancia de ella. Quiso gritar e incorporarse para correr hacia su amado, pero sintió que una mano le cubría la boca con suavidad, mientras algo le impedía levantarse. Después, frente a sus desorbitadas pupilas, contempló en la penumbra la figura de un ser enorme que se acercaba a Itstli con la agilidad de una gacela. Era muy parecido a las esculturas que habían encontrado, tenía una espalda muy ancha y piernas fuertes, y, al agacharse frente al muchacho, Mía notó que de su espalda brotaba una protuberancia, algo así como una especie de cresta dorsal. El extraño ser se quedó quieto clavando una mirada de ojos rojizos y brillantes en dirección al lugar en el que Mía permanecía escondida, y dejando salir de su garganta un peculiar sonido que parecía una especie de bufido, desapareció de la vista de aquella joven mujer que, sin darse cuenta, empezó a caer en un sueño profundo.

Agartha

Cuando abrió sus azules pupilas, Mía se encontró en un lugar extraño y singular, que le hizo recordar por un instante la sensación que tuvo la primera vez que contempló Xoxafi. Una música suave acariciaba sus oídos en medio de una atmósfera de luz tenue, había un aroma delicioso envolviendo el ambiente y se sentía absoluta paz. Los muros de la habitación en la que se encontraba recostada eran delicados y cristalinos, había finos muebles de maderas talladas en tonos claros con filos dorados y techos altísimos adornados con filigrana de oro también; pero a pesar de encontrarse en un espacio tan singular, la imagen de Itstli cayendo al suelo como una marioneta abandonada por su titiritero la hizo sobresaltarse de pronto, e hizo que una bella mujer que la contemplaba desde la entrada de la habitación se acercara con premura para ayudarla.

Era una mujer hermosa que medía no menos de dos metros de altura, tenía la piel lozana y suave, el cabello negro largo y sedoso, ataviado por una cinta con cuentas brillantes que se ceñía también sobre su frente blanca; lucía una sonrisa dulce y pura como la de un niño pequeño, y una figura estética de bellas líneas que se adivinaba a través de una túnica ligera.

—¡Volviste, Mía! —dijo la hermosa mujer acercándose despacio, hablándole en idioma español, pero con un extraño acento que era apenas perceptible—. ¿Ya te sientes bien?

—Sí, gracias. ¿Dónde está Itstli? —preguntó, sin rodeos, sin comprender de qué se trataba todo aquello.

—Antes de responder a todas tus preguntas, déjame presentarme: me llamo Itzayana y seré tu acompañante durante tu estancia en Telos.

—¿Telos? ¿Y dónde queda eso?

—En Agartha, la Tierra interna —respondió.

—¡Ah! —dijo Mía sin la menor sorpresa—. Entonces somos vecinas, porque yo vivo en Xoxafi, aunque solo será por un tiempo más.

—Sí —respondió Itzayana—, fue de Xoxafi de donde los trajeron.

—¿Dónde está Itstli? —volvió a preguntar Mía—. ¿Se encuentra bien?

—Ven —respondió la mujer ante la insistencia de la joven—, te llevaré con él.

Mía se levantó de la cama y se paró junto a Itzayana para darse cuenta de lo alta que era, y con la naturalidad que la caracterizaba, dijo:

—¡Anda, tú sí que eres gigantona!

—En realidad, yo soy muy pequeña —dijo sonriendo—, porque mi familia también vino de la superficie y es de una raza pequeña, aunque las condiciones de vida y salud en la Tierra interna son tan maravillosas, que nos han hecho crecer un poco; en Telos, el promedio de estatura está entre los dos metros y los dos metros y treinta centímetros, pero en Shambala, que es la ciudad capital, los habitantes llegan a medir hasta tres metros y medio.

—Pero ¡¿eso es verdad?! —preguntó Mía sorprendida—. ¡Entonces los frailes que vinieron a América durante la conquista tenían razón!

—Sí, en la Tierra ha habido humanos de gran estatura desde tiempos remotos.

Itzayana y Mía caminaron platicando como si se conocieran de toda la vida, mientras en su trayecto la bella agarthiana iba respondiendo a todas las preguntas de aquella joven que no dejaba de asombrarse con las maravillas que veía en su camino.

—En la Tierra interna vivimos hermanos de muchas razas distintas; algunas son ancestrales, tan antiguas que se pierden en el tiempo. Telos es una ciudad que está muy cerca de la superficie, está debajo de un monte del estado de California al que ustedes llaman Shasta, y es una de las ciudades más pobladas de Agartha.

—Y, supongo que es ahí donde nos encontramos ahora —djo Mía con asombro—. Pero ¿cómo pudimos llegar hasta aquí tan rápido?

—En Agartha usamos medios de transporte distintos a los que usan arriba; tenemos algo que llamamos "cintas transportadoras", tenemos "trineos electromagnéticos" para viajar dentro de las ciudades y, para viajes más largos de una ciudad a otra, usamos un transporte al que llamamos "tubo", que viene a ser como el metro que usan en la superficie. La diferencia es que nuestro "metro" viaja a una velocidad de seis mil kilómetros por hora, lo que quiere decir que ustedes llegaron desde Xoxafí hasta aquí en menos de treinta minutos.

—Pues hasta ahora no entiendo la mitad de las cosas que me has dicho, pero aun así todo suena muy interesante y maravilloso —dijo Mía.

—Es que el avance tecnológico de la superficie aún es mucho más lento del que hay en la Tierra interna —respondió Itzayana tras una sonrisa.

—Eso y muchas otras cosas, me imagino. Aquí todo el mundo se saluda, se siente que vive en paz, no como allá arriba, en donde no ha terminado una guerra cuando ya está comenzando otra —dijo Mía.

—Sí, aún tenemos mucho que aprender tanto los hermanos del exterior como del interior para llegar al conocimiento de que todos somos uno solo, y que no podremos ascender mientras haya uno de nosotros que no haya alcanzado la luz y la evolución, pero sabemos que eso cambiará en un futuro cercano, porque las profecías se siguen cumpliendo.

—Sí, ahora es el tiempo de la "tribulación", y aún faltan muchas cosas malas por venir —dijo Mía.

—Sí, lo sabemos; pero también sabemos que al final, después de la gran batalla, todos regresaremos al Creador, por eso hay que trabajar sin descanso.

Siguieron caminando y platicando por las hermosas calles de Telos, ante el asombro de Mía, que no dejaba de maravillarse con la tecnología y las cosas inimaginables que veía en su travesía hacia el centro de sanación. Ávida de conocer más sobre aquella desarrollada familia interterrestre, no paraba de hacer preguntas.

—¿Por qué todos se ven jóvenes y sanos en Telos?

—Porque no creemos en la guerra ni en la violencia, sino en el amor y en la ayuda mutua; tampoco creemos en la muerte, por lo que, no siendo algo que nos preocupa, no tiene poder sobre nosotros. Cuando hemos terminado nuestra misión en la Tierra, simplemente dejamos nuestra materia para ascender a otro plano. Solo la violencia y el juicio que vemos en ustedes pueden llegar a afectarnos físicamente en algún momento —explicó la interterrestre.

—Sí, me imagino que hay muchas cosas de nosotros que deben causarles cuando menos un dolor de cabeza —dijo Mía, sonriendo sarcástica.

—Sí, algunas —respondió Itzayana sonriendo con timidez—. Una de las cosas que más daño les hace allá arriba es el dinero, por eso en Agartha no existe.

—¡Qué maravilla! —exclamó Mía—. ¿Pero cómo hacen entonces para obtener todo lo que necesitan?

—Todas nuestras necesidades básicas están cubiertas por completo —respondió Itzayana, mientras caminaban por una hermosa pasarela cubierta de verde musgo—. Si se nos antoja un lujo, lo podemos obtener por medio de un sistema de trueque, pero todo en Agartha funciona a través de un sistema de computación basado en aminoácidos que sirve para muchas funciones. Además de supervisar las comunicaciones entre ciudades, sirve a las necesidades de cada individuo en su hogar; cubre nuestras necesidades de alimentación, de vestido, de estudio, así sabemos cuándo hay alguna deficiencia en nuestros cuerpos, o cuando tenemos alguna falta de vitaminas o minerales, y cuando es preciso, transmite también la información concerniente a los registros akásicos para el crecimiento personal.

—Otra vez estoy en problemas —dijo Mía—, no entiendo qué es eso de "akásicos".

—Es verdad, perdón. Se me olvida que tienes una materia muy joven para conocer ciertas cosas. "Akásico" viene de una palabra que en el idioma sánscrito quiere decir "éter"; los registros akásicos son la memoria de todo lo que ha acontecido en el Universo desde el inicio de los tiempos, lo que queda registrado en ese "éter" invisible por toda la eternidad —explicó Itzayana, y luego se detuvo frente a una bella construcción rodeada por hermosos jardines.

Subieron una escalinata hacia un imponente edificio de arquitectura circular, cubierto por una imponente cúpula dorada; Itzayana se comunicó por telepatía con otra mujer tan bella y alta como ella, que se encontraba dentro del edificio de inmaculada limpieza. La mujer miró a Mía con ternura y, regalándole una sonrisa, sin decir nada las condujo a ambas a una habitación cristalina, que seguía la misma forma circular del plano arquitectónico. En el centro del cuarto, había una especie de incubadora gigante, la que, de una manera inexplicable para Mía, permanecía suspendida en el aire como sostenida por un campo energético invisible a sus ojos, y en el interior del extraño aparato, iluminado por unas luces muy tenues, estaba Itstli, que parecía estar sumido en un profundo sueño.

Mía se acercó a él con los ojos húmedos, sin comprender por qué estaba su amado recostado dentro de aquella caja de cristal. Itzayana se acercó también y, poniendo la mano sobre el hombro de Mía, dijo:

—Lo amas mucho, ¿verdad?

—¡No sabes cuánto! —respondió Mía.

—Yatziri vendrá en un momento para explicarte lo que pasa con él, es una pena que no haya podido despertar.

Mía volteó a mirarla sin comprender el sentido de sus palabras, en el momento en que vieron entrar en la habitación a otros hermosos seres humanos. La mujer debía medir por lo menos veinte centímetros más que Itzayana, y el hombre, treinta centímetros más. Vestían una delicada túnica blanca confeccionada en una especie de algodón muy fino, con bordes dorados, y unas mallas del mismo color impecable; portaban unas sencillas sandalias de cuero adornadas al frente por una especie de medallones de oro, y cubrían su cabeza con unos turbantes blancos, que hacían un bonito marco para sus rostros delicados y sin defecto alguno.

La mujer se acercó a Mía con la familiaridad de amigas de toda la vida, se agachó para abrazarla con una enorme sonrisa, y después, con finos modales y voz cariñosa, la invitó a sentarse con ellos en un cuarto contiguo decorado con mullidos sillones de grandes dimensiones, luces tenues y una música suave que relajaba los sentidos.

—Bienvenida, Mía, me llamo Yatziri, soy la directora del centro de ciencias curativas de Telos, y él es Canek, mi colega y sabio sanador —le dijo amablemente—. Es un placer tenerte entre nosotros, aunque no parezca muy favorable el momento.

—Sí, gracias, mucho gusto —respondió Mía, sin atreverse a preguntar qué pasaba con su compañero.

—Está bien, Mía, pregunta todo lo que quieras, se trata de que regreses sin duda a Xoxafi —dijo Yatziri, escuchando sus pensamientos.

—Es que… me da miedo preguntar.

—¿Tienes miedo de que te respondamos que no? —terció Canek tras una suave sonrisa—. No te preocupes, Itstli está vivo, sanamos el traumatismo que provocó el golpe en el sistema nervioso central, pero no hemos podido hacer que regrese del coma.

—No entiendo bien qué fue lo que pasó —dijo Mía con desconcierto.

—Son cosas que a su tiempo serán reveladas al mundo, Mía, pero aún no ha llegado el momento. Hay fuerzas invisibles a la mirada humana que influyen constantemente en nuestra vida. Las hay buenas y las hay malas; las buenas nos dan salud y las malas, enfermedades, las hay luminosas y también oscuras.

—Sí, lo sé; y entiendo que esas fuerzas surgen del espíritu, de la mente y de los sentidos.

—Así es, Mía, todo espíritu encarnado o desencarnado, al pensar, emana vibraciones; todo sentimiento ejerce una influencia, y cuando esa influencia es negativa, nos debilita —explicó Yatziri.

—Lo que pasó a Itstli es que tuvo un encuentro con un oscuro, un ser lagarto o reptil, como nosotros lo conocemos —dijo Canek.

—¿Entonces no fue mi imaginación lo que vi?

—No, Mía —respondió Yatziri—, los oscuros son seres que han escogido el camino del mal, y entre su herencia de conocimientos ancestrales, han desarrollado la facultad de cambiar su cuerpo humano por uno reptiloide a voluntad.

—En especial cuando se enfadan, pareciera que cambian a voluntad de forma, esto puede ser experimentado como un destello momentáneo de piel verde, de escamas o garras, de ojos rojizos brillantes; lo que impacta fuertemente a quienes son testigos de esos cambios repentinos —recalcó Canek.

—Ellos han escogido el lado de la oscuridad, Mía, por esa razón intentan dominar a través del miedo a aquellos que los descubren —dijo Yatziri—. El miedo y la ansiedad que en grado extremo ha experimentado Itstli han creado una acumulación de energía de naturaleza negativa, que es la que sirve de alimento a esos seres; ellos derivan de nuestra respuesta negativa una especie de combustible energético que les sirve de sustento, y es lo que les da fortaleza.

—¿Has escuchado hablar de esas personas que caen presas de alguna influencia espiritual negativa? —preguntó Itzayana.

—Sí, y las he visto también —dijo Mía.

—Pues esos seres oscuros actúan de una manera parecida, influyendo el ánimo y la energía de aquellos que los descubren, y los hieren con su odio, con su violencia, con sus bajas pasiones.

—Ese ser arremetió con toda su oscura energía contra Itstli, porque sus adversarios más fuertes son la espiritualidad y la luz —recalcó Canek—, eso es lo que percibió en él, por eso usó toda su fuerza para hacerle daño.

—Entonces, eso quiere decir que todavía hay esperanza —dijo Mía.

—Una disculpa —respondió Itzayana—, no entendemos bien lo que quieres decir.

—Es que pienso que si lo que hacen esos seres es atacar a la luz, es porque la reconocen, y eso me confirma que su naturaleza, en el fondo, es la misma que la nuestra, de lo contrario no la reconocerían; por eso pienso que también para ellos hay esperanza.

—Estamos atentos a tus palabras, Mía —dijo Canek—. Continúa, por favor.

—La verdad es que siento mucha compasión por esos seres, porque se afanan en hacer el mal, en sembrar el miedo y el odio, y al final, a pesar de todos sus esfuerzos, no les quedará nada más que desandar sus pasos hacia el camino del bien; ningún espíritu podrá permanecer en las tinieblas de la turbación todo el tiempo, porque tarde o temprano "el mal será atado y echado al fuego". Los pobrecillos no se han dado cuenta de que han sido comprados a precio de sangre divina, a precio de amor, y que por más que lo intenten no podrán perderse por toda la eternidad.

—Hay sabiduría en tus palabras... compártenos más —pidió Yatziri, mirándola con un brillo especial en los ojos.

—Es que siento un poco de juicio en vuestras palabras, pero creo que no es injuriando al que comete una falta como se lo puede redimir, porque yo he aprendido que hasta las fieras, cuando se les habla con amor, inclinan la cabeza —dijo Mía inspirada—. Yo creo que ellos están tan confundidos por todo el daño que han hecho en su vida, que creen que no merecen regresar a la luz, y entonces se caen de bruces más profundo en la tiniebla, pensando que ya no tienen remedio, que no tienen perdón.

—¿Y crees que no es así? —preguntó Canek.

—Pero ¡¿cómo va a ser así?! Basta con fijaros en cómo actuamos los humanos, que a pesar de ser tan pequeños espiritualmente, siempre amamos a nuestros hijos, siempre estamos velando por ellos aun cuando llegan a su mayor edad, aun cuando delinquen o nos ofenden, y si nosotros somos capaces de amarlos así, ¿cómo será entonces el amor del que nos ha creado a todos con su amor infinito? —dijo Mía—. Yo creo que el que asustó a Itstli y nosotros somos la misma cosa; unos con más tiniebla y otros con menos, pero todos somos los protagonistas de la parábola esa del "hijo pródigo" y por eso seguimos aquí; nos alejamos de casa y ahora estamos comiendo la comida de los cerdos, pero algún día nos daremos cuenta de lo que perdimos y regresaremos al hogar, porque nuestro Padre nos está esperando en el camino.

Los tres agarthianos se quedaron en silencio por un instante, y después de meditar en las palabras de Mía por un momento, Yatziri preguntó:

—Entonces, sientes compasión por el oscuro, ¿no lo aborreces por lo que le ha hecho a Itstli?

—Si lo aborreciera, estaría cometiendo el mismo error que él cometió. De mi maestro he aprendido que hay que aborrecer al pecado, pero siempre hay que amar al pecador.

—Esa enseñanza la llevaremos siempre en nosotros —dijo Yatziri.

—Lo que no entiendo bien es cómo impactaron las acciones de ese ser en Itstli.

—Trataré de explicarte —propuso Yatziri—. ¿Ves cómo son los frutos que tenemos en nuestro planeta? Si te fijas con atención, verás que tienen una cubierta, o sea, la cáscara, luego algo que podemos llamar “pulpa”, o sea, la carne, el meollo, y luego viene el centro, lo que es la semilla. Pues a similitud de ello es nuestro espíritu; la parte exterior –por decirlo de alguna manera metafórica– está formada por nuestros sentimientos, nuestros pensamientos y emociones; es lo que podría llamarse “la capa exterior del espíritu”. Es por medio de ella que el espíritu percibe y recibe todo cuanto viene de lo que es fuera de él, sea una comunicación, una vivencia, una experiencia o un conocimiento.

—Creo que voy entendiendo —dijo Mía.

—Lo que forma la segunda capa es lo que equivale a la pulpa de la fruta —continuó explicando Yatziri—, son nuestros dones y nuestras virtudes, es aquello que contiene la sustancia, la esencia verdadera que manifiesta al espíritu, que lo hace ser precisamente espíritu, y en la capa más profunda, que equivale a la semilla, se encuentra la simiente, que es nuestra conciencia. Esa conciencia que es Dios manifestado de una forma que a nosotros nos hace vivir, aprender, crecer y evolucionar.

—Entonces —dijo Mía—, lo que está afectado en Itstli es esa “primera capa”, ¿verdad?, es decir, donde están las emociones.

—Así es, Mía —respondió Canek—, y esa emoción que lo afectó fue el miedo; ese miedo que, llevado a un grado extremo, genera una respuesta brutal en el ánimo y la energía de las personas. La presencia de ese ser haciendo uso de su energía oscura, junto con el traumatismo físico causado por el golpe en la cabeza, terminó por afectar la voluntad de su espíritu.

—Pero, ¿cómo pudo afectar su voluntad?

—Verás, Mía —respondió Yatziri—: Itstli ha caído en un coma profundo, que es una alteración de la conciencia en su grado más severo; es decir, la falta completa de respuesta adecuada verbal o motora a estímulos externos; pero en este caso, no se trata de una insuficiencia cerebral grave, sino de algo mucho más delicado. Es como si su espíritu hubiera caído en una postración profunda que le arrebata la facultad de hacer o decidir. Cuando un espíritu está postrado, pierde la voluntad, deja de sentir, y lo más grave es que no se percata de su condición.

—El problema de un coma profundo como el que presenta Itstli —continuó diciendo Canek— es que, así como puede durar tan solo unos días, en algunas personas puede durar incluso años. Hay pacientes que salen del coma poco a poco, pero hay otros que progresan a un estado vegetativo, pudiendo llegar hasta la muerte.

—Entonces lo que necesitamos es rescatar a su espíritu —dijo Mía con entereza.

—Lo has comprendido bien. Lo que necesita es recuperar la fortaleza espiritual, pero es la parte más difícil.

—Pues entonces yo lo voy a ayudar, voy a tratar de iluminarle el camino para traerlo de regreso.

—Sí, lo sabemos; tú conoces bien la manera de usar el fluido divino que el Creador puso en nosotros, para aportarle a Itstli la fuerza que le falta.

Los tres agarthianos se miraron uno al otro y mantuvieron una conversación telepática a través de aquel don que los humanos de la superficie aún no habían logrado despertar. Después de un momento de deliberación, Yatziri miró a Mía con ternura y con esa sonrisa suave que los caracterizaba, diciendo:

—El artefacto en el que se encuentra Itstli es una especie de... incubadora, como la llamarían nuestros hermanos de la superficie, pero es una cámara mucho más sofisticada, porque está directamente manipulada por la tecnología de luz con la que todo funciona en la Tierra interna; esa fuerza energética que fluye de todos nosotros y trabaja como una "computadora de aminoácidos" de la que ya seguramente te platicó Itzayana. Eso quiere decir que Itstli recibe, por medio de esa energía computarizada, todo lo que necesita para conservar a su cuerpo en condiciones óptimas, sin que le falte ningún vitamínico, ningún nutriente.

—¿Es como si se tratara de una especie de sistema de "hibernación"? —preguntó Mía.

—Sí, es algo parecido —dijo Yatziri, sonriendo amablemente—, y hemos acordado que será un regalo de tus hermanos agarthianos para ustedes.

—¿Eso quiere decir que podré llevar a Itstli conmigo a Xoxafi en ese aparato?

—Así es, tú solo tendrás que trabajar con mucho amor para que su espíritu recobre sus fuerzas.

Mía se levantó de un brinco de su asiento y, sin poder disimular la emoción que la embargaba, comenzó a abrazar a todos mientras agradecía aquel preciado regalo.

—¡Gracias! —exclamó la joven emocionada—. Os quiero mucho.

—Ha sido un placer conocerte, Mía —dijo Yatziri—, nosotros hemos aprendido mucho de ti en esta visita. Estoy segura de que lograrás cumplir con la misión que has traído a la Tierra y de que podrás ayudar a Itstli también.

—Gracias por fortalecer nuestra fe en los hermanos de la superficie —agregó Canek—. Conocerte nos da ánimo para seguir adelante con nuestra labor.

—Sí —afirmó Yatziri agradecida—, algún día podremos volver a estar todos juntos como una gran familia. Itzayana te acompañará al transporte que te llevará de regreso a Xoxafi; cuando llegues, Itstli te estará esperando.

Mía se despidió de ambos y salió con Itzayana hacia el otro lado del edificio, donde se encontró con un hermoso jardín de abundante follaje y árboles gigantescos de especies que jamás había imaginado. Había personas altísimas que caminaban por el parque, otras que jugaban, corrían o leían en absoluta paz sentadas en hermosas bancas de espectaculares diseños de extraña herrería, y que la saludaban sonriendo invariablemente cuando la veían pasar.

Salieron del parque y atravesaron un largo andén regiamente adornado por enormes macetones de flores increíbles, se sentaron en una gran banca cristalina y, mientras esperaban la llegada del transporte que llevaría a Mía de regreso a Xoxafí, Itzayana le dijo:

—No te preocupes por la entrada al portal, todo va a salir bien.

—No debería asombrarme que sepas que estoy pensando en eso, ¿verdad? —preguntó Mía—. Pero es que falta tan poco tiempo, y aún no estoy segura de qué es lo que debo hacer.

—Lo único que te falta es tener fe en ti, recuerda que la delicadeza de las misiones que emprendemos no está en el trabajo que realizamos, sino en la disposición de amor que ponemos en ellas —aseguró la bella mujer—. El conocimiento ya es tuyo.

—Sí —dijo Mía—, eso es algo que he ido aprendiendo en los últimos años.

—Mira, Mía, hay cosas que no me es permitido revelarte porque es un trabajo que te corresponde hacer a ti, es un ejercicio para tu espíritu y tu razón, pero te voy a dar algunos "*tips*" para cuando llegue tu momento. El portal que hay en Xoxafi, como muchos otros que hay en nuestro planeta, en este momento se encuentra inactivo por algo que llamamos "los cerrojos del tiempo"; estos cerrojos funcionan de la misma manera que los interruptores que usan en la superficie para hacer funcionar una fuente de energía como puede ser un foco, un auto o un aparato eléctrico.

—Creo que Patli ya me había hablado de eso hace mucho tiempo —comentó Mía.

—Bien, pues a similitud de ese interruptor que al encenderlo transmite la energía en una "frecuencia" determinada que se convierte en luz de lámpara, en música a través de una radio o en imagen a través de un televisor, puedes juntar ciertas energías que, al conjuntarse, pueden abrir el portal; lo que necesitas en primer lugar es encender el interruptor para que deje pasar esa energía, ¿comprendes?

—Sí, creo que voy entendiendo —dijo Mía.

—Ahora bien, los tejidos de eso que llamamos "tiempo" dentro de los portales están enganchados a "hechos de primer orden", lo que les sirve como ancla para poder dirigirse hacia un momento específico. Esos hechos de primer orden pueden ser casos públicos o privados, pero son siempre hechos que afectan drásticamente el curso de la historia, son un momento crítico y fundamental que se registra en el éter y en la red principal de los túneles del tiempo; es lo que genera esa "fuente de energía" que se necesita para poder dirigir un ancla en el tiempo, porque de lo contrario sería como estar pescando sin tener un anzuelo, ¿comprendes?

Eso sería lo último que Mía recordaría de su visita a la Tierra interna. Cuando abrió los ojos nuevamente, se encontró recostada en su lecho de plumas, y en un espacio cercano a ella, suspendida en el aire de manera para ella inexplicable, la extraña cápsula agarthiana que guardaba en su interior el cuerpo de su amado compañero. Se levantó y lo contempló con ternura, mientras en ella se hacía clara una intuición en lo más profundo de su ser; por alguna razón, sintió que ya sabía lo que debía hacer para entrar al portal.

La Víspera

La pequeña sílfide permanecía sentada a la orilla del río subterráneo y, mientras contemplaba el agua con tristeza, buscaba las palabras con las que trataría de explicar a Patli la razón por la que Itstli estaba dormido dentro de aquella caja de cristal.

El pequeño ser alado se había sentido responsable de Mía desde el día de su llegada a Xoxafí, por lo que le costaba trabajo no estar enfadada con ella al no haberle permitido acompañarla en su paseo por las grutas, cuando ella podría haber advertido el peligro antes de que sucediera aquel penoso incidente.

Pero por más sentida que estuviera con su protegida, sabía que no podía reclamarle nada en ese momento en que la veía tan triste, parada junto a la extraña cápsula donde yacía el ser humano al que había prometido amor eterno.

Mía puso sus manos sobre la caja de cristal y, en silencio, elevó su espíritu tratando de comunicarse con el espíritu de aquel ser amado para darle fuerzas, para ayudarlo a regresar. De pronto percibió la presencia de Patli a su lado, y un profundo alivio llegó hasta el fondo de su ser. Se dio la vuelta y abrazó a su maestro, sin saber cómo confesarle todo lo que había sucedido; pero Patli, paciente y amoroso, sentándose con ella a la orilla del lecho, le dijo:

—Sabes que no hay nada que no me puedas contar. Yo siempre seré tu amigo y nunca tu juez.

Mía le sonrió aliviada y, con la confianza de contarle al mejor amigo sus íntimos secretos, le platicó todo lo que había sucedido. Patli, sin el menor juicio por la narración de su pupila, la tomó de las manos diciendo:

—Estoy seguro de que Itstli recuperará la fuerza de su espíritu con la ayuda de todos. La intervención de nuestros hermanos agarthianos ha sido invaluable.

—Sí, todos han sido muy amables con nosotros —respondió Mía—. ¿Por qué no me habías hablado de ellos?

—Porque las cosas deben ser reveladas a su debido tiempo, y la humanidad aún no está preparada para recibirlas; pero tal vez la incontenible curiosidad de Itstli hizo que en su caso los acontecimientos se apresuraran.

—¿Entonces también sabías de la existencia de los oscuros que ocasionaron el estado de Itstli?

—Esos “oscuros”, como los llamas, son nuestros hermanos también —respondió Patli.

—Sí, lo sé —dijo Mía avergonzada—, es que así los llaman los agarthianos, pero sé que son nuestros hermanos y que algún día regresarán a la luz.

—Me da gusto que lo entiendas así, que no los veas como enemigos, sino como hermanos en confusión que necesitan de tu amor y tu ayuda.

—Sí, así lo entiendo; a pesar del dolor que me causa ver así a Itstli, sé que ellos merecen mi perdón.

—¿Recuerdas que un día hablamos de que las facultades que se nos han dado no están atadas al bien?, ¿recuerdas que te dije también qué, así como unos usamos los dones para el bien, otros los usan para el mal?

—Sí, lo recuerdo perfectamente.

—Pues no debe desalentarte que esos hermanos, como tantos otros que causan daño, puedan albergar en sus espíritus y corazones humanos tanta fuerza para el mal, porque como te dije aquel día que platicamos, aquellos que más han pecado, aquellos que más dolor han causado a esta humanidad, serán sus mayores benefactores algún día, porque después de pasar por el fuego de su arrepentimiento saldrán avante y limpios, más limpios que el oro cuando pasa por el crisol.

—Eso será un gran triunfo —dijo Mía, pensando en sus palabras—. Lo que todavía me cuesta trabajo entender es lo que hacen con sus materias.

—Pues ese es un claro ejemplo de lo que podemos hacer con las facultades que se nos han dado cuando las usamos de la manera equivocada, pero aun así no nos corresponde a nosotros juzgar, porque cada pueblo ha buscado la verdad acerca de la vida espiritual según su capacidad y creencia.

—Entonces, ¿lo que hacen esos hermanos es usar una facultad espiritual?

—Ese pueblo y algunos otros que se descubrirán en el futuro, para asombro de muchos, muestran manifestaciones en las que el espíritu transforma o moldea a su materia de una manera que para la mayoría es asombrosa, pero en realidad es algo que no debiera asombrarnos tanto, porque a similitud de ellos, en mayor o en menor medida, todos hacemos lo mismo.

—¿Todos? ¿Por qué lo dices? —preguntó Mía con interés.

—Porque cuando aparecen arrugas en nuestro rostro o canas en nuestro cabello, cuando nuestro cuerpo empieza a encorvarse y empiezan a salirnos manchas, cuando surge un tumor o una verruga, o nos falla algún órgano, estamos haciendo alguna modificación en nuestro cuerpo; y todas esas son creaciones que vamos haciendo con nuestra imperfección espiritual, con nuestra falta de fe y nuestro materialismo.

—Nunca lo había visto de esa manera.

—Porque se nos olvida que todos los males del cuerpo no son más que un reflejo de los males del espíritu —dijo Patli—. Cuando nace un niño con defectos que llamamos “congénitos”, por ejemplo, en realidad son defectos implantados en una materia por la falta de fuerza de un espíritu. ¿Qué crees que hacía Jesús cuando levantaba a un paralítico o cuando hacía brotar dedos en una mano mutilada?

—Pues... no lo sé con certeza, pero supongo que lo que hacía era usar esa potestad.

—Exactamente —contestó Patli.

—Entiendo; podría decirse entonces que unos la usamos a voluntad y otros no.

—Sí, podría decirse —respondió el maestro—, pero no hay un solo espíritu que no tenga esa facultad, aunque sea una facultad dormida como tantas otras que tenemos. El problema está en el uso que le das.

—Igual que los dones —dijo Mía.

—Esos hermanos, por ejemplo, usan esa facultad para intimidar, para causar miedo o para ejercer control sobre los demás; esos espíritus faltos de evolución pueden manejar a las materias a través de los “hilos fluídicos” que todo espíritu posee.

—¡Claro, el fluido! ¡Ahora lo recuerdo todo! Es ese fluido del que me hablaste hace varios años, cuando conocí al águila.

—Así es, Mía, esto no es nuevo para ti, recuerda que te dije que hay otros hermanos que usan esa facultad guiados únicamente por la curiosidad, y otros que la usan como un medio de atracción para provocar la admiración de los demás. Todos tenemos el derecho de usar esas facultades, mas también, como los dones, todos tendremos la obligación de rendir cuentas del uso que hagamos de ellas. Nunca te olvides de una cosa, mi amada discípula: el más alto título que poseemos como seres humanos y como espíritus es el de llamarnos "hijos de Dios", pero es un título que es preciso merecer.

—Sí, no lo olvidaré nunca —dijo Mía, meditando en las palabras de Patli—. Entonces, ese mismo fluido que usan esos hermanos para transformar a sus materias y que usamos nosotros para curar a Isabel cuando estaba enferma, ¿es el que podemos usar para ayudar a Itstli?

—Así es, Mía, porque el fluido espiritual brota de la Voluntad Divina y, al no tener barreras ni fronteras, opera sobre todo lo creado, transformándose en aquello que necesitamos.

—Ya entiendo —dijo Mía sonriendo—, como siempre, estás hablando del amor, ¿verdad?

—Bien lo has comprendido —contestó el maestro satisfecho.

—Pues entonces estoy segura de que se va a curar, porque voy a poner en él todo mi amor, toda mi voluntad y toda mi fortaleza.

A partir de ese momento, más allá de reconocer en el suceso vivido por Itstli y Mía el resultado de un acto cometido por un ser confundido y en lucha, Patli podía ver claramente la misericordia de la Sabiduría Divina que siempre hacía que brotara luz de la tiniebla, que siempre convertía el error en enseñanza y que siempre hacía del dolor un maestro, ya que, a causa de aquel incidente, Mía estaba más dedicada que nunca al desarrollo de su espíritu, y mientras aquella joven pupila crecía, aprendía y se fortalecía, las horas de espera para la apertura del portal llegaban a su fin.

Era el día de su cumpleaños número quince, y aunque había tristeza en su corazón por la aparente ausencia de su compañero, Mía tenía una emoción especial porque intuía –sin saber cómo– que estaría lista para entrar al portal al día siguiente.

La tarde de ese 13 de junio de 1946, el abuelo Tekolotl y sus fieles aprendices llegaron a Xoxafi para acompañarla y para unir su fuerza espiritual por la curación de Itstli. Se sentaron todos alrededor de la cápsula de cristal y, con sumo respeto, escucharon la lección del abuelo que inspirado los guiaba.

—Sé que algunos de ustedes ya han escuchado la lección que daremos el día de hoy, y que incluso muchos ya han logrado ponerla en práctica, pero hoy va dirigida al hermano Itstli, que necesita orientación y ayuda para fortalecer su espíritu —dijo Tekolotl, captando la atención de la concurrencia—. Así como nuestro cuerpo despide vibraciones que nosotros conocemos como "aromas" u "olores", nuestro ser espiritual también despide emanaciones vibratorias, a las que el Señor ha llamado "fluido", y se llaman "fluido" porque son algo que fluye constantemente por nosotros. Pues bien, hermanos, este fluido tiene virtudes muy grandes, y dentro de ellas, está la virtud curativa. Esta virtud curativa, para poder funcionar, debe entrar en una especie de... armonía simpática, en una especie de concierto con las emanaciones de quien sea a quien nosotros deseamos transmitir la curación.

—¿Por qué es esto, maestro? —preguntó uno de los párvulos.

—Porque en cada espíritu se encuentra una fuente de salud, y lo único que tenemos que hacer con nuestro fluido es despertar y tocar esa fuente de salud que cada ser lleva dentro de sí, para que entonces, al vibrar ese espíritu con nuestra frecuencia vibratoria elevada, amorosa, comience a restaurar todo aquello que tiene que ser restaurado, tanto en el espíritu como en la materia. Por ello, cuando intenten sanar a alguien, deben dejar que fluyan sus vibraciones y que cubran a ese ser que necesita ayuda.

—¿Y cómo debemos prepararnos para dejar que fluyan esas vibraciones, maestro? —dijo otro de los asistentes.

—Pues ¡¿cómo ha de ser, cabeza hueca?! ¿Qué no te lo he explicado muchas veces? —exclamó Tekolotl, con esa forma de expresión tan suya que conocían todos; con esa pasión que jamás buscaba ofender al alumno, sino ponerlo alerta para aprender la lección, lo que hizo que Mía sonriera, recordando aquella ocasión en que Itstli y ella estuvieron juntos en una reunión de estudio con el abuelo—. No puede ser con vibraciones de enfermedad o de duda —continuó diciendo—; no pueden ser vibraciones de tiniebla o de confusión, porque entonces estarían haciendo más mal que bien. Por ello, es menester que antes de entregar curación aquieten sus pasiones; que entren en una especie de estado de gracia y que no piensen en ustedes. En ese momento den lo mejor que tienen para hacer que la curación que quieren entregar llegue con toda esa fuerza, con toda esa emanación bendita que proviene de la caridad; del cuidado de los unos a los otros —dijo aquel guía anciano con profundo amor—. Es importante que comprendan que ese fluido puede tomar, además de una fuerza curativa, la fuerza de una intuición, de un pensamiento que se proyecta, de una idea, de un sentimiento de amor y compasión; porque eso es el fluido, lo que saliendo de nosotros fluye y llega hacia nuestros hermanos.

El abuelo guardó silencio mientras todos ponían en práctica el ejercicio de su fluido espiritual para ayudar a Itstli. Después del ejercicio, sonrió y, buscando la mano de Mía, que permanecía sentada junto a él, le dijo satisfecho:

—Tu "gorrioncillo" está bien, solo se está tomando un tiempo de tregua para agarrar fuerzas y afianzar las alas.

—¡Gracias, abuelo! —exclamó Mía abrazando al anciano, mientras los otros aprendices se levantaban curiosos para observar de cerca aquel extraño artefacto que permanecía suspendido en el aire desafiando la ley de gravedad.

—Cuiden a Itstli, por favor —pidió Patli a los discípulos—, nosotros regresamos en un momento.

Los dos guías se dirigieron con Mía al salón de los secretos, para hablar con ella del esperado viaje que haría al día siguiente. Patli retiró la enorme estalagmita y, con gran cuidado, sacó de su interior la tablilla, la descubrió y la colocó sobre la tela de color granate, mientras Mía y Tekolotl se sentaban frente a él.

—Hay algo que quiero consultar con ustedes —dijo Patli, revisando la tablilla—. "Vendrá la noche de la luna roja", dice la inscripción, que ya sabemos que se refiere a un eclipse total de luna, ¡pero hay algo que me ha estado dando muchas vueltas en la cabeza!

—No entiendo, ¿qué es lo que te preocupa tanto Patli? —preguntó Mía desconcertada.

—Pues, es que, la siguiente parte de la inscripción dice: "y el portal del tiempo se abrirá en la ciudad de los dioses"; después de mucho analizar y meditar, creo que hoy por fin comprendí lo que quería decir.

—¡Sumer! —dijo Tekolotl, esbozando una sonrisa—. Seguramente está hablando de Sumer, la ciudad de los señores Anunnaki, los que eran mal llamados "dioses" en aquellos días.

—¡Exacto! —respondió Patli, sacando de su bolsillo un papel con una serie de datos escritos con lápiz—. Según los astrónomos que he consultado, el eclipse será claramente visible donde se localiza la Baja MesopotaMía, entre los ríos Tigris y Éufrates, en lo que hoy se conoce como Irak; y es precisamente ahí donde se edificó el gran imperio de Sumer. El eclipse dará comienzo a las 15:31 UTC, pero alcanzará su fase total a las 17:53; a las 18:38 llegará a su fase máxima, y la fase total terminará a las 19:24, lo que, según la Escala de Dajon nos da una duración total entre el tercer contacto, el máximo eclipse y el cuarto contacto, de una hora y treinta y un minutos, que deduzco es el tiempo que el portal permanecerá abierto.

—¿Qué quieres decir con eso de UTC? No entiendo —preguntó Mía.

—Claro, perdón —se disculpó Patli—. Es la hora en el Meridiano de Greenwich, o el Tiempo Coordinado Universal como se le conoce; así que, según eso, la fase total comenzará a las 20:53 hora de Irak.

—Pero... entre México e Irak hay una diferencia de nueve horas, ¿no es cierto? —dijo Mía con seguridad.

—Muy cierto —dijo Patli—, me sorprende que lo tengas tan claro.

—Los horarios de los países es una de las cosas que estudié cuando veníamos en el *Sinaia*, y nunca lo he olvidado —explicó Mía orgullosa—. Pero entonces eso quiere decir que cuando empiece la fase total del eclipse, en México no será de noche, sino que serán las... 11:53 de la mañana.

—Así es, muy bien Mía —confirmó Tekolotl—; de manera que tenemos mucho menos tiempo para preparar tu viaje.

—Sí, —dijo Patli—. Pero, en realidad, no es eso lo que más me preocupa en este momento, sino lo que no he podido descifrar todavía...

—¿Y qué es eso? —preguntó el abuelo.

—Saber cómo llegará Mía al lugar y momento exactos en el tiempo para recuperar los ME una vez que haga funcionar los cristales pulsantes.

—Creo que yo sí lo sé... —dijo Mía con seriedad.

—Ah, ¿sí? ¡Qué bien! ¿Y por qué crees que lo sabes?

—No podría explicarte por qué exactamente, pero intuyo que tiene que ver con algo que me dijo Itzayana, la mujer que conocí en Telos.

—¿Y qué es lo que intuyes? —preguntó Patli.

—Que tendré que regresar al día exacto de la Gran Calamidad. Itzayana me dijo que, para poder viajar en el tiempo, tienes que dirigirte a un "hecho de primer orden" algún evento que por su importancia se haya quedado en éter; que es eso lo que necesita el portal para poder abrirse y anclarse en algún lugar. Mi intuición me dice que es precisamente el día en que lanzaron las Armas del Terror.

—Si lo que dices es verdad —dijo Patli con preocupación—, quiere decir que tendrás que estar en Sumer en el momento en que las armas sean activadas.

—Lo sé —respondió Mía—. Sé que no tendré mucho tiempo antes de que el viento maligno comience a llegar a la ciudad de los dioses, pero si es así, será por alguna razón que nosotros no comprendemos en este momento. Estoy segura de que detrás de todo esto hay una intención además de recuperar los ME.

—Admiro mucho tu avance, pequeña —dijo Tekolotl—. La discípula convirtiéndose en maestra.

—Como debe de ser —agregó Patli satisfecho.

—Pues entonces no perdamos tiempo, vayamos a prepararnos, que tendremos mucho que meditar antes del mediodía de mañana —dijo Tekolotl.

Regresaron al salón de la ventana triangular y, casi en silencio, tomaron una pequeña merienda mientras los párvulos regresaban a sus casas en El Chico. Patli y Tekolotl dieron las buenas noches a Mía y partieron al salón de la piedra circular, donde pasarían esa noche, velando y orando.

Mía se acercó a la cápsula donde Itstli permanecía dormido y, poniendo las manos sobre el cristal, comenzó a hablarle con una voz suave y dulce, que apenas era perceptible en el lugar.

—Mi amado, mañana por la mañana entraré al portal —le dijo—, pero te prometo que haré lo imposible por volver a tu lado como sé que tú lo harás para volver a mí.

—Así que te vas mañana por la mañana, ¿verdad? —oyó decir a sus espaldas al pequeño ser alado que no había podido evitar escuchar sus palabras.

—Sí, parto al medio día.

—¡Qué rápido ha pasado el tiempo!

—Sí, es verdad.

—Y cuando regreses te irás de Xoxafi y ya no volveremos a vernos, ¿verdad?

—No, no es verdad —dijo Mía—. Tú siempre serás mi amiga aquí y afuera.

—¿Entonces podré visitarte de vez en cuando?

—Cuando quieras. Además, yo no me iré de Xoxafi hasta que Itstli despierte.

—Sí... lo imagino... Me siento muy mal por lo que sucedió —se lamentó Laila.

—No ha sido tu culpa.

—Pues no lo sé, pero si hubiera estado ahí, te hubiera podido advertir del peligro.

—Los "hubiera" ahora ya no sirven de nada, Laila, esa fue decisión de Itstli y mía. De verdad que no ha sido culpa tuya.

—Aun así, quisiera hacer algo para ayudar también —dijo la sílfide.

—Con que ayudes a Patli y al abuelo a cuidar a Itstli mientras yo me ausento, será suficiente.

—¿Y ya sabes a dónde vas?

—Sí, al infierno —respondió Mía.

—Pero... eso no existe —dijo Laila confundida.

—¿Y qué más infierno que el día en que lanzaron las Armas de Terror?

—¡Eso es muy peligroso! ¡Ejekatl no podrá dejar de cumplir con su misión de cubrir toda esa tierra con el aire envenenado, aunque tú estés ahí! Nosotros no podemos cambiar la historia.

—Lo sé —asintió Mía—. Tendré que buscar la forma de encontrar los ME antes de que llegue el viento maligno a Sumer, porque además el portal solo permanecerá abierto por una hora y treinta y un minutos.

—No entiendo por qué tienes que ir tú —dijo la sílfide, abrazando a Mía.

—Yo tampoco, pero estoy segura de que en algún momento lo entenderé.

El Portal

Al igual que sus maestros, Mía había permanecido la mayor parte de la noche en meditación y oración, cuidando a su amor dormido en la caja de cristal y preparándose para penetrar el portal. Cuando Patli y Tekolotl bajaron al salón de la ventana triangular esa mañana, se sorprendieron al verla lista para iniciar aquel viaje que nadie sabía si podría realizar; pero lo que más asombraría a los guías sería la calma que se reflejaba en los ojos de Mía y el aplomo que había en toda su actitud. Parecía como si, en el transcurso de unas cuantas horas, aquella joven mujer se hubiera transformado en una fuerte amazona entrenada para enfrentar al peor enemigo.

Después de tomar un almuerzo muy ligero, Mía contempló a su amado por un momento en absoluto silencio, puso un beso en el cristal de su cama flotante y, con seguridad, le dijo:

—Voy a volver por ti.

Colocó sobre sus hombros la mochila de lona en donde guardaría los discos que debía rescatar y la aseguró en su cintura, ató a su muñeca el reloj que tenía sobre la cama y buscó a la sílfide para despedirse, pero no la encontró por ningún lugar.

—Sí, ya sé que no quieres despedirte pequeña amiga —dijo en voz alta, con la intención de que Laila escuchara—. Pero no va a ser tan fácil que te deshagas de mí; te prometo que voy a regresar. ¡Cuida a Itstli mientras vuelvo, por favor!

Caminó hacia el salón de los secretos, donde Patli y Tekolotl ya la esperaban. Su maestro sacó el estuche que guardaba los cristales pulsantes y lo puso frente a ella, mientras decía:

—De aquí en adelante, solo podremos acompañarte en espíritu.

Mía le dio un beso a su maestro y, después, puso otro en la frente de Tekolotl.

—Nunca olvidaré todo lo que habéis hecho por mí —dijo—, y no os preocupéis, que ya sé lo que tengo que hacer. Solo espero cumplir con mi misión y poder abrazaros dentro de muy poco tiempo.

—Vete tranquila, que nosotros cuidamos de lo que dejas aquí —respondió Tekolotl, percibiendo la tristeza que le ocasionaba a la joven separarse de Itstli.

Mía abrió el estuche de los hermosos cristales pulsantes que Patli sostenía en sus manos, los miró por un momento y suspiró profundamente mientras cerrando los ojos por un momento, en su mente ponía las palabras de Itzayana. Luego miró la hora en el reloj de su muñeca y, como si fuera algo que hubiera ensayado muchas veces, tomó el primer cristal, lo sostuvo entre sus manos y, con un movimiento coordinado, empujó con sus dedos la orilla de oro dentado hacia adentro del cristal, haciendo que después de un chasquido solo quedara un angosto filo dorado con el engranaje hacia afuera.

Tomó el segundo cristal para hacer la misma operación que con el primero, repitiendo una serie de procedimientos que parecía conocer de memoria; por último, ante la expresión de asombro de su maestro, tomó el cristal que estaba dentado por ambos lados y lo colocó en medio de los otros dos cristales, cuidando que los engranes de los tres embonaran perfectamente. Volvió a mirar el reloj, y justo cuando marcaba las 11:52, con gran maestría, empujó los cristales laterales hacia el del centro, girando las manos al mismo tiempo una en dirección contraria a la otra, hasta hacer que los bordes dentados del cristal central emitieran otro chasquido; una especie de "clic" que hizo que los aros de oro comenzaran a girar sobre su propio eje con gran rapidez.

Aquellas hermosas piezas de cristal de roca se encendieron repentinamente, dejando salir de su interior intensas luces de color azul brillante, mientras un sonido extraño y hechizante rompió el silencio. Después, en el centro de cada uno de los cristales, se dibujaron una serie de pictogramas que parecían ser signos del sistema numérico sumerio.

Mía empezó a tocarlos profundamente concentrada y los fue cambiando hasta alinear un número en cada cristal, para formar lo que parecía una secuencia que ninguno de los maestros comprendió en ese momento: 3970/06/29.

—Esa fecha coincide con otro eclipse lunar y es también el día en que todo sucedió en la antigua Sumer —dijo Mía a sus maestros con absoluta seguridad.

Aquellas magníficas piedras de cristal brillante emitían luces cada vez más potentes, amplificándose a través de una energía magnífica que, de una manera asombrosa, flotando por el aire como una especie de plasma de luz pulsante, penetró sobre un muro de la gruta y, formando un remolino, empezó a derretir la roca cambiando su composición molecular, en medio de un espectáculo de luz y sonido que cualquier ser humano hubiera querido presenciar.

Al penetrar por el muro, el plasma comenzó a generar un fuerte magnetismo combinado con la energía que venía de los cristales; una enorme espiral de luz que, al mismo tiempo que circulaba, palpitaba hacia adentro y hacia afuera con gran rapidez, en un movimiento continuo que parecía atraer a todo aquello que estuviera en contacto con su campo energético.

Mía dejó los cristales pulsantes en el suelo y, sonriendo a sus maestros, les dijo:

—Solo tenéis que cuidar de que nadie los toque hasta que yo vuelva, o de lo contrario el portal se cerrará y no me volveréis a ver. Os amo mucho.

Sin decir más, Mía se acercó a la espiral de plasma y saltó a ella desapareciendo por el muro. Patli miró el reloj que guardaba en su bolsillo y, tocando el hombro de su abuelo, dijo:

—Las once cincuenta y tres exactamente.

—Ahora no nos queda nada más que orar, y esperar —respondió Tekolotl.

Mía sintió como si una fuerza extraordinaria la impulsara con increíble velocidad dentro de una especie de haz de luz tan intenso, que la obligó a cerrar los ojos. Sin saber en qué momento, dejó de percibir esa fuerza que la atraía hacia delante y empezó a sentir como si flotara dentro de aquella luminiscencia, en medio de un profundo silencio. Abrió los ojos para ver dónde estaba y se sorprendió al darse cuenta de que su cuerpo había desaparecido; intentó verse las manos, pero no estaban, quiso tocarse el rostro, pero no tenía. Una paz absoluta empezó a apoderarse de su ser, al mismo tiempo que comenzaba a sentirse parte de ese fulgor inmaterial que no podía explicar.

Y así, tan sutil como el ambiente que la envolvía, comenzó a escuchar una voz suave que parecía hablarle desde dentro de sí misma.

—La paz sea contigo, hermana —le dijo.

—¿Quién eres?

—Soy un humilde hermano tuyo —respondió la voz—, pero durante el tiempo que estuve en el planeta Tierra me llamaron Enki.

—El señor Anunnaki, el dueño de los ME del conocimiento —dijo Mía.

—El mismo.

—Entonces, ¿es por ti que estoy en este viaje?

—No —respondió—. Es por ti, por mí y por muchos otros espíritus que han formado parte de la humanidad.

—Aún no logro comprender por qué es todo esto.

—Lo sabrás pronto, pero antes de que llegues a tu destino, se me ha concedido revelarte la importancia que tiene la misión que pediste.

—¿Yo la pedí? ¿Y por qué no lo recuerdo?

—Porque estando en materia, el espíritu muchas veces olvida sus promesas.

—Dime entonces qué debo recordar, te escucho —respondió Mía.

Se hizo el silencio por un instante, y de pronto, aquella presencia comenzó a decir:

—Cuando el Ser Supremo nos creó, nos dio el don del libre albedrío, para que lo amáramos a Él a través del amor y la caridad que por propia voluntad diéramos a todos nuestros hermanos —dijo la voz—. Un espíritu sin libre albedrío no sería una digna creación del Ser Supremo; sería más bien como un ser inerte, como un ser sin voluntad y sin aspiraciones de perfeccionamiento; sería como una de esas máquinas que los humanos han elaborado.

Pero dentro del número infinito de espíritus creados, estuvimos los que, siendo grandes en esencia, pero pequeños ante lo infinito de Dios, quisimos en virtud de ese libre albedrío desafiar los designios del Padre, y fue así como caímos en el libertinaje, en el abuso de la bendita libertad con la que habíamos sido dotados, y descendimos por nuestra propia voluntad a moradas y senderos creados por nosotros mismos, los cuales nos apartaron del camino de perfección y de la casa del Padre.

—¿Eso quiere decir que antes de que el hombre fuese en la Tierra ya se había pecado en contra de Dios, que ya se habían violado sus leyes y se habían levantado algunos hijos del Padre en rebelión? —preguntó Mía.

—Así es. Fuimos espíritus que, habiendo sido llenos de luz, de gracia y de dones, por nuestra propia grandeza decidimos rebelarnos ante el Señor; quisimos tener sus llaves, su cetro, sus leyes, para regirlo y gobernarlo todo, pero ante la imposibilidad de poder regir la Creación, porque éramos espíritus limitados, porque no éramos espíritus perfectos y universales como el Padre, decidimos apartarnos de su vera para formar nuestro propio reinado, nuestro gobierno y nuestro mundo.

—No cabe duda de que hemos sido muy tontos —observó Mía—, hemos cambiado la gloria por un pedazo de tierra.

—Así es, hermana. Ese acto fue nuestra primera caída, nuestra primera desobediencia, el primer error —dijo la voz con dolor—. Pero un solo error genera muchos errores; una sola falta trae muchas consecuencias penosas. Muchos de esos espíritus desobedientes, al darse cuenta de su falta, volvieron inmediatamente, arrepentidos, rendidos y llenos de dolor; pero también de esperanza, para pedirle al Padre que los purificara de aquellas faltas, y el Señor, siempre misericordioso, los recibió con infinito amor y caridad, confortó su espíritu, los perdonó borrando sus amarguras, y los envió a reparar sus faltas, reafirmándolos en su misión.

—No sé por qué tengo la sospecha de que vas a decir que tu espíritu y el mío no estuvieron entre esos que regresaron, ¿verdad?

—Para nuestro infortunio, así fue; no fuimos de los que regresamos mansos y arrepentidos de esa primera desobediencia, de ese primer acto de soberbia, sino que muchos, llenos de arrogancia o de rencor, y otros, avergonzados por nuestra culpabilidad, quisimos justificar nuestras faltas ante el Creador; y lejos de purificarnos con el arrepentimiento y la enmienda, continuamos creando, ayudados por nuestros muchos atributos, una vida alejada de las leyes de amor del Padre. Entonces, caímos en nuevos y desconocidos estados de vida, al darnos cuenta de que estábamos dotados de grandes dones, de que teníamos inteligencia y fuerza para crear por nosotros mismos, y creyendo ascender por todo lo que sabíamos, a cada paso fuimos cayendo lentamente hacia el abismo.

—Ahora entiendo a qué se refiere Patli cuando dice que el saber mucho no te hace sabio. Supongo que, como en verdad sabíamos mucho y podíamos mucho, nos volvimos soberbios, y caímos más y más, alejándonos del hogar paterno para explorar y experimentar por cuenta propia lo que debíamos haber aprendido al lado del Padre —dijo Mía con tristeza.

—Mas, ¡¿a cuál lugar podríamos ir, y en cuáles cuerpos podríamos estar los hijos, en que el Padre Omnipotente no estuviera o ignorara...?! —Exclamó aquél ser invisible—. Sin querer reconocerlo, en cada caída fuimos opacando más nuestras luces y así fuimos dando nacimiento a la violencia, a lo necio y a lo absurdo, a la mutua desconfianza, al interés egoísta; en una palabra: a la ceguera del espíritu, la que nos llevó a que comenzáramos a crear cuerpos cada vez más densos y desequilibrados, cada vez más artificiales y menos sutiles; y en cada alejamiento, en cada imperfecto cuerpo que creábamos, en cada conciencia, nos llamaba el Padre para decirnos: "¡Deteneos, amados míos, venid a mí, regresad!". Y en cada llamada y a cada descenso, muchos regresaban; escuchaban la voz de la conciencia y recuperaban la claridad, y con ella su elevación, su ascensión, la reconquista y el cumplimiento de sus altas misiones...

—Pero nosotros tampoco estuvimos entre ellos —volvió a decir Mía con tristeza.

—Nosotros seguíamos la pendiente hacia el abismo —dijo la voz—, hacia lo que era el caos para esos espíritus, y a similitud de lo que dice el libro que los humanos llaman Primer Testamento, "cambiamos la primogenitura por un plato de lentejas". Pero ese caos espiritual que habíamos creado no tenía por qué serlo para los seres, sustancias y formas que debían convivir y evolucionar también dentro de la gran armonía de la Creación; en cambio, nuestros espíritus, en ese caos que creamos, quedaron sujetos al tiempo, como sucede con las criaturas que se encuentran en los grados inferiores de la gran escala universal.

La voz hizo una pausa por un momento y, después, continuó diciendo:

—Así llegó el día, muchas eras atrás, en que algunos espíritus que huíamos queriendo alejarnos más de nuestro amoroso Padre descendimos aún más y llegamos a los planetas materiales; los examinamos con nuestras ya enraizadas curiosidad y desobediencia, y empezamos a planear muchas cosas uniéndonos en nuestra infidelidad, en nuestra inconsciencia, en nuestra desobediencia. En armonía unimos nuestra confusión, nuestra soberbia y nuestra fuerza, y usamos los dones y potencias que el Señor había puesto en nosotros para ofenderlo, para usurparle su Reino, para combatir contra sus leyes, principios y preceptos. Entonces penetramos en cuerpos todavía semisutiles, semimateriales; cuerpos creados por nosotros mismos a lo largo de nuestro insensato peregrinaje, y, después de formar planes y más planes, decidimos formarnos una nueva envoltura, una nueva corteza; un nuevo cuerpo con el que pensamos –como en cada uno de nuestros descensos anteriores– ser más felices, poderlo todo como entes superiores en este mundo, pensando que podríamos vivir eternamente con la Tierra a nuestra disposición y bajo nuestra total voluntad y dominio.

—Ahora entiendo la razón de mi misión –dijo Mía con profunda tristeza–, yo soy uno de esos espíritus desobedientes... soy de esos vigilantes que se perdieron en su soberbia.

—Esos Doscientos Vigilantes “hijos del Cielo” de los que habla el libro de nuestro hermano Enoc, aquellos llamados “Nefilim”, fuimos una porción de los ciento cuarenta y cuatro mil marcados por el Señor, de los espíritus que teníamos la misión de velar espiritualmente por la humanidad y no lo hicimos.

—Sí, ahora entiendo.

—Y a causa de nuestra falta de amor y de la soberbia que habíamos alimentado con nuestra rebeldía, decidimos renunciar a la vida en el Valle Espiritual, haciendo a un lado nuestro pacto con el Creador —dijo la voz—. Entonces hicimos alianza entre nosotros para dominar la Tierra, para plasmar, aportar y construir los primeros cuerpos humanos que existieron en este planeta. Cuerpos deficientes e imperfectos, que formamos tomando de manera irrespetuosa y torpe, de las atmósferas y de los espacios aquellos elementos materiales necesarios para su formación, mal imitando a otros cuerpos que ya existían previamente en la Tierra, los que, aunque todavía no habían llegado al grado de ser capaces de albergar espíritus, habían sido creados por El Señor con ese propósito.

Nos adentramos en aquellos cuerpos defectuosos que habíamos fabricado, opacando más las pocas luces que quedaban en nuestros espíritus desobedientes —recordó Enki—, y desoyendo la voz divina que nos mandaba "no ayuntar con las hijas de los hombres", pusimos los ojos en aquellas criaturas inocentes creadas por el Padre, y copulamos con ellas. Fue entonces que, por el infinito Amor Divino –y no como lo han planteado las hipótesis de los sabios de corto racionalismo y escasa intuición que hay en el planeta Tierra–, Dios intervino en esos imperfectos y burdamente copiados cuerpos que habíamos creado, y los hizo evolucionar a la medida de lo que necesitábamos para hacerlos llegar a la perfección, de manera que pudieran aprender y ser capaces de poder cumplir con el propósito primordial para el que habían sido perfeccionados: la encarnación del espíritu; esa nueva condición que nos diera las oportunidades necesarias para nuestra rectificación, para nuestro retorno al progreso espiritual y el arrepentimiento, a través de la misericordiosa Ley de Reencarnación.

—¡Es ahí donde está entonces la explicación del famoso "eslabón perdido"! —dijo Mía con sorpresa.

—Lo has entendido bien —respondió la voz—. Ese "brinco" repentino en la evolución humana, que los científicos aún no logran explicarse, no se debió a la creación de nuevos cuerpos hechos por los desobedientes, sino a la caridad divina que intervino en nuestra equivocación, para que pudieran encarnar los espíritus. Fue así como los humanos dejaron de ser “los hijos de los hombres”, para convertirse en “los hijos de Dios”. Fue entonces cuando esa nueva humanidad fue capaz de aprender, de avanzar, de manifestar la belleza, de comprender cosas más allá de este mundo, y entonces, teniendo la intuición del espíritu que ya habitaba en él, el hombre empezó a enterrar a sus muertos y a creer en una divinidad. Sin embargo, a pesar del adelanto que el hombre ha alcanzado hasta ahora, hay ciertos secretos Anunnaki que aún no está capacitado para comprender y manejar, porque el conocimiento de ciertas ciencias, con el poco desarrollo espiritual que aún muestra gran parte de la humanidad, podría crear un caos mayor del que está viviendo en estos momentos.

—Te refieres a los conocimientos que están guardados en los ME, ¿verdad?

—Así es, hermana. El hombre llegará a esos conocimientos a su debido tiempo, pero tiene que ser por su propio esfuerzo, debe ser consecuencia natural de su propio desarrollo; mas, para conocer todo eso que permanece oculto, necesita también la evolución de su espíritu, para usar esos conocimientos de una manera sabia y buscando el bien de los unos para con los otros.

—Sí, te comprendo; si no se rescataran esos ME, y los usaran los humanos con su poca evolución, el caos sería terrible y nuestra responsabilidad sería aún mayor.

—Es por eso que aquellos espíritus que fuimos causantes del caos, pero que por la infinita Bondad Divina logramos salir de la confusión y la tiniebla, tras haber sufrido el enfrentamiento con la voz de la conciencia y haber vivido las consecuencias de nuestros propios errores y desobediencias, le pedimos al Creador que nos concediera la oportunidad de seguir siendo los Vigilantes de nuestros hermanos, de seguir siendo los custodios que debimos ser desde el principio; y el Padre, con su infinita bondad, nos lo concedió, dejando que continuemos con el cumplimiento de esa misión que dejamos inconclusa, y nos concedió regresar a algunos en espíritu y a otros encarnados.

—¿Como yo?

—Así es.

—Entiendo lo que me dices, sin embargo… intuyo que el hecho de recuperar los ME del conocimiento no quiere decir que la humanidad no tendrá que vivir la consecuencia de sus propias equivocaciones, ¿no es cierto? No quiere decir que a partir del rescate de los ME todo será "miel sobre hojuelas", ¿verdad?

—Así es; el rescate de los ME será para no aumentar las culpas de los que creamos el caos, y para no hacer mayor el lamento que tendrán que vivir los que habitan la Tierra. Lo que venga una vez que los ME sean encontrados y resguardados, deberá ser consecuencia del uso que los humanos hagan de su propio libre albedrío en el camino de su evolución, y no el fatídico resultado de usar equivocadamente y sin sentido, un conocimiento que no entienden y que no les pertenece, lo que traería como consecuencia un sufrimiento mucho más grande que el provocado por los llamados “Nefilim o Anunnaqui”.

—Sí; supongo que será la justicia que el hombre haya labrado para sí mismo, hasta que la voz de la conciencia sea escuchada —dijo Mía.

—De cierto te digo que así será —respondió Enki—. Antes de que el Sexto Sello se cierre, sucederán grandes acontecimientos. Los astros darán grandes señales, las naciones de la Tierra gemirán y de los hombres tres cuartas partes desaparecerán; pero entre esa cuarta parte que quedará, brotará la simiente del amor como nueva vida. Entonces la humanidad comenzará una nueva existencia, unida por una sola Doctrina, que será la Ley Divina, y una sola lengua, que será el lazo de paz y fraternidad que una a todos los hombres: el amor. Esa será la hora en que se escuche en lo sublime de las conciencias como un eco vibrante, una voz que anuncie desde el Más Allá que el Reino de la vida y de la paz se acerca entre los hombres de buena voluntad.

—Será por fin entonces cuando acabemos todos por entender la lección –reflexionó Mía.

—Entonces la humanidad invocará a su Señor derramando lágrimas de arrepentimiento, y el Padre los recibirá como a los hijos pródigos cansados por la gran jornada, fatigados por la gran lucha —dijo la voz—. Desde ese instante, el hombre abominará de la guerra, arrojará de su corazón el odio y el rencor, perseguirá al pecado, y comenzará una vida de restauración y de reconstrucción. Entonces los elementos se inclinarán obedientes ante el hombre, y él los tomará con respeto, con conciencia y con amor; la tierra volverá a dar sus frutos, y los mares sus aguas limpias y llenas de vida; se erradicarán la enfermedad y la muerte, y la ciencia de esos días será maravillosa, será grandiosa, porque será la ciencia que estará al servicio del espíritu. Entonces, y solo entonces, el hombre podrá hacer uso de los ME del conocimiento con sabiduría y justicia, y él espíritu será redimido... ¡Que la paz sea contigo, hermana!

La voz calló, y Mía permaneció en silencio meditando en las palabras que había escuchado. De pronto, sintió que su ser comenzaba a viajar de nuevo, envuelta por esa energía de luz brillante que la transportaba con gran rapidez a través de un túnel invisible. Respiró profundamente y, cerrando los ojos, se dejó llevar hacia su destino, mientras, en medio de esa absoluta paz, empezó a recordar lo que creía olvidado.

Sumer

Aquella fuerza que la impulsaba se detuvo en su carrera, haciendo que Mía sintiera como si de pronto despertara de un profundo sueño, y mientras abría sus ojos, fue atraída por esa otra fuerza llamada "ley de gravedad", que la llevó hacia afuera del portal como si fuese escupida por una boca gigante.

Cayó de bruces sobre un piso de tierra apisonada, mientras escuchaba a sus espaldas una vocecilla lejana que decía "¡Auch!". Sospechando de dónde venía aquella queja, se sentó en el suelo para quitarse la mochila que cargaba en sus hombros, la abrió con premura y encontró en su interior a Laila, que la miraba sorprendida con sus ojitos redondos y vivarachos.

—Pero, ¡¿qué estás haciendo aquí?! —exclamó Mía en voz muy baja.

—No podía dejarte sola —dijo la sílfide, volando hacia afuera de la bolsa de lona—, tenía que cuidarte.

—¡Pero esto es muy peligroso!

—Pues precisamente por eso; si ha de pasarte algo a ti, prefiero que me pase a mí también.

Mía la abrazó sin decir nada, agradeciendo conmovida la compañía de aquel pequeño ser que estaba dispuesto a arriesgarlo todo por el amor que le tenía.

—No podemos perder tiempo —dijo Mía, consultando el reloj—, debemos apresurarnos a encontrar los ME.

—¿Sabes dónde estamos? —preguntó Laila.

—Te mentiría si dijera que no, pero aún no puedo explicarme por qué. Estamos en Uruk, en la tierra de Sumer, este es uno de los pasajes secretos que conducen al patio de los carros celestiales.

—¿Qué carros celestiales?

—Son los MU, las naves voladoras de los Anunnaki —dijo Mía, acomodando la mochila de nuevo en su espalda—. Son como... como los aviones pequeños de dos o cuatro plazas que se usan en la época actual para volar de un lado a otro, pero mucho más sofisticados. Hay otro lugar llamado TIL.MUN que podría decirse que es... como el aeropuerto principal, pero de ahí solamente parten los barcos celestiales, que son las naves gigantes que hacen los viajes planetarios.

—Pero ¿cómo sabes tú todo eso? —insistió Laila.

—Ya te he dicho que no lo sé, pero pronto vamos a averiguarlo.

Mía miró hacia ambos lados de aquel largo pasillo subterráneo y después, con seguridad, dijo a la sílfide:

—Ven, es por aquí.

—¿Estás segura? —preguntó Laila con cierta reserva.

—Sí, muy segura —dijo Mía, caminando por una especie de túnel en forma de laberinto—. Este pasadizo nos conducirá a la entrada subterránea de la casa de Anu; es la que le regalo a Inanna, su bisnieta.

Comenzaron a caminar por aquel estrecho pasillo de techos redondeados, de gruesas paredes de adobe y ladrillos de arcilla secada al sol, el que permanecía iluminado de manera perenne por enormes pebeteros de barro incrustados a todo lo largo del muro. Llegaron hasta una escalera en forma circular y subieron por ella hasta llegar a una puerta metálica bellamente adornada por un dintel con cenefa de cerámica bordeada en oro, incrustaciones de cornalina y lapislázuli. Mía se paró frente a la puerta que tenía tres extraños cerrojos cilíndricos, hizo girar a cada uno de ellos en diferente dirección como si se tratara de la cerradura de una caja fuerte, y la puerta se abrió. Se adentró con cautela seguida por su alada amiga, caminando por un amplio pasillo de arcilla vidriada, el que conducía a un inmenso salón con altas cúpulas sostenidas por ocho enormes columnas decoradas con pequeños mosaicos cilíndricos de distintos colores que formaban figuras geométricas. Había grandes vasijas de barro que ardían iluminando el lugar, donde se podían apreciar hermosos relieves de seres humanos alados en los muros, gigantescos jarrones de arcilla decorada y nichos con bellas esculturas.

Atravesaron con gran sigilo el salón y entraron vigilantes en otra habitación de enormes proporciones también, la cual estaba bellamente decorada con techos y muros recubiertos por lapislázuli, adornados con cenefas de oro e incrustaciones de pequeños mosaicos de colores brillantes. En dos de los muros, había inmensos pebeteros de barro cocido encendidos con aceite de sésamo, y en medio de dos de ellos, un precioso mueble de madera de cedro decorado con técnica de taracea en incrustaciones de nácar y lámina de oro. Dos canastos hermosamente tejidos y dos sillas de bronce con respaldos altos y asientos de junco tejido decoraban un espacio del lugar también. Al fondo de la habitación, sobre un estrado de arcilla vidriada, había una cama, con una cabecera bellamente trabajada en bronce, en la que se apreciaban dos enormes leones sostenidos con cadenas al cuello por una hermosa mujer que aparecía al centro del grabado. La cama estaba cubierta con mullidos cojines y sedas de colores que se movían suavemente por el viento que entraba desde una puerta abierta que comunicaba con un jardín central.

Mía pasó su mano por los grabados de la cabecera y de pronto, vio sobre uno de los muros, algo que también llamó fuertemente su atención: se trataba de un relieve realizado con sello cilíndrico, donde aparecía la figura de una mujer que llevaba una corona con cuernos –símbolo de la realeza Anunnaki–; en su espalda portaba unas alas y mazas de combate. Llevaba un peculiar vestido largo, de donde sobresalía una de sus piernas desnuda hasta el muslo, la que se posaba sobre el lomo de un enorme león. A un lado de ella, se podía ver un grabado del planeta Venus, que solía ser representado como una estrella de ocho puntas y que era un símbolo que siempre había sido asociado con Inanna, la poderosa nieta de Enlil.

Mía se quedó petrificada viendo aquella imagen, y de pronto, sin poder acallar sus palabras exclamó:

—¡Esta fui yo! —dijo, asombrada por sus propias palabras—. ¡Esta era mi habitación!

—¿Cómo que fuiste tú? —preguntó Laila sin comprender lo que decía.

—¡Sí, fui yo! ¡Inanna! —volvió a repetir—. ¡Ahora lo recuerdo todo! ¡Ahora entiendo muchas cosas! ¡Yo fui quien sedujo a Enki para robarle los ME del conocimiento!

—Hum —dijo la sílfide—. Ahora comprendo por qué tenías que ser tú quien los rescatara.

Mía se acercó a la cómoda de cedro y tomó un arpa de madera que estaba sobre ella. Era una hermosa pieza de arte adornada por una cabeza de toro recubierta de lámina de oro y ojos de lapislázuli. En la parte delantera y trasera de la caja, tenía incrustaciones en taracea donde aparecían bellos grabados en los que se apreciaban un árbol de la vida, un hombre toro con dos leopardos entre las piernas y dos leones luchando.

Se sentó sobre el lecho y, jalando con sus manos el grabado posterior, abrió una especie de tapa dejando al descubierto la parte interna de la caja sonora del instrumento. Metió su mano y sacó del interior un extraño colgante engarzado en bella filigrana de oro; estaba hecho con un trozo de hueso de costilla, que provenía de la primera oveja que Dumuzi, -el amante de Inanna-, había traído a la Tierra después de su viaje al planeta Nibiru. Era una pieza perfectamente bien pulida y tenía una inscripción que el mismo Dumuzi había grabado sobre el hueso, en una de sus escapadas amorosas con aquella llamada "Diosa del amor".

Mía miró el colgante con ternura, pasando su dedo índice sobre la inscripción que decía: "Mi amada para siempre". Abrazó el colgante con fuerza contra su pecho y, sin poder evitar la emoción, exclamó: "¡*Iddin-Dagan*!", que en idioma Anunnaki quería decir: "Sin duda eres mi amado".

Laila la contemplaba preocupada sin decir palabra, tratando de entender de qué significaba todo aquello, hasta que Mía, levantando sus azules ojos, le dijo:

—¿No lo entiendes? ¡Es él, Laila, Itstli; es mi amado Dumuzi que regresó por mí!

—Ahora entiendo toda tu locura —dijo la sílfide con cierto nerviosismo—. Pero creo que debemos irnos ya; se está acabando el tiempo para que se cierre el portal, y el viento maligno no tardará en llegar hasta aquí.

Mía guardó el colgante en su mochila y caminó hacia la puerta abierta que daba al hermoso jardín central; se asomó para contemplarlo por un instante, mientras escuchaba crujir las ramas de los árboles por el viento, y suspiró con nostalgia al fijar su mirada en la parte alta del Templo de Anu, aquel hermoso edificio blanco de alabastro y oro que se levantaba imponente a poca distancia, tras la muralla iluminada por antorchas encendidas. De pronto, en la distancia, miró la luna llena pintada de un extraño color rojizo, y exclamó:

—¡El viento maligno!

Entró a toda prisa a la habitación, tomó una especie de daga que estaba dentro de uno de los canastos tejidos y, agachándose en una de las esquinas del muro, empezó a golpear el piso con la punta del instrumento, hasta, que después de varios intentos, se desprendió de su lugar una de las losas, mientras Laila, nerviosa, vigilaba la entrada.

—¡Alguien se acerca! —dijo la sílfide, procurando no levantar la voz.

Mía corrió a esconderse a un lado de la cama sintiendo que su corazón se salía de lugar, mientras Laila se ocultó dentro de unos de los canastos tejidos temblando como una hoja. Las voces de dos hombres que pasaban por la entrada de la habitación se fueron alejando poco a poco, mientras Laila saliendo de su escondite volvía a su puesto de vigía para que Mía continuara lo que estaba haciendo.

Golpeó el piso una vez más con fuerza hasta que la losa de la esquina se desprendió, levantó con dificultad la enorme pieza vidriada y dejó al descubierto un hueco que guardaba una vasija de arcilla cocida con dibujos vegetales en tinta roja. Quitó la tapa del recipiente y dejó al descubierto el preciado secreto que guardaba en su interior: siete discos de veintisiete centímetros de diámetro, hechos en un tipo de piedra llamada "lidita". Guardó los discos en su mochila y se agachó de nuevo para sacar el explorador que revelaba los secretos de los noventa y cuatro ME. Mientras guardaba en su mochila los discos y el explorador, escuchó a la sílfide que con voz queda comenzó a decir:

—Hola, gatitos bonitos... gatitos bonitos.

Mía volteó la cabeza y se encontró con una pareja de enormes leones que caminaban hacia ella. Se sentó en el suelo mirando a las hermosas fieras con sus ojos bien abiertos y, estirando las manos, exclamó:

—¡Nin, Shar, mis bebés!

Los tremendos animales se acercaron a ella y empezaron a lamerle la cara con sus gigantescas lenguas, como si se tratara verdaderamente de dos pequeños felinos. Mía los abrazó y comenzó a besarlos sin el menor temor, mientras Laila, nerviosa, trataba de ver la hora en el reloj que la joven llevaba en la muñeca.

—Está muy bien el juego, aunque tenemos que irnos —dijo la sílfide—. Ya casi es hora.

—Pero... ¡no puedo! ¿cómo voy a dejarlos aquí? —preguntó Mía con tristeza—. No puedo dejarlos sabiendo lo que va a pasar.

—Recuerda que no debes cambiar nada del pasado, los gatitos se tienen que quedar, este es su tiempo.

Mía abrazó a las enormes fieras, reconociendo la razón que tenían las palabras de Laila, y dejando correr sus lágrimas, les dijo:

—Gracias por todo el cariño que me disteis, ¡siento mucho no poder llevaros conmigo!

Una ráfaga de viento entró súbitamente por la puerta del jardín convirtiéndose en voz humana, y acercándose al oído de Mía, le dijo con premura:

—¡Mía, sal de aquí, no puedo detener al veneno de muerte por más tiempo!

Mía se levantó del suelo, reconociendo la voz de Ejekatl, el elemental del viento. Colocó la mochila en sus hombros y la aseguró en su cintura. Volvió a poner la losa en su lugar y después, mirando a Laila, dijo:

—¡Laila, vámonos, se acerca el viento maligno!

Salieron de la habitación con mucha cautela y empezaron a caminar por el inmenso salón central, cuando de pronto escucharon pasos apresurados y voces agitadas que las obligaron a esconderse detrás de una de las enormes columnas del salón.

—¡Nungal, Nungal, contéstame! —dijo Inanna, comunicándose por una especie de radio con el piloto de su "pájaro celeste"—. ¿Estás escuchando lo que dice Enki?

—¡Lo escucho, mi señora Inanna, la nave está lista para partir!

—¡Escapad! ¡Subid a las naves! ¡Decidle al pueblo que se disperse, que se oculte donde pueda! —decía la voz de Enki desde las "piedras parlantes" que llevaba Inanna en su SHU.GAR.RA, que era un casco de piloto con auriculares que colgaban en sus orejas.

Inanna corría hacia el patio de las naves celestiales, seguida por su fiel doncella Ninshubur, mientras revisaba que todo estuviera en orden en su vestimenta PALA –que era el nombre que le daban al atuendo que distinguía a los soberanos Anunnaki–, pero el que Inanna portaba casi siempre, estaba diseñado con aditamentos especiales para poder navegar en el espacio cuando ella quisiera.

—¡Los ME! —exclamó de pronto, deteniéndose frente a la puerta de su habitación real—. ¡Tenemos que rescatar los ME!

—¡No te detengas, mi señora! —le dijo Ninshubur con valentía—. ¡Yo los rescataré por ti!

—¡Está bien, mi fiel Ninshubur! —le contestó Inanna, agradeciendo su nobleza—. Hazlo de prisa y alcánzame en la nave.

Cuando Mía escuchó esto, tuvo la intención de salir de su escondite para ir en busca de la doncella y decirle que tenía que correr, que no había tiempo de rescatar los Me, pero Laila la detuvo jalándola del cabello, y poniendo su pequeña mano sobre la boca de la joven, le dijo:

—¡No puedes hacer nada, tenemos que irnos!

Ninshubur entró en el dormitorio, mientras Inanna seguía en su carrera hacia el lugar de despegue al que la doncella nunca llegaría.

Las dos fugitivas esperaron por un momento a que Inanna se alejara, y después, saliendo de su escondite, comenzaron a correr por el gran salón hasta llegar a la puerta que las llevaría hacia los túneles secretos donde permanecía abierto el portal. Salieron a toda prisa por la puerta que Inanna había dejado abierta en su huida, mientras afuera del palacio y más allá de la muralla se empezaban a escuchar los gritos de la gente que corría por todos lados desesperada, tratando de encontrar un lugar donde el viento maligno no pudiera alcanzarlos. Bajó con la sílfide rápidamente la escalera y, con profundo dolor en su corazón, exclamó:

—¡Perdóname, Ninshubur, perdóname!

Corrió por aquel laberinto de pasajes secretos hasta llegar al portal y, sin poder mirar atrás una vez más, entró con Laila al campo de fuerza para regresar a Xoxafi. Cerró los ojos en profundo silencio y, mientras su cuerpo comenzaba a sentir nuevamente aquella energía que la impulsaba hacia adelante con increíble rapidez, su mente empezó a recordar las terribles imágenes que Inanna y los demás señores Anunnaki habían contemplado desde sus carros voladores, en su escape de la Tierra hacia el espacio exterior aquella noche terrible en la que el del viento maligno había terminado con todo a su alrededor.

¡Cuán desolada se había quedado la Tierra! Todo estaba abandonado, no había nada vivo. Las ciudades estaban vacías; los cadáveres apilados en las calles. No había más campos ni más vegetación; no había leones, ni aves, ni vacas, ni borregos... Los ríos se habían convertido en pailas de veneno y la tierra se había vuelto esteril; y de aquellos humanos, aquellos Lulus de cabecita negra que los Anunnaki habían creado, ya no quedaba ninguno en la ciudad de Uruk. ¡Todo estaba vacío! ¡Todo era desierto, todo muerto!

"¡Mi amada Ninshubur, mi fiel doncella, mi amiga!", pensó.

¡Cuán desamparada se quedaba Sumer!, esa bendita tierra que había sido el hogar de los hombres y de aquellos señores Anunnaki que, después de la gran calamidad, por fin se darían cuenta de que no eran dioses.

El Regreso

La joven viajera del tiempo comenzó a sentir de nuevo esa gravedad que sin remedio la atraía hacia abajo, adivinando que en cualquier momento saldría expelida de aquél tubo de luz con su amiga la sílfide, y tal como lo imaginaba, cayó de bruces junto a los cristales pulsantes que unos segundos más tarde se apagaron cerrando la entrada del portal, quizás para siempre.

Mía se levantó del piso, y corrió hacia Patli que la miraba con los ojos húmedos sin disimular la alegría que le daba volver a verla, después de muchas horas de espera incierta. Se abrazaron con fuerza y sin poder evitarlo, la joven discípula dejó correr su llanto emocionada sin encontrar la forma de acallar tantos recuerdos. Después, cuando llegó la calma, se acercó al abuelo Tekolotl, puso un beso en su frente y ya tranquila, le dijo:

—He regresado abuelo.

—Yo sabía que lo harías, no tenía la menor duda —dijo el anciano acariciando su pelo con ternura.

Mía desató el broche que sujetaba la mochila a su cintura, y descolgándola de sus hombros la puso con cuidado en el suelo, la abrió ante los ojos expectantes de Patli y sacó de su interior el explorador con los siete discos que contenían los ME del conocimiento. El maestro los tomó con suavidad entre sus manos, los contempló en silencio por un rato, y después los puso en las manos del abuelo para describirle los extraños grabados que aparecían en ellos.

Sin poner atención en las palabras de Patli, Mía buscaba dentro de la bolsa el colgante de Dumuzi, lo tomó en sus manos, se levantó del suelo, y dejando a sus maestros disfrutar a solas de aquél anhelado momento, corrió al salón de la venta triangular. Se acercó a la cama flotante de Itstli, lo miró con ternura por un momento, y sin poder evitar todo lo que sentía, abriendo la fuente inagotable de sus ojos, le dijo:

—¡Mi amado, mi amor, ya estoy aquí! He regresado por ti como tú lo hiciste por mí. ¡Despierta, por favor, abre tus ojos! Mira que se nos ha concedido una nueva oportunidad para estar juntos, para amarnos, para darnos sin medida y libremente, como no pudimos hacerlo hace tantos años. ¡Por favor, regresa! ¡Mira! —le dijo enseñándole el colgante de hueso que tenía entre sus manos—. Esta es tu promesa, esperé tanto tiempo, ¡tanto! ¡No puedes permitir que el mal nos separe de nuevo! Déjame que cure tus miedos con mi amor, que te cobije en mi corazón para que nada te haga daño. ¡Mi hombre de miel, mi señor, mi amado! ¡Sin ti no quiero vivir afuera, ni puedo seguir adentro! ¡No puedo, no puedo!

Mía se abrazó con fuerza a la caja de cristal, y empezó a mojarla con sus lágrimas, las que después comenzaron a rodar por los contornos de la incubadora flotante hasta caer al suelo, dando la impresión de que era la propia cápsula quien lloraba.

De pronto, comenzó a sonar una especie de alarma suave, y unas pequeñas luces de colores tenues empezaron a encenderse alrededor de la caja. Mía se levantó asustada mirando a través del cristal, donde descubrió a Itstli que con los ojos abiertos le sonreía, como si fuera un niño que acababa de despertar de un hermoso sueño. El vidrio de la enorme incubadora se abrió de pronto, y el joven amante comenzó a toser como si se hubiera atragantado.

Mía lo tomó entre sus brazos, y le empezó a besar el rostro mientras decía:

—¡Regresaste mi amado, regresaste!

Itstli se abrazó a ella sintiendo una gran pesadez en sus brazos, y haciendo un gran esfuerzo para hilar las palabras, por fin le dijo:

—Escuché que me hablabas, pero no podía despertar.

—Ya mi amor, tranquilo —dijo Mía abrazándolo contra su pecho—, ya se acabó la pesadilla, ya estás de regreso.

—¿Regreso de dónde?

—De tu sueño de tres días.

—¿Tres días? —dijo Itstli confundido—. No entiendo de qué hablas.

—Entonces, ¿no recuerdas lo que pasó?

—¿Lo que pasó? —volvió a preguntar Itstli—. Sólo recuerdo que estábamos en el otro lado de las grutas y que fuimos a ver las figuras extrañas.

—Es mejor así —dijo Mía sonriendo—. Ya te explicaré luego, cuando recuperes las fuerzas.

—Sí, tendrás que tomarlo con calma por algunos días —dijo Patli, que alertado por la sílfide de lo que estaba sucediendo en el salón de la ventana triangular, llegó de prisa acompañado de Tekolotl quien sonrió feliz al escuchar la voz de su aprendiz.

Tres días más permaneció Itstli reponiendo sus fuerzas; recuperando recuerdos de un pasado inmediato, y destellos sutiles de un pasado lejano que se fue aclarando entre los brazos de Mía, su amada de siempre, su eterno amor.

Cuando se recuperó por completo, aquellos dos compañeros de vida y aprendizaje, reunidos con Patli y Tekolotl en una especie de "ceremonia privada", decidieron la suerte de los ME del conocimiento, por los que tanto habían trabajado.

Mía, haciendo uso de sus recuerdos, tomó en sus manos el explorador que leía los secretos ocultos en los discos, y ante la aprobación de todos procedió a desarmar el complejo aparato. Una a una fue separando sus piezas con destreza, hasta sacar de su interior el PAR, que era un pequeño cilindro con salientes puntiagudos, fabricados en un material desconocido para ellos. Era algo parecido a uno de esos diminutos "chips" de computadora que se inventarían años más tarde en el planeta Tierra, el cual tenía la facultad de descifrar la información que estaba grabada en los discos, para luego, por medio de energía, transmitirla de manera simultánea a través de las ondas cerebrales, a las neuronas de aquél que recibía la información que se proyectaba en una especie de hologramas, a través de un HUR.

Mía colocó la pequeña pieza llamada PAR en el suelo, y sin dudarlo ni un solo momento la pisó con fuerza hasta destruirla por completo, después tomó el HUR, lo que era parecido al lente de una cámara fabricada con la misma aleación de los cristales pulsantes, y lo destruyó también. Por último, tomó las piezas que quedaban en el suelo, y entregándolas a Patli, dijo:

—Estas las podéis guardar de recuerdo, el explorador sin esas piezas no sirve para nada.

Después tomó los siete discos que contenían los ME, los miró por un momento, y los metió dentro del hueco de la estalagmita que guardaba todos los secretos de Xoxafi, mientras los demás presenciaban todo en absoluto silencio.

—Pues, ya está —dijo, Mía mirando a Patli con los ojos bien abiertos—, si alguien llega a descubrir los secretos de Xoxafí algún día, ya no tendrá manera de usarlos. Ya podrá la humanidad continuar evolucionando como le corresponde, de acuerdo a su esfuerzo y adelanto.

—Entonces ya podemos regresar a casa tranquilos —dijo Patli abrazando a su pupila—. Hoy dormiremos en Xoxafí, y mañana, cada quién partirá a su destino.

—¡Mañana podré regresar a casa! —exclamó Mía emocionada.

—Te lo prometí desde el día que llegaste —dijo Patli—, pero eres tú quien ha hecho posible que se cumpla mi promesa.

—Cuando llegué a Xoxafí me parecía que era tanto tiempo el que tendría que esperar para volver... y sin embargo... ahora siento un nudo en la garganta pensando que mañana dejaré este lugar que ha sido un segundo hogar para mí.

—Todos los tiempos se cumplen pequeña, por eso debemos estar preparados para recibirlos como debe ser.

—Sí... lo sé...

—¡Pues no se diga más! —dijo el abuelo Tekolotl buscando la mano de la joven mujer—. A dormir que mañana habrá que levantarse temprano para preparar el desalojo de Xoxafí.

Itstli se acercó a su compañera, y tomándola con suavidad por la cintura, la llevó hasta el lecho de plumas, puso un beso en su frente, y diciendo buenas noches se dirigió al salón de las ruedas, donde pernoctaría con sus maestros hasta el día siguiente en el que como por arte magia, empezarían a desaparecer de la gruta todos los indicios de que algún día había sido habitada.

Después de un desayuno juntos a la orilla del río subterráneo, aquellos cuatro seres que se habían unido en una misión de amor por la Humanidad, se despidieron emocionados sin poder evitar el que una que otra lágrima brotara de sus ojos.

—¡Gracias por todo lo que me has enseñado y por todo lo que me has dado! —dijo Mía abrazando a su maestro con fuerza—. Has sido mucho más que el padre que perdí siendo pequeña.

—Tú has sido la hija que no he tenido —dijo Patli emocionado—. Yo debo seguir mi camino, pero estoy seguro de que algún día nos volveremos a encontrar allá afuera.

—¡Por supuesto que sí! —le dijo Mía sonriendo—. Sé que siempre estarás pendiente de mí, como lo estaré yo de ti.

Patli tomo la mano de Mía y la unió a la mano de Itstli mientras decía:

—Nunca olviden la paciencia y amor con la que ustedes han sido instruidos, para que también ustedes tengan esa misma paciencia y amor para enseñar a los demás. Si algún necesitado llama a su puerta, nunca le nieguen su presencia ni lo reciban con disgusto, porque ¿qué podrán ofrecerle sus manos si en su corazón no hay amor? Recuerden que, si están siempre dispuestos a dar, nunca sentirán fatiga, porque estarán llevando en su interior verdadera espiritualidad, y lograrán elevar los sentimientos más nobles de su espíritu por sobre el egoísmo de la carne.

—Sí maestro, no lo olvidaremos nunca —dijo Itstli abrazando al guía con emoción.

Después, la joven mujer se acercó al abuelo y acarició su pelo con ternura, besó su frente y lo abrazó diciendo:

—Y tú de nosotros no te libras tampoco, porque Itstli y yo te buscaremos en El Chico para seguir aprendiendo de ti y de tus "brebajes mágicos".

—¡Vayan con Dios criatura! —dijo Tekolotl palpando su rostro con cariño—. Yo los estaré esperando en El Chico; vienen los tiempos más difíciles para esta Humanidad y tenemos que estar preparados; ustedes dos han dejado de ser párvulos, por lo que ahora les corresponde enseñar a los demás con el ejemplo.

—Lo sé abuelo, estaremos listos para lo que venga.

Tekolotl buscó la mano de Itstli y apretándola con fuerza, dijo:

—¡Cuídala bien! Mía es una joya que se te ha dado en custodia y por ello tendrás que responder.

—Lo haré maestro, te lo prometo —dijo el muchacho—. Ya aprendí mi lección.

—¡Más te vale cabeza hueca! —exclamó el abuelo—. De lo contrario me tendrás que dar cuentas a Mí.

Itstli y Mía se tomaron de la mano, y fueron al salón de la ventana triangular para recoger las pocas pertenencias que la joven mujer llevaría consigo de regreso a El Refugio. Puso la mochila de lona sobre la cama de plumas, abrió el baúl que estaba a un lado y sacó el rebozo de bolita que le había regalado el abuelo Tekolotl el día que cumplió trece años; tomó la pluma del águila y la colocó en su pelo, sacó el collar de semillas y caracoles que le había regalado Laila, y lo colocó en su cuello junto con el colgante de Dumuzi. Después sacó la fotografía de familia que su amado había robado para ella de la casa de su madre, y la guardó también. Echó un último vistazo a la gruta, y respiró profundamente poniendo la mochila sobre sus hombros, mientras observaba a Laila que sentada junto al río subterráneo no dejaba de suspirar. Se acercó a ella y la abrazó suavemente sentándose a su lado, le sonrió con ternura y sacando del bolsillo de su pantalón un pequeño envoltorio, se lo entregó diciendo:

—Toma, lo hice para ti.

—Laila tomó el paquete entre sus manitas azules, y lo abrió con curiosidad sin dejar de suspirar. En el interior había un diminuto colgante hecho con un hueso de ciruela pulido y pintado de blanco, engarzado en un pequeño pedazo de lámina de oro que provenía del colgante de Dumuzi. En el centro, con letras muy pequeñas, había una corta inscripción que decía: “IN”. La sílfide volteó a mirar a su amiga sin entender lo que significaban esas dos letras, y Mía, con una dulce sonrisa, le dijo:

—Es una palabra Anunnaki que quiere decir “hermana”.

La emplumada criatura se abrazó de su cuello y la empezó a besar mientras Mía le decía:

—Tú has sido mucho más que una compañera, más que una amiga; eres mi hermana y lo serás para siempre.

Mía se levantó del suelo ayudada por Itstli, subió a la barca, sonrió de nuevo a la sílfide, y mientras su amado ponía en marcha la nave, le dijo adiós.

Se sentó al lado de su compañero, para tomar uno de los remos, y comenzó a bogar al ritmo que él lo hacía sin poder evitar las "mariposas" que revoloteaban en su estómago, al pensar que tal vez muy pronto estaría entre los brazos de su madre.

Cuando el agua del río comenzó a conducir la barca por su suave corriente sin el esfuerzo de los enamorados, Mía dejo su remo y se acurrucó en el regazo de Itstli para contemplar ese amado paisaje por última vez.

Su ser comenzó a llenarse de una suave nostalgia, mientras sus enormes ojos azules se mojaban con la emoción del momento; se juró a sí misma atesorar en su espíritu todas las lecciones aprendidas con amor, y mientras su corazón latía con fuerza, guardó en él, para siempre, los recuerdos de esos maravillosos años que había vivido en aquél enigmático lugar llamado Xoxafí.

Envuelta entre los brazos de su compañero, se quedó dormida escuchando el suave murmullo del río subterráneo, hasta que la voz de su amado interrumpió su sueño.

—¡Despierta dormilona que ya llegamos a la salida de la gruta! —le dijo Itstli, acariciando su mejilla con suavidad.

—¿Ya llegamos? —pregunto Mía—. Huy, ¡qué pronto! —Exclamó con sorpresa mientras sus somnolientos ojos contemplaban el lugar por última vez.

—Claro, si uno recorre el río dormido, el trayecto le parece nada —respondió Itstli con malicia.

—Sí, perdona guapo —dijo Mía entendiendo la indirecta—, es que con tantas emociones que traigo aquí dentro por dejar Xoxafi y volver a casa, casi no he pegado los ojos en toda la noche.

—Lo sé bonita, sólo era broma —respondió el muchacho besando sus labios con ternura.

—Pues, sólo espero que sigas teniendo ganas de hacer bromas cuando lleguemos a El Refugio y tengas que explicarle a mi madre que haces ahí.

—Doña Serafina es una señora a todo dar; ya casi me quiere como un hijo —respondió—. Las veces que he ido a llevarle los remedios del abuelo siempre me trata con mucho cariño.

—Pues a ver si te sigue tratando con el mismo cariño cuando sepa que le has estado mintiendo todo este tiempo; cuando sepa que lo de tu supuesta hermana ha sido una tomada de pelo, que en realidad va a ser tu mujer, y es la hija que ella perdió hace casi seis años; lo que tú le has ocultado todo este tiempo.

—¡Qué bárbara güerita! ¡Cuando lo dices así hasta me da miedo! Va a pensar que soy un monstruo, y ni se diga don Eduviges.

—¡Ja, ja, ja! ¡Pero si es broma, hombre! ¡Si mi madre es más buena que el pan! Y de Edu me encargo yo, que, aunque parece más amargo que el vinagre, es más dulce que el agua miel que tiene en sus tinajas.

Salieron por el pasaje secreto que habían usado tantas veces para bajar al parque Del Chico, y después de una agotadora caminata de diez kilómetros, entraron a la casa del abuelo Tekolotl para recoger a Camila que los aguardaba en el corral.

Montaron sobre la yegua, y salieron de la casa con rumbo a El Refugio.

—¿Tardaremos mucho en llegar? —preguntó Mía emocionada—, quiero estar en casa antes de que se meta el sol.

—No tanto güerita, de aquí a La Concepción son como veintidós kilómetros, y de ahí para el refugio no es nada, así que, si se porta bien Camila, llegaremos en poco más de una hora.

—¡Una hora! —exclamó Mía—. ¡Solamente una hora más para abrazar a mi madre!

—Pero si tienes hambre podríamos pasar al Cedral a comer unos tlacoyos; doña Catita prepara unos para chuparse los dedos, y a mí ya me rugen las tripas.

—¡Que no, majo, que no! Con los nervios que tengo mi estómago está hecho un puño; ¡ahora no me entra ni una lenteja!

—Bueno, está bien... sólo espero que doña Serafina no me corra antes de regalarme un taco.

—¡Lo que te va a regalar es un sopapo! —dijo Mía riendo.

—Pues, no sé lo que es eso, pero sea lo que sea me lo como igual.

—¡Pero qué inocente eres, vida mía! —volvió a decir la joven con tremenda carcajada.

Continuaron el camino hablando y riendo de un sinfín de cosas, haciendo mil planes para su futuro juntos, y entre plática y risas, llegaron a La Concepción.

Los ojos de Mía se humedecían, trayendo a su memoria recuerdos de cada uno de los espacios por los que transitaban, y mientras recordaba sus años de infancia, su corazón latía con fuerza.

—¡Todo está igual, nada ha cambiado! —dijo con asombro, al llegar a la entrada de El Refugio.

—Sí, doña Serafina se ha empeñado en mantener todo tal como era desde el día que te fuiste —respondió Itstli mientras la ayudaba a bajar de la yegua—. Lo único que cambió fue el granero, porque tuvieron que rehacerlo desde cero por el incendio.

—¡Pobre madre mía, debe haber sufrido tanto!

—No puedo ni imaginarlo güerita —dijo abrazándola—. Pero ya deja de llorar que tu mamá te tiene que ver muy contenta y bonita.

Mía secó sus ojos y respiró profundamente, acarició el rostro de su compañero, y preguntó:

—¿Estás listo?

—Pues no, ¡pero qué remedio! —respondió Itstli encogiendo los hombros.

Mía abrió la reja procurando hacer el menor ruido, y al entrar descubrió con asombro a Serafina, que agachada frente al altar que habían hecho para ella en la entrada del granero, limpiaba su fotografía.

—¡Date prisa con las veladoras Eduviges, que pronto se va a poner el sol y no quiero que el altar se quede a oscuras!

—¡Ya voy mujer, ya...! —dijo Eduviges sin terminar la frase, al ver a la joven que se acercaba a Serafina. Sin poder evitar su sorpresa perdió el equilibrio, y volteó la charola que traía en las manos dejando caer por el suelo varias veladoras de vidrio que al estrellarse en el suelo, se rompieron en pedazos haciendo un sonoro escándalo.

—Pero ¿¡qué haces, inútil!? —gritó Serafina.

—Madre... —dijo Mía.

Serafina se quedó inmóvil, con los ojos clavados en Eduviges, quien comenzó a bailotear por todo el lugar como lo había hecho años atrás, cuando ella le contó lo que había pasado con el águila que merodeaba por el rancho.

—¡Madre, soy yo! —volvió a escuchar a sus espaldas.

Serafina se dio vuelta lentamente, suplicando que aquello que escuchaba no fuera producto de su imaginación, cuando sus ojos se toparon de frente con unos luceros azules que de inmediato la hicieron reconocer a la hija que había perdido.

—¡¿Mía?! —esbozó como en un lamento, sintiendo que perdía la fuerza de sus piernas.

—¡Sí madre, soy yo! —escuchó decir a la joven mujer, la que sin poder detenerse por un instante más, se abalanzó hacia ella para sostenerla y fundirse en un ansiado abrazo que duró mucho tiempo, mientras Eduviges, sin dejar de bailar, repetía cantando:

—¡Lo sabía, lo sabía!

Itstli contemplaba la escena con timidez desde la entrada del rancho, iluminado por el sol que comenzaba a teñir las montañas de naranjas y rojos.

Aquél pequeño lugar llamado El Refugio se llenó con el sonido de risas y llanto, mientras en lo alto del cielo se comenzó a escuchar el claro graznido de un águila real.

FIN

Otras obras de la autora:

Cielotierra – *Dimensión imaginaria* (1989)

Breve historia del cobre mexicano (1998)

Adiós muerte, adiós (2007)

Con sabores del alma – Volumen (2009)

A fuego lento... (2013)

Luna (2019)

TRES - *Antología Profética del Tercer Tiempo (2022)*

www.ingramcontent.com/pod-product-compliance
Lightning Source LLC
Chambersburg PA
CBHW070346260626
47161CB00001B/39

* 9 7 8 6 0 7 0 0 8 6 1 3 7 *